王朝畸人伝

星野和敏

郁朋社

王朝畸人伝／目次

第一章　詩賦と念仏

第二章　五位摂政《ごいのせつしょう》

第一章　詩賦と念仏

一　秀才

惟成《これしげ》が生まれたとき、父の雅材《まさき》はまだ学問料も支給されない大学寮の学生であった。遠縁のよしみで摂津守藤原中正《なかまさ》邸に出入りしているうち、陽気で学問好きな四の君と懇《ねんご》ろになったのである。だが、惟成の誕生はそれほど周囲の関心を呼ばなかった。というのも、中正には他に娘が多く、その中で何といっても、右大臣藤原師輔《もろすけ》の三男、右兵衛佐兼家《うひょうえのすけかねいえ》を婿にとっている時姫に衆目が集まっていたからである。そして、若く美しい時姫もまたこの天暦七年に長男の道隆を出産していた。

兼家の喜びはひと通りでなく、《産養《うぶやしない》》だ《五十日《いか》の餅》だと、祝事のたびに駆けつけては小まめに道隆の面倒をみた。兼家は、この時まだ二十五歳、何をするにも豪胆で自信に満ち溢れていた。彼が来ると邸内には活気がみなぎり、時姫ばかりでなく、邸にいる誰もが、そのてきぱきと動く将来性豊かな婿君に、厚い信頼を寄せていた。

それとは反対に、もう三十に近い擬文章生《ぎもんじょうせい》の雅材が四の君の曹司《ぞうし》に通っていること、まして子まで儲けたことに関心を持つ者は、近侍の女房や一部の雑色《ぞうしき》たちを除いて、ほとんどいなかった。

「吾子《あこ》の父《てて》さまだって、いまに博士《はかせ》におなりなさるのよ」

負けん気の強い四の君は、産着にくるまれた乳児の、くるくる動く大きな目に向かって熱い口調で語りかけた。

雅材《まさき》がようやく省試に合格して文章生《もんじょうしょう》になり、学問料が支給されるようになったのは惟成《これしげ》が三歳のときである。学問料といっても燈火代程度のものだから、惟成の袴着《はかまぎ》の仕度はすべて母の手でなされた。彼女は様々な伝手《つて》を頼りにどうにか子の体面を保ったが、雅材は文章生となったあとも、軽々しく官職に就こうとはしなかった。宮中の諸行事の補助に駆り出されることはあるが、卑官を追わず、ひたすら勉学の手をやすめなかった。

雅材はよく妻に言った。

「菅公の御孫で、一家離散の憂き目をみた文時《ふみとき》さまだって、やっと五十八歳で文章博士《もんじょうはかせ》におなりになったのだ」

彼の尊敬する菅原文時は、祖父道真の左遷の影響で昇進が遅れたものの、その典雅な詩賦は文章生たちの手本とされ、自分の出自や経歴を記した名簿《みょうぶ》を出して弟子になる者が後を絶たなかった。

「今は詩文の世の中だ」

雅材はこの大先輩に励まされる思いで研鑽を重ね、首尾よく、わずか二年で《秀才》と呼ばれる得業生《とくぎようしよう》に選出され、出世の糸口をつかんだ。


得業生になって七年経てば、今度は最難関の試験《対策》の受験資格が得られる。だが、さすがに、このまま博士への道を歩むより、雅材はひとまず、式部省あたりでの任官を望んだ。受領だった父経臣《つねおみ》は隠居し、弟の元命《もとなが》も職がないまま散位寮《さんにりよう》に身を置いている。いくら裕福な摂津守中正の邸《やしき》とは言っても、雅材も、このまま通うのには気がひけた。妻の四の君はいつも朗らかな笑顔で迎えてくれたが、聡明そうな大きな目をした惟成《これしげ》が、もう五歳になる。

「いまに博士におなりなさるのよ」

確信をもってそう惟成に語りかける妻の言葉が耳に痛く、きちんとした後見をする必要に迫られたのである。

だが、たとえ官職に欠員が出来ても、縁故の薄い雅材はなかなか補充に推されることがなかった。得業生として典礼や諸行事へ参加しながら、彼は鬱々とした思いを詩文に陳《の》べることでわずかに傷心を慰めていた。ただ、そんな彼の救いは、惟成が驚くほど聡明なことだった。

六歳の正月から四書の素読《そどく》を始めたが、うれしそうな顔で、父に続けて、あたりを憚らぬ大声を出した。意味もわからず繰り返して倦《う》むことがなく、そのうち、雅材が来るとせがむようになった。

「覚えが早い。麿《まろ》よりも出来るようになるかも知れぬ」

「父を尊敬しているのですよ」

母もうれしそうに笑った。

天徳四年、そんな雅材《まさき》に偶然とも言える転機が訪れる。

《釈奠《せきてん》》と称される孔子祭が、恒例に従って、二月七日に大学寮の廟堂で催され、諸卿、諸博士が粛然と居並ぶ西廟で、その年は《詩経》の講読が行われた。雅材も得業生の席に着き、ゆったりとした韻律の朗詠を拝聴していたが、ふと、或る『小雅』の詩句に心が惹きつけられた。

「鶴は九皐《きゅうこう》に鳴き、その声野に響く」と朗詠した講師は、「《九皐》すなわち深い沢で鳴く鶴は、隠れ住む不遇な賢者が憂悶する孤高の姿ですな。『荀子《じゅんし》』によれば、これは『広くそのような在野の君子を求めよ』と君王を諭《さと》した雅詩だそうです」と説明した。

図々しいとは思ったが、その《不遇な賢者》が我が身に比《たぐ》えられ、寮宴に課される文人賦詩で、雅材は自らを《九皐に鳴く鶴》に喩《たと》えて詩案を練った。

《志は千里高く天空にあれどもいまだ飛翔すること能《あた》わず……霜髪ばかり徒《いたずら》に老い、いつその咽《むせ》び泣く声が天帝に届くのか》

何しろ必死である。これまでの持てる学識を駆使し、自分ほど恵まれない者はいないと、天皇始め諸卿に向かって切々と訴えた。そして、何度も推敲を重ねて衆に披露したのであった。

その賦が、本人も忘れた頃になって、ある偶然から主上《しゅじょう》の目に触れたのである。

「これを読んだか」

その年の暮れ、頭蔵人《とうくろうど》源延光《のぶみつ》に、主上は一枚の陸奥紙《みちのくがみ》を見せた。

「あの大火の折、運び出した直幹《なおもと》の申し文と一緒に出てきたものだ。藤原雅材《まさき》という得業生《とくぎょうしょう》の賦だ」

延光は唐突にそう言われて困った。そんなもの読む暇などありませんとは、さすがに答えられない。

九月、彼が頭になってわずか七日後、深夜に突如として左兵衛陣から火が出た。

「急いで南殿《なでん》の庭に！」

少納言の兼家が血相を変えて主上に避難を呼びかけたが、火はたちまちに内裏を焼きつくし、朝になって灰燼《かいじん》の中に神器を探し回るほどの大惨事となった。その時、内裏の御物《ぎょぶつ》は、とりあえず清涼殿の西にある中院まで急いで運び込んだのだが、鎮火後に足を運んだ主上は、ひと渡り目を通したあと、「直幹《なおもと》の申し文はどうした」と御訊ねになった。

六年前、民部大輔《みんぶのだいふ》に任じてほしいと橘直幹が奉った請願文のことである。その時、名文ではあったが、その恨みがましい文言を不快に思った主上は願いを許さなかった。それでも文章のうまさは認めていて、「無事だったか」と所在を確かめたのである。雅材の詩賦はその申し文と一緒になっていた。

しかし、延光にとって、内裏の再建や恩賞沙汰など、火事の後始末に追われ、今も詩賦どころの騒ぎではなかった。主上自身も、やっと先月になって避難場所の職曹司《しきのぞうし》からこの冷泉院に遷御なさったばかりなのである。

昔から多くの御製がある主上にとって、詩賦のない生活は考えられなかった。詩宴の愉みを炎に奪われ、不本意な避難生活を余儀なくされた苛立ちから、最近、とみに御機嫌がよろしくないのを、身辺の世話をやく延光も気が付いていた。

「不遇をかこつ詩文ですな」

延光にもそれくらいはわかる。

「不憫である。こうした者に目を配り、隠れた逸材を見出して朕に奏上するのが頭《とう》の役目であろうが」

主上は延光を咎めた。

「いまだ鶴は鳴き続けている。朕も話がしたい。すぐ蔵人にせよ」

「は？」

「蔵人にして連れてまいれ」

「ははっ」

有無を言わさぬ口調だった。

蔵人は種々の御用を勤める五人ほどの職事《しきじ》であるが、だからといって頭が直接任官出来るものではない。だが、これは勅命である。誰かと詩賦談義で無聊《ぶりよう》を慰めたい主上の御気持ちもわかるし、第一、女房歌合せなど開くに比べればずっと安上がりで簡単だった。陣座《じんのざ》の僉議《せんぎ》には後日補任の廻し文を出すことにして、延光はすぐさま所轄の小舎人《こどねり》を呼び、使者として藤原雅材のもとに赴かせた。


大学寮や勧学院を訊ね歩き、寮友から摂津前司《ぜんじ》中正の邸《やしき》だろうと教えられた小舎人は手を打って喜んだ。中正の所なら多大な禄をたまわると思ったのである。

豪奢な四脚門《よつあしもん》を敲《たた》き、案内に出た下人に官命で来たことを告げ、小舎人は仰々しく袖をあわせると、「御当家の婿殿が蔵人に叙官されました」と大声を張り上げた。大急ぎで下人が戻り、しばらく経って、邸内に降ってわいたような歓声が上がった。

「さ、こちらへ」

小舎人はすぐに客座に案内され、早速、白湯が出された。吉報をもたらした使者は饗応され、相応の禄が被《かず》けられる。奥であわただしくその準備にかかる雑人《ぞうにん》たちの足音が響いた。やがて中正が顔を見せた。

「一昨日、少納言殿の邸《やしき》から娘が懐妊したと知らせてきたばかりでな。《慶事は続く》とは本当だの」

喜寿を過ぎた中正は欠けた歯をみせて相好《そうごう》を崩した。少納言兼家は、すでに室の時姫を三条の自邸に移していたが、その時姫が第二子を宿したという。

「おお、婿殿が来られた」

屏風の向こうからあらわれた男の顔を見て、小舎人はあっと驚いた。

「あなたは」

「なんだ、おまえが来たのか」

男は中君《なかのきみ》の婿で、小舎人も知っている蔵人所の雑色《ぞうしき》であった。校書殿《きょうしょでん》に詰める八人の雑色たちは、当然、誰もが次の蔵人任官を熱望していた。小舎人は誤解に気づいてあわてた。

「いや、蔵人になられたのはこちらの秀才殿でございます」

「秀才？」と中正が不審顔で言った。

「はっ、文章得業生《もんじようとくぎようしよう》の藤原雅材さまでございます」

「知らぬぞ、そんなやつは」

中正は怒気に顔を赤らめた。

「そんな秀才を婿にした覚えなどない。何かの間違いではないか」

「いえ、確かにこちらの婿殿だと」

小舎人も必死に口上を繰り返した。

「人違いだと？」

顔色を変えた雑色は憤然と席を立ち、足早に奥へ行くと「やめよ、やめよ！」と大声で饗応の準備を制した。中正は、早速、古くからの下女を呼んで問い質した。

「申し訳ございません。御存じとばかり」

「どの娘だ」

「対の北に居られる四の君さまでございます」

何かというといつも笑っている、ふくよかな娘の顔を思い出した。

「あれは疾《と》うに宮仕えに出ていたのではなかったのか」

「とんでもございません。お子まで儲けておられます。ちょうど道隆さまの御誕生と重なり、時姫さまの御曹司ばかり賑やかだった頃で、お気がつかれなかったのも御無理ございません。もう七年になります……」

「婿がおったとは知っていたが」

「前《さき》の肥前守経臣《つねおみ》さまの御子息でございますよ。その頃はまだ擬文章生《ぎもんじょうしょう》でいらっしゃいましたけれど、誠実な学者肌の御方とお見受けいたしました」

裕福な中正には幾人もの子があって、卑賤な女に生ませた子の名まではよく覚えていない。しかし四の君は自邸に曹司を設けている姫である。中正は白いあご髭をしごきながら憮然として目を閉じた。

「それでいまも通っているのだな」

「はい。今日も来ておいでです」

勅命で蔵人にされた男をいまさら追い出すわけにもいくまいと、中正は苦虫を噛み潰したような顔で、小舎人を四の君の曹司まで案内させた。

寒い北の曹司の片隅で、その時、雅材は惟成に《文選《もんぜん》》を読ませていた。下女に呼ばれ、何事かと妻戸まで出てみると、簀子《すのこ》に膝をついた小舎人から、《至急冷泉院に出頭せよ》という蔵人頭延光《のぶみつ》の官命が伝えられた。わけもわからぬまま、突然、六位の蔵人にすると言われたのである。

「いくら儒者の清貧と言っても、その分では装いの用意もあるまい。内蔵寮《くら》に言って衣冠を一揃い被《かず》けてやれ」

六位蔵人の束帯は青色である。主上は笑いながら延光に命じた。隠れた賢人であるかどうかはもうどうでもよかった。

二日後、雅材は、庭前で任官儀礼の舞踏を済ませて昇殿し、主に有職《ゆうそく》に関する主上の諮問に応じることになった。周囲からは《蔵人得業生》と呼ばれ、やがて、応和二年、念願叶って《対策》に合格し、その律儀な人柄も見込まれて式部少丞《しきぶのしょうじょう》に任ぜられた。

「邸《やしき》を出たいのです」

妻の四の君は思いつめた顔で言った。

その頃になると、中正邸に通う回数は減ったものの、不充分ながら雅材《まさき》にも妻子の後見が出来るようになった。そのためなのだろう、ある日、突然、涙を溜めた妻が訴えたのだ。

「さもなければ、しかるべき宮仕えに出たいと存じます」

雅材がそんな妻の真剣な顔を見たのは初めてだった。

「何かあったのか」

「惟成《これしげ》もやっと十一になりました。来年は寮試を受けることが出来ます。あなただって、どこかに自分の家をお持ちになってもいい御身分ですよ。別に宮仕えのあてがあるわけではありませんが、いずれにしろ、わたしはもうここにいるのが嫌なのです」

「だから、その理由を訊いている」

「兵部大輔《ひょうぶのだいふ》さまでございます」

少納言から転任した兼家のことである。

「あなたには関心がないでしょうが、この対にいる妹の曹司にお通いです。昨年、詮子《せんし》という姫がお生まれで、賑やかな慶事が続けられ、わたしも手伝いに出されました」

三条邸にいる時姫は、正確には中正の孫娘で、それを自分の養女にして兼家を婿にとったのだった。そして、今度また別の姫のもとに兼家を通わせている。名門との縁を深めて一族の栄達を図る一方、自分の婿の名すら知らなかった父の中正に、四の君は以前から腹を立てていた。

「何も、手伝いに駆り出されたぐらいのことで怒っているのではありません。これまで、『同じ婿でありながら』と、邸《やしき》の者からいつも比較され嘲笑《わら》われていたのを御存じなかったのですか。わたしも惟成もずっと周囲の目に耐えてきたのです。あの女《ひと》が三条に移って、やっとほっとしていたのに」

彼女は、これまでの鬱憤をすべて吐き出すような激しい口調で父や雅材を恨んだ。それは同時に、我が子惟成《これしげ》に対する申し訳なさに結びついていた。

「あの子には何もしてやれなかった」

最後は涙声になった。

雅材《まさき》は弟元命《もとなが》の口利きで、ひと月後、ある地方官の留守宅を借り受けて、妻子とともに右京に移り住んだ。大納言源高明《みなもとのたかあきら》の広大な西宮《さいぐう》の近くであった。

惟成《これしげ》の早熟な才能には目をみはるものがあった。理解し記憶する能力は父親譲りであったが、真面目だけが取柄《とりえ》の雅材と違って、口達者でどこか世事に長《た》けたところがあった。この目の大きな少年は、幼い頃から母の影響を受け、理由もわからず祖父や兵部大輔兼家を毛嫌いしていて、西の京に移った後も中正邸には近寄ろうとさえしなかった。

惟成は十二歳で寮試を受けて、苦もなく擬文章生《ぎもんじようしよう》となった。寮生は誰でもみな、《字《あざな》》を名のることになっていたが、惟成は自らを《式太》と名づけた。《式》、つまり律令を重んずる男という意味である。

二　勧学会《かんがくえ》

藤原在国《ありくに》は惟成より十歳年長で、字《あざな》を《藤賢《とうけん》》といった。《藤》はもちろん姓からとったものだが、《賢》の自惚《うぬぼ》れはいかにもこの男らしかった。祖父は大学頭《だいがくのかみ》だったが、受領の父に連れられて地方を転々としたため、文章生となったのは遅かった。しかし、地方暮らしで身につけた人間の洞察力には秀でたものがあり、その見識と懐の深さは他の学生からも一目置かれていた。ただ、家柄を鼻にかけるだけの無能な貴族の子弟を軽蔑する一方で、清貧を装い、青白い顔をして高踏的な言辞を弄する儒学者先生も嫌悪していた。

「恋と禄には孔子《くじ》も倒れる」

在国には常に外側から物事を眺めて冷笑する皮肉な癖があった。

そんな彼だが、内御書所《うちのごしょどころ》に伺候する慶滋保胤《よししげのやすたね》という人物にだけは相応の敬意を払っていた。ともに菅原文時に師事して詩賦を学んでいたが、保胤の作る句には在国にはない生身の人間の声が溢れていた。なぜあのように人の魂を揺さぶる言葉を思いつけるのか、在国には謎であったが、それが幾ら学問をしても身につくもので無いことだけは確かだった。

保胤は賀茂忠行の二男であったが、家学である陰陽道《おんみようどう》を捨てて文章生となり、儒学を志した人物である。潔癖な保胤はそれまでの《賀茂》を《慶滋《よししげ》》と読み換えて新たな姓とし、さらにそれをひっくり返した《茂能《しげよし》》を自分の《字《あざな》》にした。何事に対しても一途《いちず》で頑《かたく》なな保胤は、今は、《市井《しせい》の聖》と称《たた》えられる空也上人に心酔しており、毎日のように《法華経》を読み耽っていた。

「茂能《しげよし》殿の詩賦には逆立ちしてもかなわないが、あの偏狭な人間からどうしてあのような素直な句が生まれるのかなあ」

在国は自分より十歳も年長の保胤をまるで詩敵《しがたき》のように考えていた。

文章博士候補の三善道統《みよしみちむね》は、雅材《まさき》と同年に得業生《とくぎようしよう》になった人物である。その道統の邸宅で、応和三年一月十九日に《善秀才宅詩合《しあわせ》》と呼ばれる詩会が催された。《善秀才》は道統の《字《あざな》》で、左の墨客《ぼつかく》の中には保胤と在国も名を連ねていた。《春》に関する御題の七言詩で二人はそれぞれ勝ちになった。

闘詩のあとは恒例の酒宴となり、判者の道統を囲むようにして盃が廻《めぐ》らされたが、やがて、在国が自席で酒を酌みながら道統に向かって言った。

「聞いた話では、判者殿が例の空也上人の般若経書写の勧進《かんじん》をしておいでだということですが、まことですか？」

道統は意を得たように頷《うなず》き、熱心な空也崇拝者である保胤も目を輝かせた。

「本当だ。この秋にはいよいよ写経の供養会《くようえ》が催されるだろう。その時には、麿《まろ》が願文《がんもん》を書くことになっておる」

この春、世間の関心を集めたのは、空也上人の金字大般若経六百巻の書写が、十四年の歳月をかけて、もうすぐ成就することであった。金泥《きんでい》の文字や水晶の軸、その華麗な装飾経の供養会だから、さぞかし豪奢を極めるだろうと、京でも評判だった。だが、在国は盃をあおると薄笑いを浮かべた。

「ぼろを着て歩いた市井《しせい》の聖が、なぜ、今、紺瑠璃《こんるり》の紙に金泥の字なんですかね。貧者の救済はもうお終《しま》いにしたのかな」

「大般若経がそれに価するだけの有難い御経だからだ」

保胤はこともなげに言った。

「上人は今日も辻に立っておられる。親を捨てるから出家は不孝だと仏法を謗《そし》る儒者がいるが、それは誤りだぞ、藤賢。この濁悪な世に、泰然と学堂に籠って後世《ごせ》を省《かえり》みない儒者の方がよほど罪深いではないか」

諭すような保胤の言葉を耳にしながら、在国は、今度は儒学を捨てて念仏聖にでもなるおつもりか、と心の中で冷笑した。

「すべては方便なのだよ。そうやって供養会に結縁《けちえん》する者すべてを極楽往生させてやりたいというのが上人の御望みなのだ」

感慨を込めて道統が言った。


東山のあちこちに紅葉が目立つようになった八月二十三日の早朝、賀茂川の西河原に幔幕《まんまく》が張り廻らされ、大きな仮の仏殿が設置された。当日は左大臣藤原実頼《さねより》までもが結縁すると聞き、貴賤の群集が仏殿を押し包むように詰めかけて、牛車や聴衆のかまびすしさの中で供養会が始まった。

六百人の高僧の低い読経の声が川面に響き渡り、六百巻の写経を積んだ龍頭鷁首《りょうとうげきす》の舟が、ゆったりと高麗楽を奏しながら行き交い、仏殿の前では、高らかに、道統《みちむね》による《空也上人の為に金字大般若経を供養する願文》が読み上げられた。

物見高い在国だったが、残念なことにその道統の願文を聞くことは出来なかった。同じ日に清涼殿で、主上の御宸筆《ごしんぴつ》による《法華経》完成に因《ちな》んだ五日間の学僧論議が行われ、在国も文章生として補佐の役割を担わされていたからである。

「誰もかれも、世の中挙《こぞ》って極楽に行きたがっておるわい」

在国は御論議には興味を持てなかった。

夕闇の増す頃になって彼は賀茂川に足を運んだ。京極大路を過ぎ、田畑や寺院の見渡せる小高い丘に出てみると、河原の群集は未《いま》だその数を減らした様子もなく、数限りない万燈会《まんとうえ》の灯りが、ゆらめく水面《みなも》を、まるで金砂《きんしゃ》を撒いたように照らし出していた。重く静かな読経の声があたりを圧し、多くの結縁者が随喜の涙を流している。

「もう、いつ死んでもいい」

傍らの黒い人影が在国に話しかけてきた。洟《はな》を垂らした老翁の、その感極まった表情が間近の篝火《かがりび》に浮かび出た瞬間、在国は思わずハッと息を呑んだ。目を細めた醜い老翁の顔が、突然、黄金の阿弥陀仏の相好《そうごう》に変じたのである。慌てて目を瞬《しばた》かせると、再び、皺だらけの痩せた老翁の横顔に戻っていた。だが、在国は不思議な感動に打たれた。そのような経験は初めてだった。

彼は呆然と遠い川面《かわも》に目を移し、暫く感動の余韻に浸っていた。そして、一度、真剣に保胤から話を聞きたいと思った。

保胤と在国が中心となり、紀伝道の学舎である都堂院に学生《がくしょう》たちを集めたのは、翌年の春であった。

「人の一生は《白馬が微隙《びげき》を駆け抜けるがごとく》またたく間に終わる。後生《ごしょう》こそ喫緊《きっきん》の要事である。死は潮が満つる如く足元に忍び寄っているのだ。然るに、諸君は、やれ寮試だ省試だと些事に追われるあまり、肝心な後世《ごせ》の勤めを疎かにしてはいないか。暫し心静かに学寮を出て新鮮な外気、新知識を吸収する必要があるのではないか」

保胤に続けて在国も説いた。

「昨今の仏法の興隆は坐して傍観すべき時期を過ぎた。叡山の学僧とて、その学識が我々に劣っているとは限るまい。学問や仏法に垣根など無いのだ。浄土を語り、詩賦を練ることで互いに切磋琢磨しようではないか」

「どうするというのだ」

今年文章生になったばかりの平惟仲《これなか》が面白そうに尋ねた。

「叡山と相談し双方で人数を出し合い、春秋の望の日に何処かの山寺にでも集まって、経を講じたり詩を朗詠したりする会を立ち上げたらどうであろう」

そうした現実的な対応は在国の得意とするところだった。日頃空也上人に心酔している源為《ため》憲《のり》は勿論、集まった二十人ほどの学生たちはみな賛同の声を上げた。

その最初の会合が開かれたのは、暮春の望日《ぼうじつ》、すなわち三月十五日であった。前日、叡山西麓の月林寺で学生らが詩句や経文を誦しながら待っていると、僧侶二十人がぞろぞろと下山してきた。翌朝から《法華経》の講読が行われ、夕刻からは弥陀の名号念仏、夜に入って仏を称える漢詩を作成し合った。その後、学生側は、仏教に理解の深かった白居易の詩を、僧側は『法華経』を朗読して夜を明かし、翌朝に散会した。《勧学会》という名称は保胤が考えた。

在国と親しかった平惟仲は、翌年に刑部少丞《ぎょうぶのしょうじょう》となり、早々と官僚の道を歩み始めた。彼も在国と同じく受領の息子で地方育ちだったため、二十歳を越えてやっと文章生になり、その焦りもあったからだ。だが、在国の方は相変わらずのんびりと構えて、自ら猟官に動こうとはしなかった。彼が文章得業生《もんじょうとくぎょうしょう》になり、憲平《のりひら》親王の東宮雑色に任官されたのは三年後、康保四年のことである。

そして、その年、十五歳になった式太こと藤原惟成《これしげ》が、父を超える詩才の持ち主として、これもまた若くして得業生に選ばれ《秀才》となった。

在国が初めて惟成と言葉をかわしたのは、清涼殿でも桜花の宴が催された春の盛りの朝であった。在国は、東宮の御在所である凝花舎《ぎょうかしゃ》に出仕するため、宿舎の勧学院から大路を北に向かって急いでいる途中だった。東宮の病状を気に病み、どこか憂鬱そうに眉を曇らせて歩く在国の横から、突如、浅緑の束帯を着た若者が声をかけてきた。

「藤賢さまとお見受けいたします。私は藤原惟成と申す学生で、学寮では式太と呼ばれております。ひとこと御挨拶を申し上げようと、ここでお待ちしておりました」

「噂に聞いた惟成殿か。まだ若いのに詩賦に優れておられるとか……いや、失礼、麿と同期の得業生《とくぎょうしょう》だったな」

在国は親しみを込めて笑った。

「お願いがございます」

惟成は真剣な目で、今度の《勧学会》にぜひ自分も参加させてほしいと頼んだ。

「魂の籠った詩賦を得るためにも、弥陀の教えや念仏について学びたく存じます」

念仏に関心を寄せる者であればとくに資格などなく、まして若い得業生であれば大歓迎だと在国は言った。

「貴殿のような優秀な若者が来れば、さぞかし保胤殿も喜ぶことであろう」

「有難うございます。お急ぎの所をお呼び止めして申し訳ありませんでした。お許しください」

惟成は袖を合わせて礼をすると、朱雀門の方角に足早に立ち去った。

「なんとまあ、目の大きな若者だ」

遠ざかる小柄な背中を見送りながら、在国は面白そうに唇の端をまげた。

「ああいう若者もいるのだ」

在国はため息混じりにつぶやいた。彼の耳の底には、いつも、冷たい狂気を宿した東宮憲平《のりひら》親王の甲高い笑い声が響いていた。


十八歳になった憲平親王は、故右大臣師輔《もろすけ》の娘安子の生んだ第二皇子であったが、在国が東宮雑色《ぞうしき》に任ぜられたのは、その親王の御病気のためだった。

東宮には、以前から常軌を逸した振舞いが多く、天井の梁に乗せようと一日中鞠を蹴り続けていたり、主上への消息文に男根の絵を画いたりして母后安子を悩ませていた。普段は涼やかで可愛らしい目が、ひとたび異様な光りを帯び始めると、突如、声が高くなって醜悪な破顔に変じ、思わず周囲が目をそむけるような破天荒な奇行を演ずるのである。この春からは、それが一層ひどくなり、いくら高僧が加治祈祷を繰り返しても、いっこうに収まらず、それで在国も世話役の一人につけられたのであった。

朝廷では、世嗣争いで師輔に敗れた故元方《もとかた》大納言の怨霊だと恐れたが、在国は、しかし、その病的な笑い声には閉口するものの、そんな東宮の天真爛漫な奇態が好きであった。

「なさることは、他愛ない児戯《じぎ》に類することばかりだ」

彼が初めて凝花舎に出仕した時のことである。催馬楽《さいばら》が好きな東宮は、その時もこっそりと御所を抜け出し、庭隅の小舎《しょうしゃ》の屋根に上って、「この殿の西の倉垣《くらがき》春日すら」と大声で詠《うた》っていた。見上げる坊官たちは薄笑いを浮かべながら、「覚悟なされよ」と、新参の在国に顎で屋根を示した。ところが、突然、催馬楽が「女陰《くぼ》の名をば何とか謂《い》う」と卑猥な歌詞に変わった。顔色を変えた坊官が慌てて「殿下、殿下！」と叫び、女房たちは顔を赤くして奥に逃げ込んだ。「お止めしろ！」と、傍にいた在国まで叱咤され、東宮は屋根の上からそれを見て手を叩いて面白がった。そして、その様子を見上げているうち、在国まで思わず笑い出してしまったのである。

「夢に舞う胡蝶だ」と在国は思った。

そんな東宮の病状を憂いていた主上が、五月に入って体調を崩し、やがて床に就いてしまわれた。御不予となられた主上が、左大臣実頼《さねより》を枕頭に呼んで、次期東宮は守平親王にするように遺言したという話が、まことしやかに伝えられ、その十日後、かつて天暦《てんりゃく》の治を謳われた四十二歳の村上天皇は清涼殿で崩御された。

即日、東宮憲平親王が践祚《せんそ》した。当然のことながら政務を内覧する者が必要で、実頼が関白に任じられた。その実頼がまずしなければならなかったのは、十月に大極殿《だいごくでん》で予定されている即位式を、異例の措置として、御座所に近い紫宸殿《ししんでん》に変更することであった。

「出来るだけ短く簡素にせよ。何を御仕出かしになるかわからぬ」

実頼ばかりでなく、誰もが主上の狂気に脅えていた。さすがの在国も緊張して新帝の身辺に仕えたが、この御代は長く続かないのではないかという漠然とした不安がどの近臣たちの胸をも支配していた。

尊位に就かれた主上が最初になさったのは、こっそりと神璽《しんじ》の箱の紐をほどいて中を覗こうとされたことだった。


藤原実頼は六十八歳、弟の右大臣師輔《もろすけ》とともに村上天皇の天暦の治を輔佐した有識者であったが、娘の女御述子《じゆつし》は皇子《みこ》を生むことなく薨じてしまった。新帝の憲平親王は師輔の娘安子の腹であり、生きていれば当然、外祖父師輔が関白に就いた筈であった。

「御病気がこのところ連日起こっているということだが」

実頼は苦笑いをしながら中納言師氏《もろうじ》に酒を注いだ。この日、弟の師氏と源延光《のぶみつ》が揃って実頼の小野宮邸に顔を見せたのである。かつて蔵人頭として雅材《まさき》を召した延光も、今では参議になっていた。

「例によって大声で催馬楽を詠《うた》われ、その御声が御所警備をしている連中の耳にまで達するので困っております」

「あまりの異様さに、右兵衛佐の佐理《すけまさ》など、顔を青くしておりました」

源延光が口を添えた。

「それにしても、即位式を紫宸殿に変更されたのは名案でしたな。みなが英断だと褒めております ぞ」

「いや、それでも心配には変わらぬ。今年は先帝の諒闇《りようあん》で大嘗会《だいじようえ》はせずに済むが、今後も何かある度に頭を悩ますことになりそうだ」

同じ貞信公忠平の息であっても、長男の実頼は、師輔《もろすけ》、師氏《もろうじ》、師尹《もろただ》の兄弟とは母を異にしている。師氏にとって、それでも、老齢の実頼は頼りに出来る氏の長者であった。

「新帝の御病気につけ込んで、外戚の伊尹《これただ》あたりが何か企んでいると聞きますが」

師氏は上目遣いに実頼を見た。故師輔の長子である伊尹は、この春参議から権中納言に昇任したばかりだが、今度は大納言になるため色々画策しているという噂だった。生前の師輔の僥倖を妬《ねた》んでいた大納言師尹ほどではないが、師氏もまた、兄の遺子たちを快く思っていなかった。

「麿などもう十年以上も中納言をやっておりますぞ。伊尹は、今度は娘の入内《じゆだい》まで計画しているとか」

「伊尹だけではないのだ。蔵人頭になった兼家も、今度は参議にしろとうるさい。こちらの方が小才が利いて父親似だな……ま、どうにも困った甥たちだよ」

苦笑する実頼とは逆に、師氏は不機嫌に口を曲げた。

「ともかく、新帝があんな具合ですから、守平親王立太弟《りったいてい》の件については、早めにやった方がよろしいですぞ」

押し殺した声でそう言って、師氏はようやく顔をほころばせた。実頼は先帝の遺言であると押し通して、兄の為平親王でなく、弟の守平親王を皇太弟にすることを周囲に認めさせた。為平を娘婿にしていた右大臣源高明が外戚になることを恐れた藤原北家の謀略ではないかと囁かれたが、誰も反対する者はなかった。

いつ譲位があってもおかしくないという、不穏な空気を漂わせながらも、新しい時代が幕をあけた。主上の歌声を聞いて顔を青くした佐理は、来るべき時代に絶望して、それから十日と経たずに出家し、叡山に入ってしまった。

三　乳母子《めのとご》

「天暦《てんりやく》の頃がなつかしいの」

妻の酌をうけながら、目縁《まぶち》を赤く染めた雅材《まさき》が笑った。蔵人に取り立ててもらった先帝を山城国葛野《かどの》に葬り、その村上御陵の植樹を済ませると、どこか呆然と気が抜けたようになってしまった。それでも、外記《げき》局で詔書や公文書の勘考に携わる雅材は、御代《みよ》替わりの庶務で多忙を極めていたが、この日、妻が四年ぶりに懐妊したこともあって、早めに西京の自宅に戻ったのである。既に五歳になる惟成《これしげ》の妹がおり、これが三人目だった。

「伊尹《これただ》中納言の大君が入内《じゆだい》なされた。この春に上臈を四人越えて中納言になられたばかりだが、主上の外伯父でもあるし、今にあの御方の世になるかも知れぬ」

「華やぐ御方もあれば、逆に、九重《ここのえ》から姿を消さねばならない哀れな先帝の女御方もおられます。お気の毒に、あの宣耀殿《せんようでん》の女御もお亡くなりになりましたそうですね」

村上の御寵愛深かった宣耀殿の芳子は、兄の師輔を嫉妬した大納言師尹の娘だが、彼女が生んだ永平親王は白痴であった。

「出家した女御、更衣もおられる」

「おかわいそうに……」

「そういえば、東宮亮《とうぐうのすけ》だった兼家殿が蔵人頭《くろうどのとう》におなりだ。三条邸の道長さまも、明年袴着だったな。何かこちらからも祝をせねばなるまい」

「その前に、わたしの帯の心配をしてくださいな」

五カ月になると戌《いぬ》の日に腹帯をつける。

「惟成も校書殿《きょうしょでん》の雑色になったし、このまま良いことが続くといいが」

明るいうちからの酒に陶然となった雅材の目の先で、橘が赤い実をつけていた。


在国は、東宮時代に続いて蔵人所の雑色になった。頭《とう》は兼家である。蔵人所は清涼殿の南、校書殿内の西廂《にしびさし》にあって、御物《ぎょぶつ》の納殿《おさめどの》の出納をつかさどった。殿上の間とは鈴の綱でつながれ、何かの時はその合図で出納小舎人《こどねり》が呼び出される。校書殿の西側には蔵人所町屋があり、在国は勤番でない時もそこに詰めていることが多かった。

そんなある日、勧学会以来顔を会わせる機会の増えた惟成が、校書殿の雑色に任ぜられてやってきた。蔵人所の雑色は八人で、そのほとんどが将来の蔵人昇進を約束されていたから、然るべき公卿の子弟が多くこれに補されていた。しかし、惟成が任ぜられたのは、校書殿に納められた累代の書籍に明るい文章得業生だからであった。

「式太は幾つになる」

「十五でございます」

惟成はうれしそうに答えた。彼は肥った在国の大様《おおよう》な物言いが好きで、その自由闊達《かったつ》な学風を尊敬していた。

「元服はすんだのか、もう通う女がいたっておかしくないな」

「初冠《ういこうぶり》はこの春に」

父の雅材が、惟成の仕官のことも考え、大学頭《だいがくのかみ》に加冠を頼んでくれたのである。父が受領だった在国とは違い、当然、屋敷も妻もまだ有る筈がない。

「勧学会《かんがくえ》でもなかなかいい詩を作ると、山法師どもが感心しておったぞ。保胤殿は『知に逸《はや》って文飾の衒《てら》いが多い』と批評しておられたが、それは若さの特権で、どうしてどうして並の技量ではない。今後も精進を続けられよ。麿も東宮坊から此処に移ってまだ間もないが、何かあったら相談するがいい」

在国は顔を綻《ほころ》ばせて言った。


夕刻、校書殿を出た二人が紫宸殿に向かって歩いている時だった。

《ナァヨォヤァア》

あたりの静寂を破って、何か大きな鳥が叫ぶような気味の悪い声が禁裏に響きわたった。

ギョッとして惟成が振り返ると、在国も虚ろな目を清涼殿の方角に向けた。

「なんでございましょう」

「主上《おかみ》であられる。そのうち慣れる」

天皇の異常な言動について噂には聞いていたものの、惟成は、まさか自分が直接その声を耳にするとは思ってもみなかったので、茫然とその場に立ち竦《すく》んでしまった。

「《山城《やましろ》の狛《こま》のわたりの瓜《うり》つくり》……催馬楽だよ、《我を欲《ほ》しといふ、いかにせむ、な、なよや、らいしなや》」

在国は扇で拍子をとりながら、言訳でもするように詠ってみせた。恐らく彼は毎日のようにこうして主上の相手をしているのだと惟成は思った。

「七日して渾沌《こんとん》死せり」

ふと詠うのをやめて在国が呟いた。

「は？」

惟成はすぐに《荘子》だと気づいたが、在国が何を言おうとしているのかと訝《いぶか》った。渾沌は顔に目鼻耳の七穴《けつ》を欠いた伝説上の太古の帝王だ。饗応された南北の帝王がその返礼にと顔に穴を開けてやったのだが、その結果、渾沌は死んでしまう。

「不便だろうと無理に穴を穿《うが》てば、却って渾沌は命を失う」

「主上《おかみ》が渾沌だと？」

「尋常の目鼻をもっては味わえぬ、その人間固有の五感があるとは思わぬか」

「第六識……」

惟成の言葉を在国はせせら笑った。

「式太も催馬楽を詠えばわかる」

失望し遁世したくなったのは何も佐理《すけまさ》ばかりではない。だが、誰もが伯夷《はくい》、叔斉《しゅくせい》なみに隠者を気取るわけにはいかないではないか。たとえ万乗の君であってもみなが同じ顔をしているわけではないのだ。天暦《てんりゃく》は天暦、今は今、今の世を生きるほかはあるまいと在国は思う。

「渾沌の世だよ」

異様な声から一刻も早く遠ざかりたい気持ちで、二人は再び歩き始めた。

「式太も冠《こうぶり》を得たのなら、いつまでも親の世話になってはおれまい。蔵人の雑色なら婿に欲しがる者はいくらでもおる。何なら世話して上げてもいいぞ」

在国は豪快に笑った。

だが、その白い狩衣姿を承明門に見送った後でも、惟成は、耳の底に、あの不気味な歌声がいつまでも響いているような気がしてならなかった。

帝の状態を見込んで、新たに皇太弟となった守平親王への接近を図る摂関家の動きが活発となった。若い兼家は最も積極的で、自ら守平立太子の儀式を采配したかと思うと、妹の登子《とうし》を京極東の別邸近くに転居させた。母后安子は既に三年前に崩御して新帝即位とともに皇太后を追贈されたが、安子亡きあと、母代りになって守平の面倒をみてきたのが妹の登子であった。兼家は登子を取り込むことで守平への接近を図ったのである。

入内した伊尹の娘懐子《かいし》は、怖がって里住みが多い他の女御たちと違い、おおらかな父の気性を承け継いだものか、主上の狂気に対しても寛容であった。そのためもあり、心配された紫宸殿での即位式が終わった翌月、伊尹は待望の大納言に任ぜられた。

師走になると、太政大臣に叙された実頼の後を受けて、左大臣には源高明が、大納言師尹が右大臣に、それぞれ格上げされた。高明にとっては娘婿である為平親王立太弟の夢が破れ、失意の中での就任であった。

翌年の春、雅材も、詔勅を草する太政官の右少弁に昇任した。

「これでもう三条邸に気兼ねすることもなくなりますね」

妻はふくらんだ腹をさすりながら、満足そうに笑った。

御所では思いがけず懐子が懐妊し、夏になって伊尹の一条邸に戻ってきた。喜びにわく大納言家では、早速、洛内の諸寺に安産の祈願を行わせ、母の恵子女王は産室を白ずくめに飾る準備に追われた。女王には懐子の下に五人の弟がいたが、いずれも十歳を過ぎて手がかからなくなっており、このたびの女御の出産には女王自らが先頭に立って大声で女房たちを指図した。

八月に安和と改元され、ちょうどその頃に雅材の妻が女児を出産した。

朝廷では来たる大嘗祭に向けて、早々と侍従や御禊装束《ごけいそうぞく》が決められた。賀茂川で点地が行われ、十月二十六日に二条河原で大嘗祭前月の御禊が行われることになった。しかし、その御禊に奉仕する筈の女御懐子が臨月のため、かわりに兼家の娘超子が女御代《だい》に選ばれ、急遽入内することになった。兼家にとっては願ってもないことだった。

女御懐子に第一皇子が誕生したのは、まさにその御禊当日のことであった。外伯父《がいはくふ》の大納言伊尹の女御に生まれた皇子となれば、当然、次の東宮候補である。

「これが麿の甥御《おいご》か」

それまで母女王に甘えてばかりいた十二歳の末子義懐《よしちか》が、うれしそうに嬰児の顔をのぞきこんだ。

親王には三人の乳母がつけられる。将来の皇位継承者として、乳母は特に慎重に選ばれたが、そのひとりに、半年前に次女を出産した惟成の母が推挙された。同じ摂津の前司中正の娘であることで、兼家室の時姫から一条邸に紹介されたという話だった。

産湯から乳つけ、さまざまな産養《うぶやしない》の儀式が続き、暮れには親王宣下《せんげ》がなされて、生まれた皇子は師貞《もろさだ》親王と呼ばれた。

「やれやれだよ」

一条邸の母の局《つぼね》を訪れた惟成に、彼女は照れたような顔を向けた。彼女は、夫の職名から《弁の乳母》とみなから呼ばれていた。親王の乳母ともなれば、受領の娘にとっては名誉この上ない宮仕えである。

「驚きましたよ」

「三条の口利きらしいけどね。今ではあの人も右少弁になったし、お前だってこれで親王の乳母子だよ」

あまり消息のやりとりもしていない兼家室の時姫だったが、それでも母はうれしそうであった。惟成と同じ年に生まれた兼家の長男道隆は、既に左兵衛佐《さひょうえのすけ》になっている。自分が乳母になれば、当然、惟成の前途も開けてくるに違いない。昔から何かと兼家に引け目ばかり感じてきた彼女にしてみれば、身をもって惟成の役に立てれば本望であった。

「帝との御対面は？」

「年が明けてからと言っています」

「母上も玉顔を拝するのですか？」

「それは、乳母ですもの」

惟成の耳にはまだあの時の歌声が残っている。父帝の異常を継いだ親王だったら、今後、母が在国のような苦労を背負い込むかも知れなかった。

「可愛いのでしょうね」

「主上《おかみ》に似た端正な面立ちをなさっていらっしゃると、みなが申しておりますよ」

その時であった。

「御覧なされればよろしいのに」

不意に几帳《きちょう》の向こうで女の声がした。

「駄目ですよ」

慌てて母が声の主に言った。

「かまいませんことよ。乳母子じゃありませんか。妾《わたし》が案内してさしあげますわ」

声とともに几帳の陰から萌黄の小袿《こうちぎ》を着けた女房が姿をみせた。

「別に聞き耳立てていたわけではないのですけど、狭い局《つぼね》の中ですからね、弁の乳母の御子息でいらっしゃいますね」

ふっくらとした瓜実顔のなかで細い目が笑っている。真っ赤になった惟成はまともに返事が出来なかった。

「ついていらっしゃいな」

女が立って裾を払うと、かすかな香の匂いが舞った。惟成が振り返ると、苦笑した母も膝をついて立ち上がった。

寝殿の南廂《みなみびさし》に惟成が畏《かしこ》まると、女二人は慣れた様子で御簾の中に入っていった。奥からは嬰児の泣く声が聞こえた。

「弁の乳母の御子息、蔵人の惟成殿が、皇子《みこ》に御挨拶に参りました」

女房が母女御の懐子に啓上した。恐らく女御が何か言われたのであろう、暫くすると弁の乳母が親王を抱いてやってきて、惟成の前の御簾が少しばかり引き上げられた。

「皇子、乳母子の惟成でございますよ」

真面目な顔をした母が、胸の嬰児に向かって言った。

「蔵人の雑色、惟成です」

惟成も頭を上げて皇子に目を遣った。

目尻に涙をためた鬱金色《うこんいろ》の小さな顔が、やわらかな白無垢の産着に埋もれていた。眉間には深い皺が刻まれているものの、口もとには、あるかなきかの微笑が浮かんでいるようにも見えた。それは、この後生涯にわたって不思議な縁で結ばれることになる二人の、運命的な出会いであった。畏まった惟成は親王のまだ乳臭い肌の温もりを目で感じた。相手はまだ喃語《なんご》も発せぬ嬰児ではあるが、尊貴な竹園《ちくえん》の血脈を既にその小さな指《および》の隅々にまで通わせているのだ。

「よろしくたのむぞ」

そう言って、女房が含み笑いをしながら御簾をさげた。母が皇子とともに立ち去るのを待って、再び、扇で口元を抑えた先程の女房が御簾から姿をあらわした。

「麿はまだ蔵人ではありません」

「蔵人の方が良いではありませんか」

「しかし……」

「さ、局《つぼね》に下がりますよ」

惟成は御簾に一礼すると、女のあとに従ってもとの局に戻った。

「お母様とよく似た御気性でいらっしゃるのね。あれこれ言わずに、早く蔵人におなりになればよろしいのです」

女はそう言い残して、そのまま襖障子《ふすましょうじ》の向こうに萌黄《もえぎ》色の姿を消してしまった。惟成にとって、それは、師貞《もろさだ》親王とはまた別の、新鮮な出会いであった。

四　師尹《もろただ》

伊尹の女御懐子が師貞親王を生み、兼家もまた超子を入内させるなど、若い世代の台頭が著しかった。亡き師輔の霊が、病気の天皇や息子たちを守護しているのだと世間で噂され、超子は十二月に正式の女御になった。それもあって、翌安和二年二月の除目《じもく》で、兼家は、東宮大夫と頭中将を兼任したまま、突如、正三位中納言に抜擢された。

そうした師輔一門の興隆は、叔父たちの目からすれば甚だ面白からざるものに映った。叔父の中でも、特に右大臣になった師尹《もろただ》は策謀にも長《た》け、実頼とともに九歳の守平親王を皇太弟に推して自らその傅《ふ》となっていた。亡兄の師輔と違って、彼の娘芳子が生んだ親王はいずれも病弱で立太子には適《かな》わなかった。だからこそ、彼にとって守平は最初にして最後の好機であり、次の関白は自分だという強い思い入れがあった。

「なんだ、あれは」

小一条邸に戻る途中、師尹《もろただ》は車の中で憤懣やるかたない声を洩らした。

「参議も経ずにいきなり中納言だと？」

兼家に恨みがあるわけではないが、そこに師輔の影を見たのである。

《甥どもが、外戚を鼻にかけ、どうも最近わがままが過ぎる。関白が所労を理由に今日の除目を左大臣に任せたのも、あるいはそれが一因だったかも知れぬ。兄の伊尹が裏工作をして強引に兼家をひっぱり上げたのだ。師氏《もろうじ》などはもう十年も中納言でいるが、弟の麿だってそのようなことはしなかった》

老いて病《やまい》がちの実頼は最近自分の無力を嘆くことが多いが、外戚に縁のない点では師尹《もろただ》とても同じであった。最愛の娘だった芳子の遺児永平親王がせめて健常であったらという愚痴が、もう何百回となくその傷む胸に繰り返されていた。


ちょうどその時である。近衛大路を二町ほど行ったところで、一台の檳榔毛《びんろうげ》の車が、あとから来る師尹の車を認め、右大臣を先に行かせようと道端に寄って控えていた。見慣れた家人《かじん》の顔がある。今日の除目《じもく》で中納言になったばかりの兼家の車だった。

「ちょっと来い」

師尹は、こちらも下馬の礼で降り立った随身を御簾越しに呼びつけた。

「車を控える時は、牛を外し、轅《ながえ》の向きを逆にして迎え待つのが礼儀である。師輔は息子にそんなことも教えなかったとみえる。お前、何人か引き連れていって、あの車の向きを変えてこい」

師尹はそう命じると、じろりと物見から兼家の御簾を睨みながら通り過ぎた。十人ほど残された随身や舎人は、言われた通り兼家の車に近寄り、車副《くるまぞい》や牛飼いを追い払うと、強引に牛ごと轅をひき回そうとした。

「何をするか！」

「礼儀を教えてやるのだ」

兼家の家人たちが思わず太刀に手をやり、車をはさんで双方が睨みあった。

「何事だ！」

突然大きく車が揺れ、あわてて脇板の手懸《てが》けに取りついた兼家は驚いて怒鳴った。

「非礼であるから車の向きを変えろと、右府の随身どもが乱暴に及んだのです」

「右大臣の？」

何が師尹の勘気に触れたのか知らぬが、この不穏な状態にこのまま身を置くことの危険を察した兼家は、牛飼いを呼ぶと、すぐに車をやるように命じた。助かった顔の牛飼いは逃げるように車を走らせたが、揺られる兼家は嫌な予感がしてならなかった。

対峙したまま大路に残された随身と家人の間で、やがて乱闘が始まった。互いに殴り合い蹴り合いしているうちはよかったが、そのうち、兼家の家人の振り回した太刀に頭を割られた舎人が、顔面を血に染めてワッと道に倒れ伏した。双方に負傷者が続出し、数に劣る右大臣の随身たちは、太刀を構えながらジリジリと後退を続け、やがて、申し合わせたように一斉に逃げ出した。

頭を割られた舎人は、すぐに駆けつけた仕丁《しちょう》の手で小一条邸に運び込まれたが、庭の筵の上でそのまま息絶えてしまった。

「許せぬ!」

舎人を殺された師尹は激怒した。そして、すぐさま二百人を超える家人や雑人《ぞうにん》を駆り出して、兼家邸を打ち壊しに遣らせた。

三条大路が騒然とするなか、固く閉ざされた兼家邸の四脚門が叩き壊され、内部に押し入った者たちを、中門の屋根に上った邸の兵士《つわもの》が続けざまに弓で射るという、凄惨な戦闘になった。数名が矢傷を負ったが、すぐさま兵士は屋根から引きずり落とされ、百名を超える右大臣家の雑人たちがワッと喊声《かんせい》を上げながら庭内になだれこんだ。さすがに屋敷内には踏み込まなかったものの、高欄をへし折り、格子や板戸を蹴破り、厩《うまや》を引き倒して馬を追い散らしたりして、縦横無尽に庭内を荒らしまわった。

兼家は外の騒ぎを聞きながら、家族とともに主殿の塗籠《ぬりごめ》の中でじっと息を凝らしていた。彼にしてみれば、なぜ叔父がこんな乱暴を働くのか理解出来なかった。思いあたることと言えば、この日の除目で自分が中納言になったことだが、それとても別に叔父が憤る理由になるとは思われなかった。

「だが、とにかく、すぐに道隆あたりを謝罪に遣らねばなるまい」

翌日、兼家は、荒廃した三条邸から京極の別邸に転居を余儀なくされた。

彼はこれを契機に、祖父伝領の三条邸を大々的な南北二町の寝殿に造り替えることにして、早速、付近の土地の買収を命じた。しかし、右大臣家と中納言家の下衆《げす》同士の反目はその後も続き、両家の争いはしばらく都の語り草になった。

この対立はいつか立ち消えたが、それは両者が共同してあたらねばならないもっと大きな敵が出来たからである。師尹の憤怒は謀略に姿を変え、さらに大きな事件を引き起こすことになる。

師尹《もろただ》に仕える武人の中に源満仲という清和源氏がいた。かつて平将門によって都に追い返された武蔵介経基《つねもと》の嫡男であり、十年ほど前、将門の子が京に潜入したという情報に驚いた朝廷が、急遽《きゅうきょ》、都の警備を命じた武人の一人であった。満仲はその後、左馬助《さまのすけ》となって村上天皇の鷹飼いに任ぜられたが、私的な主人としてずっと師尹に仕えていた。

一昨年の村上崩御の際、満仲は競争相手の藤原千晴と一緒に伊勢の固関使《こげんし》を命ぜられた。千晴は、平貞盛とともに将門を討った有名な藤原秀郷《ひでさと》の息で、相模介として既に東国に勢力を張っており、私的な主人としては左大臣源高明《たかあきら》に仕えていた。いわば、為平《ためひら》親王を女婿《むすめむこ》とする高明と、東宮守平親王を擁する師尹との暗黙の確執《かくしつ》が、この二人の武人の上にも濃く影を落としていたのである。

東宮傅《ふ》となった師尹であるが、彼は、常に、為平親王にいつ息を吹き返されるかも知れないという不安を抱いていた。裏返せば、それだけ高明に対する恐れがあった。

「どんな子細なことでもいい、西宮《さいぐう》の内情を偵察して報告しろ」

師尹は満仲にそう命じた。満仲は、同じく千晴と敵対していた前武蔵介藤原善時《よしとき》と図り、西宮左大臣家の舎人や武人から情報を仕入れては、逐一《ちくいち》それを師尹に報告した。何より師尹を喜ばせたのは、そうした武人たちの酒席での高言、暴論であり、広平立太弟《りったいてい》に関する悪口雑言の類《たぐ》いであった。

「ただならぬ企《くわだ》てがございます」

満仲が師尹に訴え出たのは三月二十五日の早朝である。宿直所《とのいどころ》にいた師尹は何食わぬ顔で「何事だ」と訊《き》いた。

「中務少輔《なかつかさのしょうゆう》橘繁延《しげのぶ》、左兵衛大尉《だいじょう》源連《つらぬ》、および前相模介藤原千晴などが、加持僧の蓮茂《れんも》に命じて、密《ひそ》かに守平親王呪詛の祈祷を上げさせておりますぞ。千晴など『すぐ今上《きんじょう》を廃帝にして、皇太弟を東国に拉致してしまえば、明日にも為平親王の世になる』などと放言しておるそうです」

「本当か」

師尹は大げさに驚いてみせた。

「事実ならとんでもない話だ。おおかた連《つらぬ》あたりが首謀者だろうが、すぐに対処せねば大変なことになる。よいか、この場ですぐ密告文を書いて朝廷に提出するのだ」

師尹が首謀者と断じた源連は、その叔母周子が高明の母で、彼の妹も高明の室となっている。いわば左大臣家と最も密接な人物が標的にされたのである。

その場に居合わせた公卿たちは一斉に顔色を変えて師尹を見た。師尹はみなの目の前で満仲に密告文を作らせ、義時と連名で提出させた。事態は直ちに関白実頼に報じられ、同時に宮中の諸門を閉じて公卿が召喚され、その日のうちに僉議《せんぎ》が行われた。大納言伊尹《これただ》や中納言兼家も師尹に歩調を合わせ、この時とばかり口を揃えて左大臣家の非を難じた。

検非違使《けびいし》によって僧の蓮茂《れんも》や橘繁延《しげのぶ》が左衛門府に連行され、厳しく執拗な尋問が繰り返し行われた。首謀者と目された源連《つらぬ》は姿をくらまし、五畿七道に追討の官符が下された。朝廷は天慶《てんぎょう》の大乱以来の騒動に陥り、慌《あわ》ただしく三関に固関使《こげんし》が派遣された。当然、事件は東宮問題で不満をいだく左大臣家の所業と断定された。

「主《しゅう》として左府御自身の責任が問われねばなりますまい。為平親王も暫く参内を控えていただくようですな」

上卿《しょうけい》の師尹《もろただ》が憮然とした顔で言った。

僉議の結果、菅原道真の例に倣《なら》って高明を大宰権師に左遷することが決められ、邸宅である西宮《さいぐう》に検非違使が派遣された。

知らせを聞いた高明はその場ですぐに出家して謹慎の意を表《あらわ》した。

「大丈夫、何かの間違いだ」

家族にそう言い残し、高明は検非違使に包囲されたまま、粗末な網代車《あじろ》に乗せられて連行された。嫡男忠賢《ただたか》も出家して父の洛内残留を願い出たがかなわず、高明は二十八日に早々と大宰府に送られた。

何よりも世間を驚かせたのは、高明が左遷されて三日後、ちょうど橘繁延が土佐に配流された日に、朱雀院の西側二町にわたる広大な西宮の邸宅が、白昼、あっというまに全焼し、雑舎三棟を残し灰燼に帰してしまったことだった。まるで邸宅ごと高明が抹殺されてしまったかのようであった。

火事の翌日、獄舎に囚《とら》われていた藤原千晴が隠岐国に、僧蓮茂が佐渡国にそれぞれ配流となった。源連《つらぬ》の行方は依然として知れなかったものの、この忌まわしい事件の終結を宣言するごとく、四月九日、建礼門の前に親王や公卿たちを集めて大祓《おおはらえ》が行われた。事件は世に安和の政変と呼ばれた。

追放された高明に替って師尹が左大臣になり、七十八歳の大納言在衡《ありひら》が右大臣に昇格した。人々は摂関家の陰謀だとささやき合い、あれほど憎みあっていた師尹と兼家が、これを機に手を結んだことに首をかしげた。

源満仲は密告の賞叙として正五位下を授《さず》けられたが、彼もまた競争相手の藤原千晴を追い落とし、摂関家との繋《つな》がりをより一層強めたのだった。朝廷では千晴の遠流《おんる》によって秀郷《ひでさと》の子孫たちが動揺しないよう東国に官符を下したが、満仲にしろ千晴にしろ、かつて天慶の大乱で功を上げた武人の末裔《まつえい》が、いずれも都鄙《とひ》で覇を競《きそ》い合っていた。

四月十四日、しめやかな雨の中を、恒例の賀茂祭がとり行われた。一条大路に設《しつら》えられた桟《さ》敷《じき》には、例年通り、大勢の物見客《ものみ》が詰めかけていたものの、それぞれ葵を身につけた衛府の武官や陪従《べいじゅう》たちを始め、行列全体にいつもの活気がみられないのは、何も、雨のためばかりではなかった。

五　小萩

西宮炎上の類焼は免《まぬが》れたものの、これによって邸《やしき》に仕えていた家僕《かぼく》や下仕《しもづかえ》たちが、生活の拠り所を失って次々に転居し、周囲が閑散としてきたため、借家にいた雅材《まさき》も治安上転居を余儀なくされた。

既に妻は乳母として一条邸にいるし、雅材《まさき》も惟成《これしげ》も夜は太政官の宿直所《とのいどころ》に泊まれば済むことで、さしあたり困ることはなかったが、これを機に、惟成は自分もどこかに家を借りる気になった。十七歳になった彼には、半年前から通う女がいて、相手も部屋住みであったため、出来れば共に住む家が欲しかったからである。

女の名は小萩と言い、惟成より二歳年上だった。一条邸で母と同じ局にいた、あの時の女房である。ふくよかな顔立ちをした平凡な器量の女だったが、細い目に悪戯《いたずら》な笑みを湛えて、常に相手を小馬鹿にしたような話し方をした。惟成は、会った時にやり込められ、無作法な女だと思ったのだが、何故か、その裾に余るほどの艶やかな髪がいつまでも目に残った。詩や歌を通じ、漠然と恋に憧れは抱いていたものの、惟成にはまだこれといった相手は無かった。

数日後に邸の母を訪ねた折、惟成はそれとなく女の素性を尋ねてみた。母は面白そうに息子の顔を見つめ、女の里は前宮内卿高階良臣《たかしなよしおみ》の白川邸で、父が安芸介《あきのすけ》であったため秋の七草に因《ちな》んで小萩と呼ばれていると話した。

「誰か通う夫《つま》がいるのですか」

「右近大夫に呼び出されていると聞くけれど、まあ、歌のひとつも贈ってみたらどうかね。見かけによらず、あんな女《ひと》ほど誠実な言葉には脆《もろ》いものだよ」

母は、笑いながらそう言って、年頃の息子を励ました。

母の手ほどきを受けて《つらき思いを我のみぞ知る》と貫之に拠った恋歌を贈ってみると、《鳴きわたる雁の涙や落ちつらむ》という古歌が夜露に濡れた萩の花とともに届けられた。文には相変わらず皮肉な調子が混じっていたものの、何度か歌のやり取りをするうち、いつしか本物の恋になった。やがて、どちらともなく誘われるようにして女の局で契りが結ばれた。

「ばかね。右近大夫は祖母女王《ばばみこ》への取りつぎをしてやっているだけよ」

惟成の懸念を一笑すると、小萩は彼の母と同じ廂の下では具合が悪いからと別殿の曹司に身を移した。二年前に母を亡くしたあと、持ち前の明るさと如才なさを買われて一条邸の女房となったが、安芸介だった父も西国に赴任したまま帰らず、自分にはもう里と呼べる所が無いのだと、身の上を語った。

「今頃は田舎暮らしを楽しんでいるか、それとも誰か敵《かたき》にでも殺されたか、いずれにしたって父はもう都には戻らないわよって、叔母にそう言われて此処に来たのよ」

小萩は涙ひとつ見せなかった。鈍感なのか薄情なのか、惟成が思っていた世間一般の女とは違って、あまり自分の不運に対して綿々としない性格の持ち主であった。ただ、こうと思い込むと躊躇せずにすぐ実行する妙に積極的な所があった。


西宮が焼けた時にも、小萩は、近所の惟成の家が心配になり、思わず下女を連れて一条邸を飛び出して、危うく冷泉院の事故に巻き込まれそうになった。

「昼は内裏だよ」

「そんなこと知らないもの」

「で、どうだったのだ」

堀川を過ぎ、二条大路に出るとすぐに、右手の冷泉院の南門が突然凄まじい音を立てたかと思うと、身をよじるように崩れ落ちたのだという。

「すぐ目の前で、牛が下敷きになって押し潰されるのを見たのよ」

「危なかったな」

「思わずしゃがみ込んだので、少し埃を被《かぶ》っただけ。でも、あんな怖い目、初めてよ。すぐ大騒ぎになってね。かわいそうに、牛飼いは洟を垂らして大泣きしてた」

小萩は眉を曇らせた。

それでも何とか西宮まで駆けつけてみたけれど、今度は鎮火後の騒ぎで近寄ることが出来なかったという。

「仕方がないから、心の中で手を合わせて引き返したわ」

冗談ではなく真面目な顔でそう言った。勿論、成仏ではなく無事を祈ったのであるが、惟成は苦笑せざるを得なかった。


今度の政変によって大納言伊尹《これただ》の重みも増したが、それが一条邸の師貞《もろさだ》親王に影響する所は少なかった。惟成は小萩を訪れたついでに母の局にも顔を出すという生活を続けていたが、母は手元で育てていた自分の乳児と共に、一時、父の転居先に身を移すことになった。

その頃、西宮を焼け出された高明室の愛宮《あいのみや》が、一条北の桃園邸にいることを聞いた恵子女王は、早速、小萩を見舞いに遣わした。同じ桃園にある代明《しろあきら》親王の大邸宅は、伊尹室となった女王の里でもあり、今は兄の右大弁保光《やすみつ》が伝領していた。一条邸とは目と鼻の先で、女王は小萩に蓴菜《じゅんさい》や果物とともに水無月祓《みなづきばらえ》に使う人形を届けさせた。

「これで災厄を流してしまいなさいという祖母女王《ばばみこ》さまの御心配りなのですけれど」

小萩は曹司を訪ねた惟成に告げた。

「すっかり気落ちなさって、『とても罪障を祓い清めることなど出来まい。前世の応報であるなら出家して身を慎みたい』と、それは袖を絞るほどお泣きになって」

「御子息もみな流罪になったからな」

「出家するくらいなら、鎮西《ちんぜい》まで帥殿《そちどの》を追いかけていけばよろしいのに」

「室といっても雅子内親王の娘だから、そんな簡単にはいかないさ」

「つまらないのね」

雅子は高明の同母妹で、高明は姪を室としていたのである。惟成と小萩がそんな話を交わした数日後に、朝廷は、愛宮と同じく西宮を焼け出された高明の姉の都子《とし》内親王に絹三十疋《ぴき》を見舞いに贈った。

「わたしには焼け出される家がなくてよかったわ」

小萩の言葉に惟成は苦笑で応えた。家のことはまだ彼女には黙っていた。そして、旱魃で祈雨の御読経が上げられている六月、愛宮は祓いも待たず本当に出家してしまった。

秋になり、勧学会の仲間が集まって詩を語る適当な場所が欲しいからと言って、惟成は叔父の元命《もとなが》から、町尻北辺にある一戸主《いちへぬし》の家を借りた。幾つもの屋敷を所有する元命は最近では地方回りが多く、ほとんど空き家同然になっていたため、板戸や縁は焚き木に持ち去られ、屋根も軒端も荒れるに任せていた。惟成はそれを、人を雇ったり、役所の仕丁《しちょう》の手を借りたりして、ひと月がかりでどうにか住めるようにした。

すると、惟成が家を持ったと聞き、「式太に遠慮など要《い》るものか」と、早速みなで押しかけてきた。仲間といってもほとんどが文章生《もんじょうしょう》で、惟成の貧乏暮しは昔から知ってはいたが、来てみると、驚いたことに、本当に四面の壁だけで何も無かった。

踏み台を上がって板扉《いたひ》を開くとすぐ板敷の間で、隣室が寝所、板戸の北に狭い厨房《ちゆうぼう》と土間の炊屋《かしきや》があるだけであった。板敷の隅には学者らしく文机《ふづくえ》が置かれ、硯箱と巻子《かんす》を乗せて何とか格好をつけたものの、勿論、調度類は何ひとつなかった。

「食い物ぐらい出せよ」

「乾飯《ほしいい》なら小袋に少しばかりあるが、ひと粒ずつ食えば腹の足しにはなる」

「冗談を言うな。小路の店で何かと換えてくれればいいだろ」

さすがに惟成も気が差したのか、草履《ぞうり》や塩魚などを商っている板屋まで出かけて、乾飯を団子に換えてくれないかと頼んだ。

「団子三つだよ」

「三つを七人で食うわけにはいかぬ。何かほかにいいものはないか」

「甘葛《あまずら》の煎汁《せんじる》ならあるよ。筒に入れてやるからみなで回し飲みしたらよかろう」

太った老女は不愛想に言った。

「甘露《かんろ》を購《あがな》ってきたぞ」

戻った惟成は筒を持ち上げてみせた。

「こういうものを飲むと、却《かえ》って腹が減るんだよな」

甘い汁をねっとりと口にねぶりながら、誰もが不満げに筒を回した。


源高明の勢力が一掃されるのを待ったかのように、八月十三日、主上は十一歳の同母弟守平親王に譲位し、太上天皇として冷泉院に遷御《せんぎょ》された。関白実頼はひき続き摂政となったが、同時に立太子された師貞親王の外戚である伊尹《これただ》の一条邸は大騒ぎだった。

九月二十三日、今度はきちんと大極殿で即位式が行われた。実頼は七十一歳、新たに右大臣になった在衡《ありひら》も七十九歳、いよいよこれで左大臣師尹《もろただ》の時代になると誰もが思っていたその矢先、当の師尹が、突如、呂律が回らず言葉が出なくなってしまったのである。そして数日後に意識を失い、昏睡したまま、十月十五日、あっけなく五十歳の生涯を閉じてしまった。

《西宮殿を左遷した祟りだ》

多くの者がそう感じた。

東宮となった二歳の師貞親王は、十一月に一条邸を出て内裏の凝華舎、別名梅壺に遷御された。当然、乳母である惟成の母も他の女房たちとともに付き従った。

「お前と近くなったのか、遠くなったのかわからないよ」

母は笑ったが、これまでのように簡単に逢えなくなったのは事実である。一条邸に通う口実がなくなった惟成は、小萩を口説いて自宅に迎え入れることにした。

「学者の妻になるとは思わなかったわ」

そう言いながらも、小萩はどこかうれしそうだった。

今度ばかりは母に頼んで惟成も調度類を揃えなければならなかった。蔵人の雑色の季禄や月料《げつりょう》だけでは、当然、貧乏暮らしを余儀なくされたが、小萩は他家の縫物を引き受けたりして、結構楽しそうだった。

翌安和三年、正月の諸行事に駆り出された文章生たちの慰労をかねて、惟成は家で新春の宴を催した。だが、思いのほか小萩が遅く戻ってきた。

「ごめんなさい。白河にいる知り合いが病に倒れたと聞いたもので」

「今夜は文章道の仲間が集まると言っておいたじゃないか。下僕や下女だけでは何の準備も出来ぬ」

「準備するほどの御馳走があるわけでもなし、遊女でもお呼びになる？」

「馬鹿なことを」

「ひとの不幸よりも詩の方が大切なお方だから」

小萩は笑いながら、それでも縁から厨房に回り、下女を指図して炉に鍋を掛けさせたり、折敷《おしき》に小皿を揃えたりした。

「あれは冠木門《かぶきもん》ではない。傾《かたぶ》き門だ」

例によって大声で軽口をたたきながら在国が踏台から板敷に上がってきた。

「おや、見違えたぞ」

円座が敷かれ、床にはすでに酒壺や片口が用意してあり、文机のわきには、蝋燭や短冊をのせた二階棚の厨子《ずし》まで置かれている。

「さすが東宮の乳母子《めのとご》ともなると格式が上がるものだな。おのれのような後院《ごいん》勤めとはえらい違いだ」

在国は遷御した冷泉院に従ってそのまま院の蔵人になっていた。

「退位されても渾沌」

皮肉屋の在国は惟成にそう言って磊落《らいらく》な笑い声を上げた。

「定命《じょうみょう》測り難しと言うが、それにしても左府はあっけなかったなあ。卒中風《そつちゅうぶう》では施す術《すべ》もなかったろうが」

「その一方、小野宮《おののみや》摂政は暮れに七十の賀を賜《たま》わっている。まことに定命は人智の及ぶところではないな」

「次は間違いなく一条大納言の出番だ。式太も除目《じもく》が楽しみだな」

主人役の惟成を盛りたてるみなの囃《はや》し声が上がった。酒が入ると、ひとしきり、座は御代替《みよがわ》りの話題で賑わった。

「それにしても、焼けた西宮《さいぐう》にあった文書《もんじょ》が惜しい、いや何よりも帥《そち》殿の日記《にき》などはどうしたであろうな」

典礼や有職故実《ゆうそくこじつ》を知悉《ちしつ》していた高明邸には貴重な文書類が大量にあった筈だった。集まった文章生《もんじょうしょう》たちは誰もその文書を惜しみ、たとえ残闕《ざんけつ》であっても手に入れたがった。昨年の政変について表だった批評はされなかったが、ただ、大納言の藤原在衡が右大臣になったことだけはみなが手を叩いて祝福した。在衡も文章生上がりで、五十歳でやっと参議になった人物だったからである。

「『こんなことで昇格してもうれしくなどない』と、祝宴も開かなかったそうだ」

そのいかにも儒者らしい潔癖な態度は誰の目にも小気味良く映った。

「あの騒ぎの十日ほど前だったかな、粟田《あわた》山荘で尚歯会《しょうしかい》を開かれたのは」

「大輔《たゆう》さまの詩もある」

片口を手にした式部省の役人が言った。権大輔文時は彼の上役であった。詩賦の師とされる文時も今は七十一歳で、《尚歯会》というのは唐の白居易が始めたと伝えられる敬老会のことである。最高齢の主人を含む七人の《叟《おきな》》が主客となり、詩賦、あるいは和歌を作る遊宴で、当時まだ大納言だった在衡が自分の粟田山荘を提供した。当日は、七叟が揃って堅苦しい朝衣《ちょうい》を脱ぎ捨て、直衣指貫《のうしさしぬき》の軽装になったことが巷間《こうかん》の話題を呼んだ。

「座は鬢髪《びんぱつ》で決めた。つまり白髪の多い順に座ったというのだ」

在国が愉快そうに言った。いかにも彼が好みそうな趣向であった。

惟成のもてなしは誰も以前の甘葛煎《あまずらせん》で懲りていた。酒があり、わずかな果物と味噌でもあればそれで充分だったのだが、そのとき、開いた板戸とともに煮物のいい匂いが滑り込んできた。

「殿様、よろしいでしょうか」

そう言って折敷《おしき》を捧げたまま膝行《しっこう》してきた女の顔を見て、惟成はぎょっとした。糊気《のりけ》の落ちた汚い小袿《こうちぎ》の袖を括《くく》り、豊かな髪を頭巾に押し包んだ、いかにも半端女《はしため》風の格好をしてあらわれたのは小萩であった。

「御酒《ごしゅ》は足りてございますか」

折敷には湯気をたてた煮物の曲物《まげもの》と人数分の皿や杯が載っていた。

「そなたは……」

呆気《あっけ》にとられた在国が声をかけた。

「この春より召し使われております」

小萩は口元を隠して笑いながら、筍《たけのこ》の甘葛煮や小鮒の焼物を小皿に盛り分けてめいめいの前に運んだ。

「いま干瓜《ぼしうり》もお持ちしますが、銚子を持ってまいりましたのでお注ぎいたしましょう」

手慣れたふうに長柄の銚子を持ち、膝行しながらみなに注いで回る小萩の姿を、在国が面白そうに眺め、惟成は怒ったように杯をあおった。

「ほんとに式太の家か？」

「甘葛煎よりやはり酒だ」

女がいるだけで座がはなやいだ。

「鮒は母君さまからでございます。殿様によろしくとのお言づてで」

小萩は思わせぶりな目を惟成に向けた。

「何かあったらお呼びください」

そう言うと敷居際までいざって、そこで両手をつき、「御無礼をいたしました」と頭をさげるや、さっと身をよじらせて板戸の向こうに姿を消した。

「そうか、式太の母御は摂津の前司中正殿の御息女であられたな」

「亡くなった中正殿はたしか山陰《やまかげ》中納言の末子でおられたから、右大臣在衡さまにとっても叔父君にあたる」

「なるほど、裕福な親族を持って、とにかく式太は果報者よ」

「果報の酒じゃ、ささ、酒を汲もう」

乱れ声で詩賦の朗詠が始まった。

惟成は、妻をもったことを打ち明ける機会を逸して苦笑していたが、このとき、ふらりと在国が傍らに来て座り、扇で口元を隠しながら惟成の耳にささやいた。

「あの女はだれだ」

「召使いだと、自分で申したでしょ」

「いくら頭を包んでいても、髪の毛ひと筋見ればわかる。あんな長い髪の半端女《はしため》がいるものか。みずくさい男だな」

在国にはかなわなかった。

六　伊尹《これただ》

師尹《もろただ》の薨去を承《う》けて在衡が左大臣となり、その後任として大納言伊尹《これただ》が右大臣に任ぜられた。

「一条邸では早速、任大臣の大饗《だいきょう》をしなければなるまい」

「さぞ祖母《ばば》女王《みこ》さまが大変でしょう」

そうなれば自分も駆り出されるに違いないと小萩は思った。

師貞東宮の傅《ふ》は、故師尹に代わって東宮大夫であった兄の権大納言師氏《もろうじ》が兼務することになった。乳母子の惟成にとって、東宮坊の人事は、あるいは自分の将来に関わるかも知れぬ重要な意味を帯びていた。師貞はまだ三歳ではあるが、やがては右大臣伊尹を外祖父として即位する。その時、自分は果たしてどんな官職に就いているだろうか。宴席で仲間にからかわれた如く、惟成にとっては今後の除目が気がかりであった。

三月に天禄と改元された。

順風満帆の伊尹と比べて、兼通は去年参議に補せられたものの、六男の正光が高明の娘を室としていたため、どことなく同族のみなに煙たがられていた。さらに、弟の兼家に先を越された不満から参内も怠りがちで、兼家の方もこの煮えきらない兄を好かず、二人の仲が急速に悪くなった。

才覚に富んだ兼家は何をするにも積極果敢で、室の時姫や倫寧《ともやす》の女《むすめ》以外にも多くの女と関係を結び、とにかく、将来女御に出来るような女子の誕生を望んだ。彼の嫡子道隆は既に右衛門佐となり、倫寧女の生んだ道綱も昨年十五歳で童殿上《わらわてんじょう》となって、この春の殿上賭弓《てんじょうのりゆみ》では、童舞《わらわまい》を披露して主上から紅染めの単衣《ひとえ》を下賜《かし》されていた。師輔の三兄弟の中では彼が最も子煩悩で、昨年、参議も経ずに中納言になったと故師尹を激怒させたに足る野心家であった。

鷹揚な右大臣伊尹を筆頭に、摂関家を継ぐ者として、世間の目はおのずとこの三兄弟に注がれていた。

そんな中で、摂政太政大臣藤原実頼が薨去した。天暦元年から実に二十年もの間、台閣の首班を務め、あるいは関白、摂政として、朝廷の屋台骨を支えてきた人物である。五月三日に病のため太政大臣の辞表を提出し、清涼殿でも快癒祈願の御読経が行われたが、十八日に七十一歳の生涯を閉じた。

その日の夕刻、実頼の死を知ると、小野宮邸の前に集まっていた民衆から忍び泣きの声が洩れた。大炊御門《おおいみかど》大路に面した築地《ついじ》には穴の開いた板が張られ、そこに手を入れれば誰でも自由に中の台盤に置かれた菓子や果物を取れるようになっていた。実頼は、そうして集まってきた庶民の雑談や噂話を中で聞きながら世情を知ったと伝えられていた。

晩年は身体の衰えもあったが、有職に関する知識では他に及ぶ者がなく、いざいなくなってみると、内裏にぽっかり穴が開いたみたいであった。

「これで暫くは、誰もが前例を踏むのに汲々とすることになる」

右少弁の雅材《まさき》は、久々に顔を見せた惟成に酒を注ぎながら、感慨深げに言った。三日の実頼の致仕《ちし》に対する主上の慰留の勅答を考案したのは雅材だった。

「延喜の御世《みよ》から朝廷に尽くしてこられた方だ。今のような曖昧模糊とした時代にこそあんな人が必要なんだよ」

「惜しまれて逝《ゆ》くのも冥加《みょうが》です」

「麿ももう歳だが、こうして弁官に成れたのも冥加であろう。お前も乳母子だから、やがては東宮学士ぐらいには成るに違いあるまい。だが、人間何事も器量次第だ。『泰山《たいざん》は土壌を譲《ゆず》らず』という。たとえどんな土塊《つちくれ》でも受容する度量があってこそ、将来大人物になれるのだ。若くして秀才となったため、お前にはどこか傲慢な所がある。愚鈍な者の話でも耳を傾け、下女にも謙虚になることだ」

「もっかの所、下女より妻の機嫌を取ることで精一杯ですよ」

「お前が他の女に浮かれるからだ」

「まさか。貧乏の繰《く》り言ですよ。料米でも干魚でもみな勧学会だの詩宴だの言っては持ち出されて困ると……最近では庭一面を野菜畑にしてしまいましてね、この春には垣沿いに茗荷《みょうが》などを植えて、いまに梅酢漬けにすると意気込んでいるのです」

「早く子どもをつくるんだな。子が出来れば女は変わる」

孫の欲しい雅材は苦笑して言った。

実頼に続いて七月には師氏も薨じ、こうして忠平の息、実頼、師輔、師氏、師尹が相次《あいつ》いで姿を消した。実頼の嫡子敦敏《あつとし》は夭折していたが、四十七歳の二男頼忠は八月に権大納言に任ぜられ、義弟の実資《さねすけ》とともに小野宮流を継いだ。

実頼の葬送が行われた翌日、氏の長者となった右大臣伊尹に、早々と摂政の詔が下された。また、師氏の薨去によって大納言源兼明《かねあきら》が東宮傅《ふ》になり、大夫には権中納言源延光《のぶみつ》が任ぜられた。かつて村上帝に命じられて雅材を蔵人にとりたてた、あの時の蔵人頭である。そして十月には、粟田《あわた》山荘で尚歯会を催した左大臣在衡《ありひら》も七十九歳で薨じ、この一年の間に、古い衣がみな脱ぎ捨てられてしまったかのようであった。

御代《みよ》替りにともない卜占《ぼくせん》された伊勢斎宮の隆子女王が野々宮に入り、十一月には新帝の大嘗祭も無事終えて、名実ともに新しい御代《みよ》が始まった。

暮れには、あとすぐで五歳になる東宮師貞の着袴《ちゃつこ》の儀が凝華舎で行われた。冷泉院が焼亡したため朱雀院に遷御していた母女御の懐子も急いで参内し、袴の紐は父冷泉院に替わって摂政伊尹が結んだ。管弦が奏せられ、公卿以下には酒肴が供せられた。

天禄二年の正月、伊尹《これただ》は内裏の諸行事に追われ摂政の宿直所である直盧《ちょくろ》にいることが多かったが、五日の右大臣家大饗には、大勢の客が一条邸に詰めかけた。賑やかで贅沢好きな伊尹は、亡父師輔の遺訓など何処吹く風で、寝殿の壁が少し黒いからと言っては立派な陸奥紙《みちのくかみ》に張り替えさせたり、客を驚かせるため高価な引き出物を準備したり、その太った身体を忙しそうに動かしてまわった。

恵子女王は、袴着《はかまぎ》を終えた孫の顔が早く見たくて、何度も消息を遣って東宮の里帰りを催促していたが、十五日の七種《ななくさ》の粥が終わって、やっと、母女御とともに師貞親王が一条邸に戻ってきた。当然、弁の乳母も一緒で、知らせを受けた惟成は、早速、一条邸の母のもとに参上した。

「やれやれだよ」

いつもの癖で母はそう言って笑った。

「この頃は何でもひとりでなさろうとするので困るのですよ。歩くのがお好きで、ちょっと目を離しているととんでもない所をトコトコ歩いておりなさる。危ないので惟成にでも来てもらえないかと女御がおっしゃっておいでだよ」

「それは……」

いくら乳母子でも勝手に東宮に近侍することなど出来ない。

「小萩は元気かい」

「口やかましくて困ります。昨秋は茗荷の梅酢漬けばかり食べさせられて閉口しましたが、今は蕪《かぶら》と大根です」

「子が出来たのかも知れないね」

真顔で父と似たようなことを言った。

久々に女御と東宮が戻ったので、一条邸は賑やかだった。祖母の恵子女王は勿論、先の少将と呼ばれる右近少将挙賢《たかかた》、後の少将と呼ばれる左近少将義孝《よしたか》が、かわるがわるに寝殿に顔を出しては、師貞東宮との片言の会話を愉《たの》しんでいた。そしてもう一人、十五歳の義懐《よしちか》が兄たちに付いて回って、そんな様子を面白そうに眺めていた。

伊尹《これただ》は物にこだわらない磊落《らいらく》な性格の持ち主であったが、後の少将義孝はそんな父に似ず、早くから仏道に興味を示す繊細な持経者であった。公事の合間にも法華経を復誦するという義孝は、勧学会にも興味を持っていて、弁の乳母の局に惟成《これしげ》が来ていることを知って訪ねてきた。

「麿も叡山に入りたい」

「みなが悲しみますぞ」

惟成は眩《まばゆ》い思いで義孝の白い細面《ほそおもて》の顔を仰ぎ見た。惟成よりひとつ下の十八歳であったが、余程のことがない限り魚鳥を食さない道心堅固《けんご》な若者だと評判だった。

「今日は博識な惟成から聞きたいことがあって来た。華厳経《けごんきょう》では《三界唯一心《さんがいゆいいっしん》》ということを説く。《心のほかに別法無し》との意味だ。この世に見える一切《いっさい》の《色《しき》》は本来《空《くう》》であって、すべて己《おのれ》の《心《しん》》の働きにほかならないというのだな。南都《なんと》で盛んな唯識《ゆいしき》という教えがあるのは知っているが……それでは麿である《我《が》》とは一体何者なのだ」

「惟成などより東大寺の学僧にでもお尋ねになった方がいいのでは……自分も宮中の御論議を拝聴した以上の知識は持ち合わせておりません」

「惟成の言葉で聞きたいのだ」

義孝は惟成の目を見つめた。

「そうですなあ……こう考えてみたらどうでしょう。人が山を眺める場合、細かな樹木や岩、土塊《つちくれ》などが見えなくても『ああ山だ』と全体で実感している。同様に、六根《ろっこん》六識で確かめなくとも人はここに《自分》が居ることを知っている。全《すべ》ては《現象《あらわれ》》であって、六識すら忘れて思惟《しゆい》する《我《が》》のほかにこの世には何者もないのだと。仏がお救いくださるのも、そうした《我》なのでございましょう」

「《我心はこれ仏なり》と言うからな。自分の中に仏はいますのだ。だからこそ、麿は我が身を清浄に保っている」

「立派な御心がけです」

「だったら弥陀を念ずるとは何なのだ。自分の心に向かって念仏はするのか」

「さあ、わたしも存じませぬ。信心は理屈ではありませんから」

惟成は苦笑して話をまぎらわせた。

殿上人《てんじょうびと》の酒宴で鮒の卵で和《あ》えた鮒膾《ふなます》が出された時、不意に義孝が目にいっぱい涙を溜《た》めて「母の肉叢《ししむら》に子を和《あ》えたものを食するなんて」と席をたったので、一同興《きょう》ざめをしたという話を思い出し、惟成は、さもありなんと思う反面、どこか危ういものを感じた。

夏になり、舎利供養会《しゃりくようえ》に併《あわ》せて、去年焼けた叡山総持院塔が再建された供養も行われ、参議以下の侍臣が多く参集したが、当然のことながら義孝の顔も見られた。天台座主《ざす》良源は師輔の手厚い庇護を受け、荒廃した根本中堂を始め多くの伽藍《がらん》や塔堂を再建し、山内の規律を定めたばかりだった。その師輔の遺志は伊尹を始めとした息子たちにも引き継がれ、十男の尋禅《じんぜん》は良源の弟子となっていた。

供養会の四日後、今度は一条邸で右大臣伊尹による法華十講が催された。その三日目の講義には朝から大勢の公卿、殿上人が詰めかけ、聴講に訪れた女車や従者たちで庭がいっぱいになった。

まだ講師《こうじ》が上《のぼ》らぬ前《さき》に、若い公達《きんだち》が供物を捧げて廂《ひさし》の間を行き来していたが、簀子《すのこ》に設けられた座の隅で、大きな声で当家の少将義孝に議論を吹きかけている若者がいた。従兄弟《いとこ》の左兵衛佐道隆である。

「魚だって鳥だって食わなければ生きていけなかろう」

「五穀だけで充分です」

「その五穀さえも食わない《穀断《だ》ちの聖《ひじり》》というのが居たな。神泉苑《じんせんえん》に招かれてみなに崇《あが》められていたが、若い連中が『どんな糞《くそ》をするんだろう』と面白がって覗いてみると、何とも立派な穀糞《こくぐそ》がしてあったそうだ」

「……」

「隠れて米を食っていたことが露見し、みなに《穀糞の聖》と罵倒されて逃げ出したという話だ。しかし、麿はその聖を非難などしないぞ。誰だって旨《うま》いものは食いたいのだ。食いたいのを我慢して木食上人《もくじきしょうにん》になったとて、麿はそれを偉いとは思わぬ」

「麿は偉いと思われたくて食さないのではありませぬ。出来る限り殺生を慎み、出来る限り精進に努めて身を清浄に保ちたいと願っているだけです」

義孝は凛然《りんぜん》と胸を張った。

「それでは顔の蚊も叩けませんな。麿は魚も食えば酒も飲む。もっとも、堀河の伯父御《おじご》のように、卯酒《ぼう》の肴《さかな》に殺したての雉を食うなどという真似はしませんが」

道隆は皮肉な笑いを浮かべた。堀河の伯父とは兼通のことで、宵のうちから櫃《ひつ》の中に寝酒用の生きた雉を用意しておくと噂されていた。父兼家の影響を受けて、道隆もこの伯父を快く思っていなかった。

「ま、こうして御十講に顔を出しているだけでも誉《ほ》めてもらいたいものですな」

二人の話はもちろん聴衆には届かなかったが、それでも、白の直衣《のうし》に二藍《ふたあい》の指貫《さしぬき》を着け、紫檀《したん》の数珠を指先にからませた優雅で物静かな義孝の様子は、賑やかな道隆に比べて誠実で好ましく見えた。


その頃、義孝は、伯父源保光《やすみつ》の花園邸に婿として通い始めていた。その影響で、それまで遠ざけていた宮中の女たちとも親しげに言葉を交わすようになり、普段から優雅なところに艶やかさが加わり、女房たちが思わず溜息を洩らすほど美麗な公達《きんだち》になった。

公事《くじ》を終えると、彼は小舎人童《こどねりわらわ》ひとり連れて、上東門から大路を北に法華経を誦《ず》しながら歩き、やがて花園邸の門をくぐると、必ず東対《ひがしのたい》の端にある梅の木の下で立ちどまった。そして、西を向いて「滅罪生善《めつざいしょうぜん》、往生極楽」と唱えながら礼拝《らいはい》し、それから簀子に上がって妻のもとを訪れた。

「あれほどの人物は見たことがない」

世間からは一条右大臣家を継ぐにふさわしい若者と目されたが、それに嫉妬してか、兄の先の少将挙賢《たかかた》の行動が粗暴になるのを、恵子女王は心配していた。それでも、秋も終わる頃、桃園で義孝の妻が懐妊したことを女房から知らされた母女王は手放しの喜びようで、早速、兄や夫に向かって諸寺に安産祈願をするように頼んだ。彼女にとって生涯で最も幸福な時期であった。

一方、次々と古老に先立たれた伊尹《これただ》は、左府在衡が薨じて一年後の十一月二日、摂政太政大臣になった。彼のあとを承けて右大臣に昇格したのは、実頼の二男頼忠、そして東宮傅の兼明《かねあきら》が大納言から左大臣に昇格した。兼明は兄高明の左遷で殿上《てんじょう》を止められていたが、兄と違って皇統との姻戚関係がなかったことで復活したのである。卓越した皇室詩人として世間に知られ、粟田山荘の在衡の後継者としてはうってつけだった。

兼家は中納言のままだったが、依然として兄の兼通よりはるか上位にあった。兼通は、この鼻持ちならぬ四歳下の弟を嫌悪し、ずっと恨み続けていた。主上の母安子は、生前、中宮大夫《たいふ》だった兼通の堀川邸に身を寄せることが多かったが、その縁で妹の登子《とうし》も兼通とは仲が良く、なぜか、優柔で鬱屈した兄の兼通の方が、豪胆で実直な兼家より姉妹たちからは頼られていた。

だが、兼家はそんな些事《さじ》に頓着せず、平気で薨去した実頼の愛人を自邸にひきとって側室にしたり、疎遠を恨んで鳴滝《なるたき》の寺に籠った道綱母を懐柔するのに頭を悩ませたり、結構忙しくしていた。あけすけで正直ではあるが、悪く言えば女に鈍感な男だった。そして、天禄三年正月、兼家はついに待望の権大納言になった。

この年の正月三日、十四歳の主上の元服の儀が紫宸殿で行われ、太政大臣伊尹が冠親《こうぶりおや》になった。そして、その二日後、大臣息により十六歳の伊尹の五男義懐が従五位下に叙された。従五位下は蔭子《おんし》でも最高位で、普通は二十一歳になってから付与されるが、これは特例である。《先少将《さきのしょうしょう》》《後少将《あとのしょうしょう》》と並び称される兄たちの中に、まだ童顔を宿した義懐が加わることになったのである。

七　観桜会《かんおうえ》

蔵人の雑色、藤原惟成ももう二十歳になっている。小萩とわずかな下僕を養うだけの、相変わらずの貧乏暮らしだったが、それでも儒者として、清貧は誇りこそすれ、恥ずべきことではなかった。しかし、この春の観桜会の時に、惟成と小萩との間にある重大な出来事が起こった。

神泉苑《しんせんえん》の池に七分咲きの桜が色を落とす季節になると、毎年、幾つかの組が花の下を逍遥して詩会を催した。文章道仲間の流儀では、その宴のための食糧を各自一品ずつ持ち寄ることになっていたが、今回、惟成は《飯《いい》》の担当にあてられた。彼は家に帰ると、早速小萩に、明後日の朝、十五人分の飯《めし》を炊いて準備するように言った。

「十五人分？」

笑いながら話を聞いていた小萩は、ちょっと困った顔をした。

「なんだ、米がないのか」

「大丈夫。明後日《あさって》の朝にはちゃんと御用意いたしますわ」

何か思案顔で立ち去る小萩を見送りながら、惟成は特に気に留めなかった。

そして、当日の朝、

「申し訳ありませんが、どなたかお役所の仕丁《しちょう》を二人、この朸《おうご》を担《にな》うお方をお呼びしていただけませんか」

縁に膝をついた小萩に言われて惟成が振り返ると、踏み台の傍らに塗りのある長櫃二脚と朸が置かれていた。

「おお、用意してくれたか。それじゃ、すぐ勧学院の仕丁を呼びにやろう」

「十五人分なんて初めて。暗いうちから起きて、下女と一緒に炊《かし》き屋に籠りっぱなしでしたわ」

「すまなかった。それにしても長櫃二脚とは豪気なものだな」

頭をすっぽり頭巾《ずきん》で包み、腰に褶布《しゅうふ》を巻いた括《くく》り袖の小萩は、それでもうれしそうに煤のついた頬をなごませた。

仕丁《しちょう》に長櫃を担《かつ》がせ、馬で約束の神泉苑の御堂に着くと、すでに十人ほどの仲間が集まって宴《うたげ》の準備をしていた。

「おお、飯の到着だ」

もう酒を含んだ目つきの若い式部の少丞が早速、枌《おうご》を外し惟成とともに長櫃のふたを開けた。その途端、幾つもの曲物《まげもの》から温かい飯のにおいが溢れて、何人かが思わず歓声を上げた。

どうせ式太のことだ、木桶《きおけ》に玄米飯を詰め込んで従者に担がせてきたのだろうと思われていたのである。見ると長櫃の隅には卵を盛った行器《ほかい》と塩をつめた折櫃《おりびつ》も入れてあった。

「む、これはいい米だ」

指先につけた飯粒を口に入れ、在国が目を輝かせた。

この時になって、ふと、惟成の胸にも疑問がわいた。小萩は一体何処でこれだけの白米を手に入れてきたのか。考えられるのは一条邸の母の所だが、母は東宮の御所である凝華舎に行ってしまった筈だ。

しかし、そんな疑問もすぐに、

「群遊シ睡《ねむり》ヲ同ジウス花間《かかん》ノ月」

という在国の声でかき消された。

「三年前の春、粟田山荘の尚歯会で作った詩だ。あの時の七叟《しちそう》も、今、何人生きていることか。

まことに人の世は胡蝶の夢。今日は、花間に月を見るまで詩作だぞ」

三十歳の在国はそれまでの苦労が認められて冷泉院の判官代《ほうがんだい》になると同時に、播磨大掾《だいじょう》に任ぜられていた。


惟成はその日、夜遅く家に帰った。

酔っていたせいもあって、そのまま寝所の妻の夜着にもぐりこんだ。

「遅かったのね」

惟成の息が臭かったのか、小萩は夜着を深く被《かむ》って横を向いた。

「みんな驚いていたぞ。あれ程の白米を何処で手に入れたのだ」

夜着の中から小萩の忍び笑いが洩れた。

「太政大臣さまの所よりほかにございませんでしょ？」

「やはり一条のお邸《やしき》か。でも、もう母はあそこには居るまい」

「よいではございませんか。詳しい話は明日にして、もうおやすみなさいませ」

「有難かった」

惟成はそう言いながら腕を伸ばし、妻の肩を巻いて引き寄せようとした。その途端、いつもと違う手応えを感じ、おやっと思って、さらに首筋のあたりに手を這わせてみた。髪が肩までしかなかった。

「どうした……」

それ以上声が出なかった。

「売ったのですわ」

却って小萩の方があっさりと居直ったような口調で言った。

「別に珍しいことではございませぬ。昨日、下げ髪を切って大臣家で朝に炊《かし》ぐ御飯と交換してきたのです。以前からの顔見知りもおりますし、大量の白米といえば、毎日のように客人が溢《あふ》れているあそこしか思い浮かびませんから。無理を言って、今朝、届けてもらったのです」

「しかし、お前は、下女と一緒に炊《た》いたと申したではないか」

「そう言わなければ、あなたがお持ちにならないと思ったからです。髪を隠すためにも仕方なくしたことですわ。頬にわざと煤をつけたりして」

そう言って、小萩は、クスクスと夜着の中で笑った。そういえば、あの黒塗りの長櫃も桶も上等で、家のものではなかった。惟成はすっかり酔いも醒めて、ただ茫然と自分の置かれた立場に思いをめぐらしていた。

「もう寝ましょう」

身をよじって離れようとした小萩は、途中で急に振り返った。

「そうそう、あの卵は義懐《よしちか》さまからいただきました。わたしが仕えていたことを覚えていてくださって、わけをお話しすると、それじゃあ茹でた卵も二十ほどつけてやれとおっしゃって、御飯と一緒に、今朝、家まで運ばれてきたのよ」

「……正月に大臣息で五位になられたあの義懐さまか」

「兄君の義孝さまに似て、すっかり秀麗な若殿におなりでしたよ。たまたま大炊殿《おおいどの》にいらっしゃって、厨房にいたわたしを見て」

「わかった、もうよい！」

急に腹立たしくなって惟成は怒鳴った。

妻がおのれの髪を切ってまで夫に尽くすという、いかにも儒者好みの美談の、愚かな亭主役になったようで不愉快だった。小萩が賢婦であるのはよい。だが、それによって自分が貶《おとし》められるのは屈辱だった。在国だったら笑って済ませるだろうが、惟成は自分の儒者としての誇りに拘泥《こうでい》した。たとえ、傲慢で狭量と言われようとも、若い頃から秀才と呼ばれ続けた彼の矜持《きょうじ》が許さなかった。

「急に何を怒っているのよ。それよりも、ねえ、庭に竹を植えてみない？」

「竹？」

「竹林の七賢っていうでしょ？　学者の家にはふさわしいんじゃないかしら」

「やたら根を言わせるから大変だ」

「筍《たけのこ》だって獲れるし」

それが目当てだった。小萩は、また夜具の中に身を丸めてクックッと笑っている。

今頃は一条の太政大臣家で噂になっているかも知れなかった。少なくもあの若い義懐には知られてしまったのだ。惟成は恥ずかしさに悶々と眠れぬ夜を過ごした。


その太政大臣家で法華八講が催されたのはそれから数日後のことである。例によって多数の公卿が参集して供物を捧げ、むしろそれを見るために庭に女車や衆僧たちが詰めかけていた。やがて朝講が終わって座がほどけた頃を見計《みはか》らって、惟成は義懐のいる曹司《ぞうし》に挨拶にでかけた。もちろん惟成の杞憂《きゆう》で、邸内で誰ひとり先日の小萩のことを話しかけてくる者などいなかった。

「愚妻が馬鹿な真似をいたしまして」

そう言われても義懐は不思議そうな目をして惟成を見つめている。

「以前お仕えしていた女房が、こちらの厨口《くりやぐち》で卵をいただきました」

「あのときの……それではあなたが」

「夫の惟成《これしげ》でございます。弁の乳母の息子で、蔵人所の雑色《ぞうしき》をしております」

「見知った顔の女が困っているようだったから命じただけだ。べつに麿が生んだ卵でもない」

そう言って無邪気に笑った。言葉にも表情にも育ちの良い明るさが感じられて惟成はほっとした。

「やれ大饗《だいきょう》だ、御八講《ごはっこう》だと、そのたびに厨《くりや》ではいつも大騒ぎしている。あれぐらい何でもない。それにしても、夫に尽くす妻の姿は気持ちの良いものだな。麿もあのような妻があったらと思うぞ」

「汗顔《かんがん》の至りでございます」

「《カンガン》とは何だ。麿は真字《まな》など教えられてもすぐに忘れてしまう。もっとやさしい言葉を使え」

「恥ずかしい次第であると申し上げたのです。あの時は本当に助かって感謝いたしております。今日はそのお礼を申し上げに参上いたしました」

義懐の率直さの前に、惟成は、却って世間体にこだわる自分の卑小さを見せつけられた思いだった。同時に、摂関の家筋と自分の間に横たわる無限の距離を見た気がした。

四月の賀茂祭の当日、大宰府に左遷された源高明が権帥《ごんのそち》の任期を終えて帰京し、そのまま葛《かど》野《の》の別邸に入った。かつて彼のいた左府の座に、醍醐の皇子《みこ》として同年に生まれた兼明が就いているのも皮肉なことであった。高明は政界から身を引き、半年も経たぬうちに葛野で歌合せを催したりした。

秋の終わり、東山の西光寺で空也上人が七十歳で示寂《じじやく》した。西の京に住む老尼に繕《つくろ》わせた衲《のう》衣《い》を身にまとい、香炉を手に西方を向いて端坐したまま息絶えたが、手の香炉は落ちずに捧げられたままだったという。広い境内に埋葬され、法会《ほうえ》では、《その時音楽空に聞こえ、香気室に満てり》と、源為憲《ためのり》の《空也上人誄《るい》》が読み上げられた。為憲は、慶滋保胤《よししげのやすたね》と同じく文章生から内記になり、仏法啓蒙のための幼学書を書たりしていたが、当然、勧学会《かんがくえ》の同志であった。

その勧学会が三日後に月林寺で予定されていたこともあって、西光寺の法会の帰り、惟成は在国たちと保胤の家に顔を出した。

保胤は、宣陽門の内記の詰所《つめしょ》で、毎日、詔勅や宣命を書いているのだが、上東門からほど近い所に二戸主《ふたへぬし》、十丈四方の土地と家を借りて暮らしている。惟成がそこを訪れたのは初めてだったが、入るとすぐに板戸の奥から賑やかな子供の声が聞こえてきた。

「今日を機に、麿はいよいよ念仏に邁進《まいしん》するつもりだ。上人の教えは脈々と我々に引き継がれている。上人のおかげで、今や市井《しせい》の道場でも不断念仏が広まっているが、麿はそのうち勧学会のための念仏堂を作ろうと思っているのだ。そこでみなと念仏三昧の生活が出来たらどんなに素晴らしいだろう」

保胤は熱い口調で語った。

「土地はどうする」

「みなで勧進《かんじん》して回ればいい」

「叡山だって援助してくれるさ」

「藤賢《とうけん》にも俸禄を出してもらおう」

「大掾《だいじょう》ごとき微《び》俸《ほう》薄《はく》禄《ろく》の身では、とても」

在国は苦笑して言った。

座にいた者たちはみな保胤に同調して、口々に方策を論じ合っていたが、惟成は、なぜか、板戸の背後に響く嬰児の泣き声の方が気になった。自分は妻に髪を売らせて飯を購《あがな》ったが、保胤の暮らしだって楽ではないのであろう。この土地だって買うとすれば銭百貫文はくだるまい。勧学会の仲間もそのほとんどが借家住まいである。


「式太は何を考えていたのだ」

日の暮れるのが早く、惟成は帰途、在国の牛車に同乗させてもらった。如才のない在国は、播磨大掾になった後もほとんど任国に赴くことなく冷泉院に出仕しており、みなに比べて裕福だった。

「念仏三昧に暮らすことなど、とても自分には出来ないだろうと……」

「麿だってそうだ。内記殿は何事にも潔癖過ぎるのだ。念仏堂なぞより、麿は東山あたりに別荘でも構えて、のんびりと隠遁生活をする方がいい」

在国は保胤の性急さに閉口することが多かった。詩賦にかけては一歩譲るが、あの傲岸不遜《ごうがんふそん》な態度にはついていけないと、以前、惟成に洩らしたことがある。

「式太も所得が豊かなようだから、何処やらに邸宅でも建てたらどうだ」

「貧乏書生に何が出来ましょう」

「いやいや、今春の観桜会の長櫃など見事なものだったぞ」

在国はおおらかに笑ったが、惟成の胸の底に苦いものがよぎった。

「ま、別荘どころか、毎日俗事に追われている宮仕えの身の上だがな。今だって収穫期だから、勧学会が終わればすぐにも播磨にいかねばならぬ」

「念仏はどこに向かってするのか……」

惟成は呟くように言った。

「精進している若者に、いつか、そう聞かれたことがあります」

「どことは」

「南無阿弥陀仏と、自分の心の奥に向かって、もみ込むように祈るのか。西方の浄土に向かって救ってくれと祈るのか」

「空也上人は西方に向かって端坐したまま遷化《せんげ》されたと《誄《しのびごと》》では言っていた」

「自分の心は？」

「煩悩だらけの心の中になど弥陀はおられんだろう。そういうおのれを放下《ほうげ》するところに念仏があるのではないのか」

在国はいつもの皮肉な口調で前の惟成を見ながら続けた。

「昔な、天台の高僧が空也上人に往生の道を尋ねたことがあったそうだ。上人は微笑したまま『捨ててこそ』とお答えになった。往生の障《さわ》りになるなら何もかも、高僧の身分さえ捨てよとおっしゃったのだ」

「身分ならともかく、おのれを放下することは難しい……」

惟成は噛みしめるように呟いた。それでも、空也上人の《捨ててこそ》という言葉は、強く彼の耳に残った。

八　兼通《かねみち》

突然のことだった。伊尹《これただ》は、夏に石清水八幡《いわしみず》を参詣して戻った頃から、どことなく身体の不調を訴えていたが、徐々に参内が滞《とどこお》るようになった。やたらと水ばかり飲み、そのためか十月に入ると全身にむくみが出て、歩行もままならない状態が続いた。あれ程あった食欲も急速に衰え、やがて気力も失せてとうとう床に就いてしまった。

摂政太政大臣の職を辞したいと次男挙賢《たかかた》を通じて奏上し、二十三日にはそれを受理せざるを得ないほど病状が悪化した。

「ずっと昏睡が続いていて、回復は難しそうです」

清涼殿に、兼明《かねあきら》を始めとする主だった面々が暗い顔を揃え、僉議《せんぎ》が行われた。

「除目《じもく》や政務が滞《とどこお》っております。早急《さっきゅう》に次の摂政を決めないと」

「主上《おかみ》は元服あそばしたから、置くなら関白になりましょう」

「昏睡とあっては後継の指名もお出来にならないだろうから、ここは御叡慮をいただくほかあるまい」

伊尹の次の外戚ということだと兼通か兼家になる。どちらを関白にするかの判断を主上に一任したのである。

「臈次《ろうじ》にまかせよ」

十四歳の主上は存外はっきりした口調で告げた。臈次、つまり、公卿としての序列を優先させよというのである。主上は、これまであれこれ自分に尽くしてくれた兼家に親しみを感じていた。

「それでは大納言殿に……」

「長幼の序も臈次でございますぞ」

その途端、兼通が口をはさんだ。

「主上は『臈次』としか言われなかった。中納言がなっても不思議はありませぬ」

「まだ十月《とつき》も経たぬ権中納言ではないか」

兼家が冷笑した。

「『臈次』といえば位階の順序に決まっている。それを、何を今さら長幼の序などと……見苦しいですぞ」

「見苦しいとは何だ、麿は兄であるぞ！」

兼通は顔色を変えて弟を睨んだ。

「御前《ごぜん》でございますぞ」

右大臣頼忠が二人をとどめた。しかし、主上は、自らの綸言《りんげん》が無視され、諍《いさか》いにまでなったことが不愉快で、黙ったまま腹立たしげに御座所を立っておしまいになった。

「ま、急いで決めることもあるまい」

兼明がとりなすように言った。


重篤の兄をよそに主上の前で口論に及んだことは周囲の非難を呼んだが、数日後、突然、兼通が足早に清涼殿にやってきた。

鬼の間から覗いていた主上は、顔を会わせるのが嫌で、慌てて別の間に身を隠そうとした。だが、目敏《めざと》くそれを見つけた兼通は、すぐに走り寄って手を突き、

「奏上すべきことがございます」と深々と頭を垂れた。

しぶしぶ御座に戻った主上に、兼通は紫の薄様《うすよう》に書かれた一通の文をさし出した。

「太皇太后《たいこうたいごう》の御遺訓でございます」

驚いて文を開くと、それは確かに八年前に薨去した母安子の遺書であった。主上はその時まだ六歳であったが、残された母の手跡は見知っている。出産した皇女が生後三日で死んでしま

い、傷心の安子が、中宮大夫《たいふ》であった兼通の堀河邸に遷御された時に書き置いたものだという。安子はその年に再び懐妊し、翌康保元年四月に皇女選子を出産したが、その五日後、今度は安子本人が急逝してしまったのであった。

《どんなに弟が有能であっても、物事には順序というものがある。今後、無益な争いを避けるためにも、摂関の大任は三人の兄弟《けいてい》の順を守るように》

そういった趣旨だったが、何よりも懐かしい母の手跡と言葉に接し、思わず主上の目からは涙が溢れた。

「御臨終の時、最後まで太皇太后《たいこうたいごう》さまの枕頭《ちんとう》に侍《はべ》っておりましたのは、兄の伊尹と麿の二人だけでした」

涕泣《ていきゅう》する主上を見て、兼通は、さらに妹安子の最期の有様を累々と語った。

「わかった。太政大臣が任に堪えぬとあれば、汝《なれ》が公務を代行せよ」

兼通は主上の手に遺書を押しつけると、満面に笑みを湛えて立ち上がり、拝舞して御前を退いた。

兼通はその日のうちに召され、あらためて主上から内覧の宣旨を賜《たまわ》った。太皇太后の遺訓などというとんでもないものが持ち出された兼家には打つ手がなかった。

十一月一日、伊尹《これただ》が昏睡したまま四十九歳の生涯を終えた。室の恵子女王をはじめ、一条邸の家人たちはみな悲しみに沈んだ。五日の葬送には多くの公卿が参列し、美男でおおらかだった太政大臣の遺徳を偲んだが、伊尹のあとを継いで、右大臣頼忠が新たな藤原氏の長者になった。

そしてひと月も経《た》たずして、突如、権中納言兼通が上位九人を抜いて内大臣に昇格し、同時に関白に任ぜられた。大納言も経ずにいきなり内大臣とは何ごとかと非難する声もあったが、御叡慮であるとして、氏の長者頼忠がおさえた。

翌天禄四年二月、関白兼通はすかさず自分の娘媓子《こうし》を入内させると、七月には、それまで冷泉院で皇后と呼ばれていた昌子内親王を皇太后にまつり上げ、媓子を皇后におし据えてしまった。

ただ、二十七歳の媓子は、若い主上にとって馴染みにくい存在だった。宮中には、主上と同じく太皇太后安子を母とする資子《しし》内親王が暮らしており、主上は、この四歳上の姉を慕って、以前から彼女の曹司に足繁く出入りしていた。資子は、父の村上帝からも特に可愛がられた九の宮で、その目もとが亡くなった母にそっくりだったため、主上はまだ皇太弟の頃から何かと頼りにし、親しく乱碁や歌会などの遊びをともにしてきた。昨年三月に資子内親王が昭陽舎で催した藤花宴のあと、主上は彼女を一品《いっぽん》に叙していた。

けていた。

媓子が立后してまだ間もない七月七日の宵も、主上は内親王のもとで乱碁の負態《まけわざ》の饗応を受けていた。

「今夜は皇后さまと、比翼の鳥、連理の枝の契りを結ぶ日でございますわ」

からかうように笑いながら資子は御酒を注いだ。

「しかし、あの女《ひと》には《梨花一枝春雨を帯ぶ《りかいっしはるおお》》というが如き艶《つや》やかな甘さがないのだ。なぜか、いつも哀しげに目を伏せている……」

「少し年が離れておられるので遠慮なさっていらっしゃるのですよ」

「それにしても、兼家の大納言にはまだ若い姫がおるのになぜ入内させないのだろう。関白にしてやらなかったことで、まだ朕を恨んでいるのだろうか」

「お母様の遺訓でしたもの、仕方のないことですわ」

資子はなだめるように言った。

大納言のまま留め置かれた兼家の落胆ぶりは隠せなかったが、兼通は、追い打ちをかけるように、東三条第を訪れる公卿たちを呼びつけ、今後は関白である自分の堀川邸の挨拶を先にするようにと脅しつけた。すると、手のひらを返したように、公卿たちは足繁く一町隣の堀川邸に通うようになり、どうしても兼家に用事のある者は、夜を待って、先駆の声を抑えながらこっそりと東三条第の門をくぐった。

天禄四年十一月、故太政大臣伊尹の一周忌を経て、恵子女王をはじめ、邸に戻っていた女御の懐子なども喪服を脱いだ。

「東宮の外戚はもう麿たちしかおらぬ。義孝も仏道修行はほどほどにして、これからはもっと凝華舎に参内して師貞《もろさだ》親王に尽くさなければならぬぞ」

先の少将挙賢《たかかた》が珍しく決然とした顔で弟たちに告げた。

そして、十二月も二十日になって、年内の暴風雨や地震のため天延と改元された。十日後には早くも天延二年となり、恒例の正月行事が行われたが、改元の効なく、十九日の殿上賭弓《のりゆみ》の夕刻にまた地震が京を揺らした。

二月に、兼通はそれまで頼忠に譲っていた藤原の氏長者を引き継ぎ、ついで太政大臣に昇格した。とんとん拍子に権力の頂点にのぼりつめた兼通だったが、以前と変わらず弟の兼家を警戒し、機会があればいつでも左遷しかねなかった。兼家もそれを察して、主上の不満は承知しながらも、うかつに中君《なかのきみ》詮子を入内させることが出来なかったのである。

もう小萩が髪など売らなくて済む暮らしにはなったものの、屋敷に車宿りを新造したぐらいで、惟成は相変わらず下級官吏の忙しい日々を送っていた。一条邸を里代わりにしている母に会いに行くと、そこで必ず凝華舎の東宮の様子を聞かされた。

「癇の強い皇子《みこ》で、思い通りにならないと大暴れなさるのですが、不思議と絵を画いておられる時だけは夢中で、それこそ一日中、ひとつの絵を何度でも繰り返し画いていらっしゃるのですよ」

東宮も七歳になり、最近では外戚の少将兄弟が御所を訪れることが多いという。周囲に仕える者はみな、伊尹《これただ》に似て秀麗で敬虔《けいけん》な義孝少将こそが将来の一条家を背負って立つ若者だと期待をかけていた。

だが、その義孝は、一昨年桃園で生まれた息子の行成《ゆきなり》を溺愛し、そのため仏法の修養が疎《おろそ》かになるのを嘆いていた。

「麿は愛執が強く、出家どころか心静かに念仏をすることも出来なくなった」

ある日、一条邸を訪れた惟成に義孝が話しかけてきた。

「以前、仏は心の中にいると話したことがあったが、あれは嘘だ。麿の心は父への哀惜や子への偏愛でいっぱいで、とても仏が住める場所などない」

義孝は自嘲した。

「けれども、念仏だけは絶やすまいと思っている。……そういえば、保胤が勧学会の念仏堂を造るという話があるそうだが」

「はい。昨年だか、東国の掾《じょう》だった者に夢告があって、それで急に勧学会に土地の寄贈を申し出たそうです。保胤の内記もお喜びになり、そこで、僧俗の坊と講堂を建てるための勧進を始めたのです。拙宅にも回状が届きまして、例え一銭一粒《いちりゅう》でもいい、何とか俸禄を拠出出来ないかと……」

「微力だが麿も援助しよう。しかし、そうして志をともに出来る仲間がいるというのは羨ましいことだ」

義孝は嘆息まじりに言った。

だが、保胤がいろいろ手だてを尽くして呼びかけたものの、造営の資金はなかなか集まらなかった。秋になり、保胤は、日向守として鎮西に赴任している橘倚平《たちばなのきへい》にまで、公文書に仮託して俸禄の無心をしたが、その文書がまだ淀川を下らぬ先に、都ではとんでもないものが流行し始めていた。

八月初め、突如、庶民が密集する洛南の集落から疱瘡《ほうそう》のうわさが出始めた。付近の住民は慌てて疑わしい病者を隔離したが、またたくまに都全体に感染者が広がっていった。高熱を発し、やがて赤い粒状の発疹《ほっしん》が、顔面から手足、腹、背と全身に波及する。発疹は次に水疱となり、膿疱《のうほう》に変じ、最後は乾いて赤黒いかさぶたになるので面瘡《もがさ》とも呼ばれた。十日ほど経つと熱も収まり平癒するのだが、ただ、そうなる前に、うち続く高熱や下痢のため死亡する者が多かった。

二十七年前の大流行以降に生まれた若い者が多く罹《かか》った。前例に倣《なら》って、朝廷では、紫宸殿の前庭や諸門でそれぞれ大祓いを行ったが、九月になって却って猖獗《しょうけつ》をきわめ、三条以北にある公卿たちの居住地にまで拡大していった。

中川に住む兼家の息子、右馬助《うまのすけ》道綱が重篤となり、それが回復したと伝わると、今度は一条邸で先の少将挙賢《たかかた》が体調を崩し、やがて発疹が出始めて大騒ぎになった。そればかりか、一日置いて、今度は弟の義孝が発症したのである。寝殿を東西に分けて、それぞれに兄弟を寝かせ、二人の間には母の恵子女王が看病のための床をとった。

東宮の母女御懐子も驚いて見舞いのために退下《たいげ》した。義孝は熱に浮かされた目で、そんな姉を見上げた。

「法華経の方便品《ほうべんぽん》を持ってきてくださいませんか。まだ全部読み終えてないので」

「よくおなりになったらね。その時には読んで聞かせてくださいな」

懐子は強いて笑顔を作り、細く熱い弟の手を握った。

女王は諸寺に祈祷を依頼し、内裏に人を遣《や》って典薬寮から薬を取り寄せた。解熱剤として花《はな》菅《すげ》の根から採《と》った《知母《ちも》》を飲ませ、下痢に効《き》くと聞いては韮《にら》や葱を煎じたりした。

「先端が白くなった疱は毒が軽く、黒く紫がかったものは重い」

「頬のあたりに出るのはよいが、腰や尻から始まるものはたちが悪い」

母は見舞客から何か言われるたびに慌てて兄弟の身体を確かめた。

だが、その甲斐もなく、九月十六日の朝、まず兄の挙賢が、そして同じ日の夕刻には弟の義孝が相次《あいつ》いで息を引き取った。ほとんど聞こえないほど弱々しく法華経を呟いていた義孝の声が、ふと、途絶え、合掌していた手が夜着にすべり落ちていくのを見た母女王は、「ひいっ」と絶叫するや、その手にしがみついて再び組ませようとした。

息絶えた義孝の顔は、まるで何か言い忘れたことがあるかのように、唇をなかば開き、おだやかに微笑んでいた。


一日で兄弟の少将が揃って世を去るという異例な出来事は、その母女王の心中を思い遣って、多くの人の涙を誘った。

十八歳の義懐《よしちか》は、対屋《たいのや》で次々と兄たちの訃報を聞き、直衣《のうし》の袖を涙で濡らした。大好きだった兄義孝の死に顔を見ることさえ母女王《みこ》は彼に禁じた。いつも狩衣の袖に水晶の数珠を忍ばせ、経を呟きつつ歩く義孝の姿は、女たちだけでなく、弟の目から見ても惚れ惚れするほど優雅で美しかった。自分もあんな人物になりたいと、なかば感嘆する気持ちで憧れていたのである。父を喪《うしな》い、そして今また敬愛する兄たちに先立たれて、義懐は、広い一条邸にたったひとり取り残されたような気がしてさみしかった。

主上も哀れまれたのか、翌月、無官であった義懐を侍従のひとりに加えられた。疱瘡はさらに地方にまでおよび、一条邸で少将兄弟の四十九日の法要が営まれた頃、伊勢では、章明《なりあきら》親王の娘である斎宮の隆子女王が罹病して薨じた。

年末に、左大将源保光《やすみつ》が妹恵子女王の五十賀を祝う法事を催したが、傷心の女王は却って白らの寿命を恨み、あの時、自分が死後の枕を北に替えたため、義孝の魂は戻る場所を喪《うしな》って苦しんでいるのだと、何かにつけて自分を責め続けていた。

だが、女王の悲しみはそれだけで終わらなかった。翌天延三年四月三日、今度は、東宮の母女御懐子が三十一歳で兄たちの後を追った。凝華舎の師貞《もろさだ》親王は、母の死を知らされた途端、奇妙な声で泣き叫び、眼前に坐した義懐に殴りかかった。

「おかわいそうに」

弁の乳母が後ろから抱きすくめるようにしながら、その場にしゃがみ込ませた。

「好きなだけおぶちなさい。皇子《みこ》には義懐がついておりまするぞ」

義懐はひとり取り残されたのが自分だけでなかったことを悟った。

九　東宮学士

母女御の服喪のため、東宮は左近府に遷御されたが、東宮にとって、頼りに出来る外戚はすでに義懐《よしちか》しかいなくなっていた。

そしてこの年の秋、惟成《これしげ》は東宮学士に任ぜられた。東宮学士は、文字どおり皇太子に四書五経を講じる師範であり、従五位下ながら東宮坊の支配を受けない特別職である。学者の家筋で才智徳望のある菅原輔正《すけまさ》がすでに選ばれて任に就いており、惟成は補任である。

数日後、惟成は東宮大夫延光《のぶみつ》のもとに挨拶に出向いた。支配を受けないといっても、彼の上日《じょうじつ》数は坊を通じて式部省に報告される。

「其方《そこ》があの雅材《まさき》の息子か」

延光はじっと惟成の顔を見つめた。

「乳母子ということもあって、特に其方《そこ》が選ばれたのだ。雅材も今では弁官だし、これも何かの縁であろう。東宮については色々母御からも聞いておろうが、今から御前に馴染んでおくとよい」
そう言って延光は相好を崩した。
「目のところが父君によく似ておる。『ただちに雅材を蔵人にせよ』と、あの時、前々帝《ぜんぜんだい》から
お叱りを受けたのだった。内裏が焼けてまだ間もない頃であった……」
延光は懐かしそうに言った。
村上帝の周忌を終えた時、みなが除服したというのに、ひとり延光だけが喪服のまま参内を
続けていた。周囲が不審がると、
「『たとえお隠れになられても、お忘れ申し上げない証しとして、決して喪服を脱がずに居り
ましょう』と、生前お約束申し上げたことだから」と、目頭《めがしら》を抑えて語ったという。その延光
ももう五十になろうとしていた。

天延四年の春の除目で、義懐はやっと右兵衛権佐《ごんのすけ》に任ぜられた。前年に関白兼通の三男朝光
が上位五人を超えて権中納言に抜擢されたのに比べ、はるかに遅い昇進である。
この年は天変地異が京に続発した。
五月十一日深夜、突然、仁寿殿《じじゅうでん》の西から火が出て、近くの御所にいた主上をはじめ中宮や東
宮も大慌てで北の玄輝門から内裏の外に脱出した。最初、桂芳坊《けいほうぼう》に逃げた主上は、あまりの火

の激しさに、通りを隔てた職御曹司《しきのみぞうし》に移られ、中宮は縫殿寮《ぬいどのりょう》、東宮は左近衛府にそれぞれ避難した。火はさいわい内裏の外には広がらなかったが、御所が焼け落ちては戻る場所がなく、しばらくは御曹司での不便な生活を余儀なくされた。

六月十七日、病を得て出家していた東宮大夫源延光が世を去った翌日のことだった。夕刻、ドォンという大音響とともに突き上げられた大地が、まるで人々を振り落とすかの如く大きく前後左右に揺れ動いた。

諸司の建物や洛中の民家が倒壊したのは勿論、東寺、極楽寺、清水寺、円覚寺等、近隣の諸寺院もみな潰れて多くの圧死者を出すなど、未曽有《みぞう》の大惨事となった。主上は輿《こし》に乗って南庭の隅に避難し、帷幄《いあく》を廻らしてそこを臨時の御所とした。

余震はその後ひと月以上も続き、内裏の焼亡に加えたこの大震災のため、詔を発して天延四年を貞元《じょうげん》に改元した。そして未《いま》だ大地の揺れやまぬ七月の二十六日、季節外れの冷たい霖雨の降り注ぐなか、主上は太政大臣兼通の堀川邸に遷御し、造宮が成るまでの間そこを里内裏とした。

薨去した延光に替わって東宮大夫に任ぜられたのは、あの兼通の三男朝光であった。九歳になった東宮師貞は明年に《読書《とくしょ》始め》が予定されていた。東宮学士として、惟成も漢籍の基礎的な知識を教えてきたが、狂気の父帝と違って、その詩文に対する感性の豊かさには目を瞠《みは》るものがあった。ただ、ある一事に夢中になり始めると、突然、他の全てに興味を示さなくなる、その落差の激しさが、父帝に似ていると言えなくもなかった。

上日《じょうじつ》のとき、惟成は、閑院《かんいん》で東宮に故事や詩の押韻《おういん》などを講授したあと、午刻《うまのこく》までには造営中の内裏に戻り、蔵人所の文殿《ふみどの》に籠って、累代の書籍に目を通すことを日課としていた。そして面白い逸話や必要な知識があれば、次のときに東宮に話して聞かせた。師貞は漢籍よりも、むしろ、そのような神仙説話や怪異譚を好まれた。惟成は夕刻まで文殿で過ごし、大抵は童ひとりを連れて徒歩で家に戻った。

一歳年上の小萩はもう二十五歳になっていたが子は出来なかった。収入は多少増えたものの、権門と結びつかぬ限り、東宮学士にはこれといった余禄はなかった。だが、小萩は貧乏をそれほど苦にはしていなかったし、むしろ生活の遣り繰りを楽しんでいるようにさえ見えた。声をかけると彼女はいつでも笑顔で応えたが、惟成は、しかし、その細い目の奥に常に醒めた芯のような光が宿っていることを知っていた。

あの観桜会の夜のことを彼は今でも忘れていなかった。誰の口から洩れたものか、その後小萩に、髪を売って夫の窮状を救った賢婦という評判が立ち始めた。惟成が小萩以外の女と関係を持つようになったのは、それから間もなくのことだった。だが、坊の女房や女官の曹司に泊まったりすると、小萩は敏感に惟成の体から女を嗅ぎ分けた。そんな時、彼女は黙って悲しげに、その三日月のような冷ややかな目で惟成を見つめた。

貞元二年三月、里内裏である堀川邸に隣接する閑院に主上が行幸して、詩賦、管楽の遊びが催された。そしてその二日後、陰陽師の勘考に基づき、同じく閑院の東の対《たい》で、東宮の《読書始め》が行われた。

当日は、対《たい》の南廂《みなみびさし》に御簾を垂れ、屏風を廻らして高麗縁《こうらいべり》の座を設ける。座前に置かれた黒漆の机上には、玄宗の注による「御註孝経《おんちゆうこうきよう》」が置かれ、その南に師の円座が敷かれる。大臣公卿たちが着座し、やがて殿上人の中から学士で権左中弁の菅原輔正《すけまさ》と、文章生藤原為時が立ち上がり、厳粛に簀子《すのこ》をまわって師の座に着いた。

博士役の輔正が「御註孝経序」と最初の五文字を唱えると、机上の書がめくられ東宮が御覧になる。次に、尚復《しようふく》と呼ばれる復唱役の為時が「オオンチュウコウキョウジョ」と繰り返す。儀式そのものはそれで終わり、あとは宴《うたげ》になる。おなじ学士でも無官の惟成は末席に端坐していただけだった。

四月になって、ちょっとした政変が起こった。突然、源兼明《かねあきら》が左大臣職を解かれ、病気を理由にもとの親王に復されたのである。兼明自身「自分は兼通に陥《おとしい》れられた」と周囲に公言して憚《はばか》らなかった。そして、その後任として、これまで兼通の相談相手になってきた右大臣頼忠が昇格し、五十八歳の大納言源雅信が替わって右府に就いた。二品親王に戻され、嵯峨山麓の別荘に隠棲した兼明は、憤懣やるかたない思いで「兎裘賦《ときゆうのふ》」を作り、「君昏《くら》く、臣諛《へつら》ひて、愬《うた》ふるに処《ところ》なし」と慨嘆した。

同時に兼通息の朝光も従二位権大納言になって、相変わらず正三位大納言に据え置かれている兼家よりも上位に昇った。こうして、徐々に関白太政大臣兼通の時代が盤石になり、秋の初め、主上は堀川邸から新造なった内裏に遷御された。

冷泉院判官代《ほうがんだい》の在国が従五位下に叙されたのもこの時で、播磨大掾《だいじよう》の四年間で得た財をもって、朱雀院修理などの土木工事を担当した功によるものであった。いわば官位を金で買ったのである。生来の受領の血から、在国にはその道士然とした風貌や言説にそぐわず、妙に現実的な生臭さがあった。彼が保胤の念仏堂建設に拠出したのは、その千分の一にも満たぬ額だった。

保胤の計画は暗礁に乗り上げていた。僧侶でもない一官吏には手に余る企てであり、勧学会そのものが同志による個人的集まりに過ぎなかったからだ。みな文章生上がりの貧しい官吏ばかりで、資金がすぐ集まるはずもなく、例の疱瘡流行の年に出した日向守橘倚平《きへい》への文書も、ほぼ一年がかりで鎮西に届き、去年、やっとその返事が来た時には、もう本人が任を終えて帰京してしまっていた。財力ある権門の支援も得られず、文字通り〝微俸薄禄〟の勧進《かんじん》ばかりでは、提供された土地の確保も難しかった。

「堂はあってもなくてもよい。念仏はどこでも出来る。空也上人ならそうおっしゃることだろう」

仏間の経机の前で保胤はつぶやいた。

香炉に燻《くゆ》り立つ一条の紫煙の向こうから、掛け軸の阿弥陀仏が細い目で保胤を見つめていた。姓を変えてまで実家と縁を切った彼は、自分にはもう親族などないと覚悟してきたのだが、この春、陰陽頭《おんみようのかみ》だった兄の賀茂保憲《やすのり》に死なれ、今さらのように、この眼前の阿弥陀像のほか頼るべきものは何もない気がした。兄の死後、暦道《れきどう》が甥の光栄《みつよし》に、天文道が父忠行《ただゆき》の頃からの弟子である安倍晴明に引き継がれた。五十七歳になる安倍という男は、まるで神憑《かみがか》った巫覡《ふげき》の如き言説で預言や卜占《ぼくせん》を行い、陰陽道の正統を争っていると聞く。

「笑止なことだ」

現世の吉凶の因を解き明かす陰陽道は、結局、後世の救済を願う仏道には及ばないと保胤は思っている。

保胤は、ふと、在国の肥った顔を思い浮かべた。在国もまた、若かった頃に陰陽道の奥義《おうぎ》を身につけたと豪語していた。

「あの男だったら、念仏堂などすぐに建立《こんりゅう》してしまっただろうな」

保胤は苦笑しながら首を振ると、傍らの銅磬《どうけい》を打ち鳴らし、再び気持ちを整えて《南無阿弥陀仏》と念仏を唱えた。


天皇と同日に東宮師貞《もろさだ》も、閑院から内裏の昭陽舎に戻られた。後宮《こうきゅう》東端の昭陽舎は梨壺とも呼ばれ、五年前に資子《しし》内親王が藤花の宴を催した所である。

侍読の乳母子惟成《これしげ》と、ただひとりの外戚となった義懐《よしちか》が、東宮の近臣として、昭陽舎に設《しつら》えた御座所《おましし》に伺候《しこう》していた。

「ここに《荒海の障子《そうじ》》を置きたい」

屏風絵や障子絵に関心のある東宮が、まず義懐に言ったのがそれだった。

「あれは清涼殿にのみ……」

「同じものを画《か》かせればよいではないか」

義懐は後《うし》ろにいる惟成を見た。

「そのようなことが出来るか」

「《山海経《さんがいきょう》》にはあのような奇怪な生き物がいくらでも出てきますから、別なものならよろしいでしょう」

清涼殿広廂《ひろびさし》北にある衝立《ついたて》屏風《荒海の障子》には、足長に背負われた手長が荒磯で漁《すなど》りをしている奇妙な絵が画かれてある。

「《山海経》というのは経典か」

東宮は興味を示した。

「いえ、唐に伝わる古い地誌で、山奥に住む様々な変化《へんげ》の図が描かれています。以前御紹介した《文選《もんぜん》》にも、『山海経を読む』という陶淵明の詩が載っております」

「今度、それを聞かせよ」

「《文選》でございますか」

「いや、《山海経》の話だ」

東宮は、もう屏風のことなどどうでもよいという顔をして、新しい厨子棚《ずしだな》に施《ほどこ》された彫金の手触りを確かめていた。

「ああして変わったものにばかり興味をお持ちになる」

退下《たいげ》して縁の近くに出ると、舎の南庭に咲き乱れる女郎花《おみなえし》や朝顔の上を数匹の蜻蛉《あきつ》が飛び回っていた。それを目で追いながら義懐が惟成に語りかけた。

「一昨年の春、侍従所の外を毎晩鬼物《きぶつ》が通ると騒がれたことがあったであろう。あの時も、侍従だった麿に『見たいから案内《あない》せよ』と仰せになり、止めるのが大変だった」

「すぐ近くに陰陽寮があるというのに、百鬼夜行《ひやっきやぎょう》も大胆ですな」

惟成は笑って言った。だが、義懐は憂い顔で続けた。

「あの御気性は将来帝位に就かれても改まることはあるまい。玉座に君臨された時に果たしてどのような御政道を敷かれるのか、麿はそれが心配になる」

「案ずるには及びません。佐殿《すけどの》が補佐してさしあげれば、却って、尋常では思いもつかぬ朝政《まつりごと》をなさるかも知れませんぞ」

「麿に教えられるのは乗馬ぐらいのものだ。惟成、其方《そこ》だけが頼りだ。即位された暁には、せめて後世に汚名を残さぬ君王にしてさしあげたい。東宮にも麿にも、頼りに出来る近臣と言えば、今はもう其方《そこ》しかおらぬ」

義懐に若々しい期待を込めた目を向けられ、惟成は少し困った顔をした。

「むしろ丞相《じょうしょう》などの外祖父《おおじ》がおらぬ方が旧弊《きゅうへい》にとらわれぬ新しい朝政《まつりごと》が出来ると思っております。佐殿ひとりしっかりしておられれば、何も恐れるに及びませんよ」

惟成は励ますように言った。

大きな梅の木が秋の陽を浴びて濃い影を落としていた。家では小萩が例によって茗荷を梅酢に漬け込む季節であった。

疱瘡で薨じた隆子女王に代わって斎宮に選ばれた規子《きし》内親王が、一年間の野々宮生活を終え、九月十六日、伊勢に群行することになった。斎宮は桂川で禊《みそぎ》を済ませると内裏に戻り、大極殿で天皇自らに《別小櫛《わかれのおぐし》》と呼ばれる黄楊《つげ》製の櫛を額に差してもらい、百官に見送られながら、輿《こし》に乗って伊勢に進発する。ところが、この群行に規子内親王の母、徽子《きし》女王が連れ添うという不測の事態が起こった。翌日になり、朝廷は慌てて、《前例に違《たが》う故《ゆえ》、お引き留め申せ》という宣旨を下したが、女王は全く聞く耳を持たなかった。

女王御自身、四十年前に僅か八歳で斎宮になられた方で、帰京後に二十歳で叔父の村上帝に請われて入内し、《斎宮の女御》と呼ばれた。帝の崩御後は、娘の規子内親王と里邸で暮らしていたが、多くの歌人が出入りして歌合せを催し、今上《きんじょう》の皇后媓子《こうし》や一品《いっぽん》資子内親王とも親しく消息を交わす著名な女王であった。その女王が、娘とともに野々宮に入ったばかりか、今度は一緒に伊勢にまで群行してしまった。

「斎宮ももう三十になるというのに、今さら母親同道でもあるまい」

「いや、あれはただ女王御自身が歌枕を訪ねたいがための方便さ」

世間では面白がって噂したが、やがて噂どおり、伊勢に着いた女王からすぐ皇后媓子のもとに、《世に経《ふ》ればまたも越えけり鈴鹿山むかしの今になるにやあるらむ》という詠歌が贈られてきた。

しかし、その頃、当の皇后は歌どころではなかった。伊勢への返書をしたためる暇《いとま》もなく、慌ただしく里邸の堀川第に遷御しなければならない事態が起こった。父の太政大臣兼通《かねみち》が、突然、病に倒れたからである。

十　怨念

皇后媓子《こうし》には、まだ皇子《みこ》の誕生はなかった。だから、昨年二月、兼家の娘で冷泉院女御の超子が第二皇子居貞《いやさだ》を生んだことは、兼通にすれば新たな脅威であった。今の東宮が即位した暁にはその居貞親王が皇太子となり、兼家は外祖父になる。盤石だと思われた自分の地位が兼家に取って代わられ、その時、弟からどのような仕返しを受けるか。そう考えると兼通は気が休まらなかった。帝の師範役である太政大臣の地位を利して、彼は主上の耳に兼家への様々な讒言《ざんげん》を吹き込んだ。

「あの大地震《おおない》の時も、東三条大納言は真っ先に院の居貞《いやさだ》親王のもとに駆けつけたと聞いております。大将たる者、他の誰よりも近侍して玉体をお護りするのが任務であるのに、冷泉院を先にするとは……」

まだ十九歳の主上は、黙って、いつものようにこの兼通の言葉を聞き流した。

その兼通が病に倒れたのである。皇后媓子《こうし》が見舞いに駆けつけてみると、既に父の顔色は青黒く憔悴しきっていた。賜暇《しか》を願い出て養生に努めたものの、兼通はやがて、自分でも病状のただならぬことを悟った。

十月に入ると、兼通は寝たきりの状態が続いた。太政大臣はいわば名誉職だから、左大臣がいれば政務は滞りなく執り行われる。病状は一進一退を繰り返し、世間には重篤の噂が広まった。そして、ふとした誤報から、兼通が昨夜薨去したという話が、一町隔てた東三条邸の兼家の耳にまで達した。

兼家にしてみれば、長兄伊尹《これただ》薨去の折、姉の遺言状を楯に兼通に摂政を強奪されたという苦い経験がある。《早い者勝ちだ、急いで参内して帝に関白の委譲を奏請しなければ》と、慌ただしく門を出たのが十一日の早朝であった。

兼通が病床で夢うつつにしていると、坊門小路に前追《さきお》いの声が響き、それが徐々に堀川邸に近づいてきた。

「どうやら、東三条殿がこちらに向かっておるようですな」と側近が知らせた。

それを聞いて思わず兼通はうれしそうに目を輝かせた。

「どうあってもやはり弟だ。麿がこのまま死んでは心残りなのだろう。最後にひと目会って、和解しようとやってきたのだ」

兼家の心情を憶測し、いじらしく思った兼通は、身を起こすと、

「すぐにその辺を片づけさせよ。こんな見苦しいさまを見せたくない。何か饗応の用意でもしておけ」

と命じた。

そして、長年の確執を終える証しに、この際、関白を譲ってやってもいいとまで考えた。

ところが案に相違して、前追う声は堀川邸を通り過ぎ、そのまま内裏の方角に向かって行ってしまった。東三条邸に事情を窺《うかが》わせにやると、危篤の兼通が薨じたと聞いて内裏に関白の奏請に出向いたのだという。その知らせを受けた兼通は顔色を変えた。周囲も気まずい思いで沈黙した。すると、

「参内するぞ!」

突然、兼通が叫んだ。

「車の用意をせよ。冠はどこだ、何をしておる、早く装束をもってまいれ！」

熱に浮かされたのではないかと思われるほど激しい口調でそう命じると、何人もの手を借り、苦労して痩身に束帯をまとった。


内裏に着くと、兼通は、朔平門わきの桂芳坊《けいほうぼう》まで輦車《れんしや》で運ばせ、さらに陣の者たちに支えられながら、なんとか滝口の戸から清涼殿に入った。御座所《おまし》では、ちょうど主上が兼家から太政大臣の薨去を知らされ、袖で涙を拭っていたところだった。

「とりあえず関白は……」

言いかけた兼家の前で、突然、主上が「ギャッ！」と叫んだ。思わず振り返った兼家もまた息を呑んだ。背後にある昆明池《こんめいち》の屏風の陰から、死んだ筈の兼通が、大きく目を瞠《みは》って二人を睨んでいたのである。

さすがの兼家も青くなり、慌てて御前をまかると、下襲《したがさね》の裾《きよ》を踏んづけながらあたふたと鬼の間に逃げ込んでしまった。

「お話はお済みでございますかな」

主上はごくりと唾を呑んだ。

「どうやら、関白は野辺送りになったようでございますので、誰か麿の後任を決めねばなりませぬな」

兼通は恐い目をした。

「これより桂芳坊にて暦の最後の除目を行ってまいります。後任の関白は左大臣にするので御承知おきください」

押し殺した声で言い捨て、兼通は再び桂芳坊に戻ると、左府頼忠をはじめ、息子の権大納言朝光、権中納言濟時《なりとき》など、主たる公卿たちを次々に呼びつけた。昼過ぎ、驚いた面々が桂芳坊に駆けつけてみると、兼通は、苦悶に顔をゆがめながら、「これからここで除目を行う」と宣言した。

本当なら兼家を無官にするか、大宰府にでも左遷したかったのだが、さすがにそれは出来なかった。それでも「右大将兼家を治部卿《じぶきょう》にして濟時を後任に充《あ》てる」と、敢然と兼家を降格させ、さらに「頼忠をもって後任の関白とするよう奏請する」と告げた。

そのほかいくつかの除目を済ますと、兼通はその場に身を崩し、クックックッと、まるで泣いているような笑い声を洩らした。

兼家が虚偽の奏上をし、関白の怒りを買って謹慎処分になったという知らせは、その日の夜、東三条邸に届けられた。さすがの兼家もこれには開いた口がふさがらなかった。憤慨した彼はその後一切の出仕を拒否し、長男の道隆をはじめ、息子たちも全員、東三条邸に蟄居《ちっきょ》してこの措置に抵抗の意を示した。さらに兼家は、兼明親王の「兎裘賦《ときゆうのふ》」に倣《なら》った長歌で帝に不遇を訴え、年内の復権を願ったが、主上からは《この月頃は我慢せよ》という趣旨のすげない返歌があっただけだった。

太政大臣兼通が堀川邸で薨去したのは、翌十一月八日、五十三歳であった。皇后媓子や大納言朝光は、悲しみとともに将来への不安を顔ににじませた。

頼忠はこの一年間で右大臣から左大臣、そして関白にと、めまぐるしく昇進し、兼通に替《かわ》って再び藤氏の長者になった。いわば兄弟の不和によって転がり込んだ地位だったが、本人は、亡父実頼の面目を施したつもりで得意だった。

貞元三年二月、義懐《よしちか》は憧れだった兄義孝と同じ右近少将になった。

「臨終の兄が読みたがった『方便品《ほうべんぼん》』という経を麿も読んでみたい。教えてくれ、惟成《これしげ》。読み方も意味もみな知りたい。同じ少将になったというだけで、麿は、心も素養も兄には遠く及ばないままだ」

明るい笑みをうかべながら、義懐はそう言って惟成に頼んだ。

在国は、この春の県召《あがためし》で待望の石見守《いわみのかみ》に任ぜられた。

「内記殿からまた念仏堂の喜捨を請われるだろうな。しかし、これで暫くは勧学会にも出ることが出来なくなる」

父と同じ受領となった彼は、餞別の宴で文章生仲間と杯を傾けながら、都の春を見納めた。

そして、大勢の随行を従え、勇躍として丹波の山道を越えて赴任していった。

四月には、頼忠の娘遵子《じゅんし》が入内して承香殿《しょうきょうでん》の女御となった。そして、七カ月ぶりに謹慎を解かれた兼家もまた、これまで兼通を憚って延期してきた娘の入内を決め、八月に、十七歳の中《なか》の君詮子《きみせんし》が凝華舎《ぎょうかしゃ》に入って梅壺の女御と呼ばれた。

若い詮子は道隆、道兼と同腹だが、父の気質を継いで政略的な思惑に長《た》け、まだ女御にもならないうちから、父の昇進をそれとなく主上に慫慂《しょうよう》して、とうとう《大納言兼家を右大臣に任ずべし》という宣旨を出させてしまった。十月二日、頼忠が関白太政大臣に任ぜられると同時に、源雅信が右府から左府に横すべりして、その後任として兼家がついに右大臣の位に就いた。

「父大臣《おとど》と同じ身分になられましたな」

延暦寺座主《ざす》良源は、白く長い眉に埋もれた穏やかな目で兼家を見つめた。頼忠の太政大臣拝任の参賀に僧徒とともに小野宮邸を訪れた座主は、その足で兼家の東三条邸に寄ったのである。

「もう二十年以上も経ちますが、いまだに父大臣と一緒に横川《よかわ》に見えられた折のことは忘れませんぞ。愚僧の願いを容《い》れて九条殿には法華三昧堂《ざんまいどう》を造っていただきました。思えばあの時からですな、叡山が賑わいを取り戻したのは」

「すべては座主のお力です」

兼家は手を合わせた。父師輔《もろすけ》とともに横川の良源を訪ねたのは、彼がまだ若い右兵衛佐《うひょうえのすけ》だった頃のことだ。その後、座主に補されてからも、良源は再三の火災で荒廃した叡山の復興に力を尽くしていた。

「今年は根本中堂《こんぽんちゅうどう》を再建なさったとか」

「いや、まだ堂塔やら経蔵《きょうぞう》やら、造らねばならぬものがたくさんあります。実は今日うかがったのも、右府拝任の御賀《おんが》とともに、横川に新たな法華堂を建立《こんりゅう》するお願いに参ったのでございます。ぜひ、いま居る木工《もく》寮の番匠《ばんじょう》たちが山を降りぬ前に」

「父大臣と同じにやれと?」

「齢《よわい》といい御身分といい、何よりも御気性が、本当に、あの頃の九条さまによく似ていらっしゃる。横川《よかわ》にも修行熱心な若い学僧がたくさん居りましてな。そうした前途ある僧たちにちゃんとした堂宇を備えてやるのが座主の勤めです。そうそう、尋禅《じんぜん》も明年、阿闍梨《あじゃり》を許されますぞ」

尋禅は師輔の十男で、兼家にとっては異腹の若い弟である。早くから良源の弟子となっていたが、摂関家の子弟として、特別に、師範の資格を持つ一身《いっしん》阿闍梨の称号が許されるというのである。

「それは喜ばしいことだ。だが、そのことは抜きにしても、建立の件はお引き受けいたしましょう」

「有難いことです。もうすぐ楞厳院《りょうごんいん》で堀川太政大臣の周忌法要をいたしますが、それに劣らぬ盛大さで、梅壺女御の男子誕生を祈願いたすことにしましょう」

良源は老獪《ろうかい》な笑みを見せて言った。


十一月の末に天元と改元された。

「陰陽師が明年は陽五にあたるため改元を奏聞したと聞いております」

惟成は東宮に説明した。

「陽五とは何だ」

「よく知りませんが、陽九の厄と同じく慎みが必要なのでしょう。陰陽師を呼んで聞いてみたらいかがです」

「以前、雷にうたれた陰陽師がいたな」

「安倍晴明という天文博士ですが、あれは雷で裂けた樹木が屋敷に倒れただけで、人間に落ちたわけではありません」

「よりによって、天文博士の屋敷に雷が落ちるとはな」

東宮は声を上げて笑った。

「その者の顔が見てみたい。明日にでも呼んでまいれ。惟成の講義にはもう飽きた。ひとつ天文道の話が聞きたくなった」

翌日、安倍晴明が、とても六十に手が届くとは思われない矍鑠《かくしゃく》とした足取りで昭陽舎にやってきた。

「これは、天狗ですな……」

簀子《すのこ》から南廂《みなみびさし》に入った晴明は、わきの屏風を見て思わず驚きの声を発した。

「『山海経《せんがいきょう》』の絵だ。麿が画《か》いた」

東宮は得意そうに言った。

「こんな虎みたいな絵でなく、本当は、もっと奇怪で凄まじい変化《へんげ》の方を画きたかったのだが、みなが反対したのだ」

「どのような？」

「楯と斧を持って舞う《刑天《けいてん》》だ。天帝に首を切られても、乳《ち》を目に、臍を口に変え、なお戦意を失わずに乱舞する、その猛々《たけだけ》しい異形《いぎょう》を画きたかった」

「なるほど……、しかし、『天狗』は虎とは違いますぞ。もとは流星が叫ぶ声を《天鼓《てんこ》》と称したのです」

晴明は東宮の前に座った。

「天鼓音《おと》有り雷《いかづち》の如し。天狗の形状は大流星の如くして声有り、落ちて地に留《とど》まりては狗《いぬ》に似る」

「『史記』ですな」

わきから惟成が口を挿《はさ》むと、晴明は露骨に嫌な顔をした。

「その大流星とは別に、天狗道というのがございましてな。名利《みょうり》を貪《むさぼ》った増上慢《ぞうじょうまん》の修験僧が、僧ゆえに六道《りくどう》の輪廻からは外れて墜ちる魔界のことです。死してなお憤怒にふくれた《刑天》のような変化たちが、みな怨霊となって棲《す》む所で、吉野と熊野を結ぶ大峯《おおみね》の渡りで倒れた多くの僧が、那智でそのような天狗になっておるとのことです」

「仏法のお話ですか」

「黙ってお聞きなされ」

晴明は、この、年若い無礼な侍講を睨みつけた。東宮は厚畳《あつだたみ》の上で脇息に身を乗り出すようにして聞き入っている。

「いいですかな。昨年お亡くなりになった我が師、陰陽頭《おんみょうのかみ》賀茂保憲《やすのり》は、葛城《かつらぎ》の賀茂氏だった役《えんの》行者とは同祖で、本来、修験僧とは関わりが深いのです。空を翔《と》び地を駆け廻って様々な異変をもたらす天狗どもや百鬼夜行《ひゃつきやぎょう》、そういった怨霊《おんりょう》が国を損なうことの無いよう呪法を行うのが陰陽師の職分で、密教とは全く異なる占術に依って鎮《しず》めるのです」

「天狗を調伏する占術もあるのか」

東宮が訊ねた。

「ございます」

「やってみせよ」

「すぐには出来ませせぬ。身を浄め、百日の精進をしてからでないと」

晴明は尊大に答えた。保胤が聞いたら烈火のごとく怒るであろうと思いながらも、惟成はそれ以上皮肉を言うのをやめた。東宮が異常な関心を示したからである。

「それでは明年、汝の用意が出来次第、麿の目の前で那智の天狗を調伏してみせよ。よいか、忘れるではないぞ」

「ははっ」

平伏した晴明の鬢《びん》には、なぜか、白髪一本見当たらなかった。

天元はひと月で二年を迎えた。天文博士安倍晴明が昭陽舎で那智山の天狗を封ずる術を行ったのは、もう晩春の頃であった。

護摩が焚かれ、天文生《てんもんしょう》たちに囲まれて、白装束に身をかためた晴明が登場する。彼は、五芒《ごぼう》星《せい》の霊符を飾った祭壇の前で厳めしい呪文を唱えながら禹歩《うほ》を踏み、泰山府君《たいざんふくん》の神に東宮の長寿を願ったあと、二枚の皿に天狗封じの呪文を書いて、那智の方角に盛った土の中に埋めた。晴明の唱える密教の陀羅尼のような呪文に、周囲から一斉に天文生たちの唱和する声が響いた。

「おどろおどろしい呪法だな。博士の方がよほど異形《いぎょう》の者に見える」

義懐が冗談ともつかぬ口調で呟いた。

「怒られますぞ」

惟成も笑いをかみ殺して言った。

儀式は一刻足らずで終わったが、屏風の中の天狗は身動きもせず、相変わらず意地悪そうな目でそれを眺めていた。

その後、幸いなことに東宮の陰陽道に対する興味は長続きせず、ただ、老いた晴明の名声が高まっただけであった。

十一　頓死

後宮には皇后媓子《こうし》のほかに、頼忠の娘遵子《じゅんし》が承香殿に、兼家の娘詮子《せんし》が凝華舎にいて、それぞれ寵を争うことになったが、いざ父の兼通がいなくなってみると、三十三歳になる皇后の影が急に薄くなった。それでなくとも体が弱く物静かな皇后は、普段から里がちで孤独にみえたが、やがて病に倒れ、この年の六月三日に堀河院で崩じた。

降りしきる雨の中、賀茂川の水が引くのを待って葬送が行われた。皇后には兄の権中納言顕光《あきみつ》がいたが、一門の期待を負っていたのは何といっても弟の朝光であった。朝光は二年前に二十七歳で、権大納言兼左大将と異例の昇進を遂げたものの、やはり、父兼通の死後、その勢いに陰りが見え始めていた。

七月、右近少将義懐がその東宮大夫《だいぶ》朝光の次官である亮《すけ》になった。東宮が即位した暁には、それまで大夫だった者が蔵人頭になるのが恒例だが、次官ではあっても若い義懐の方が外戚である点で有望だった。

「聞くところでは、殿下に本朝累代《るいだい》の文書《もんじょ》の読み解きを講じているそうだが、上日のときには、麿も同席させてはくれぬか」

義懐《よしちか》は惟成《これしげ》に言った。

「特に律令格式《りつりょうきゃくしき》の古例については麿も知りたい。いずれ殿下が御即位された時、麿と惟成で朝政《まつりごと》を支えねばならぬ。其方《そこ》は旧弊を打ち破る新制などと楽観しているが、例の天狗の件に拘《かか》わらず、殿下のなさることはいつも何処か危うい気がしてならぬのだ」

義懐はいかにも外舅《がいきゅう》らしい口ぶりで惟成の顔色をうかがった。


「あの義懐さまがね」

小萩は昔を思い出して微笑んだ。

「殿下が御即位なされば、当然、摂政とまではいかなくとも、外戚として相応の御身分におなりになる。……おお、もうこんな季節になったのか」

惟成は台盤に添えられた茗荷の梅酢漬けを箸につまんで噛んだ。

蚊遣りの煙を扇で追いながら、小萩は卵をもらった時の義懐を思い出していた。勿論、それを口にすれば惟成が不機嫌になるのは承知している。一条邸にもあれ以来顔を出さなくなってしまっていた。

「茗荷、五条には届けたのか」

「一番にお届けいたしましたわ」

父の雅材《まさき》は既に官を退き、新たに購入した五条の家で下の娘とともに隠居していた。母とは惟成も昭陽舎で顔をあわせるが、弁の乳母として貫録も備わり、退出しても一条邸の恵子女王のもとに東宮の報告に赴くだけで、五条にはほとんど顔を出さないという話だった。その母は、最近、露骨に孫を欲しがるようになった。

惟成と同年の道隆には、学者である高階成忠《たかしななりただ》の娘貴子との間に、今年六歳になる長男伊周《これちか》が生まれている。東三条邸の時姫はいつまで経っても母の競争相手であった。

「小萩も同じ高階《たかしな》なのに……」

漢才のある貴子はその後女房として召され、高内侍《こうのないし》と呼ばれて殿上の詩宴にも招かれていることは惟成も知っていた。

「高階だからといって子を生むとは限りませんよ。そう言ったら小萩が可哀想です」

「女は小萩ひとりではありませんよ」

母は、小萩が聞いたら目を剥《む》くようなことを平気で言った。身に覚えのある惟成は苦笑してその場をごまかした。

陽気で磊落《らいらく》な道隆は、この時、右近権中将で義懐の上官であった。道隆は死んだ義孝にかわる思いで義懐を可愛がり、義懐の方も、風貌も気質もどこか亡父伊尹《これただ》に似ている道隆に信頼を寄せていた。

しかし、これまで兼通に疎まれた兼家が閉塞していたため、道隆の出世も朝光に比べて格段に遅かった。右大臣となった兼家の今の関心事も息子ではなく、何といっても女御詮子の懐妊にあった。そして、横川法華堂建立の功徳によったものか、彼の願い通りに詮子が身籠って、この年の暮れに東三条邸に遷御してきた。

「何としても男皇子《おとこみこ》を生むのだ」

兼家は早速叡山の良源のもとに、今度は《法華経提婆達多品《だいばだったほん》》の修法《ずほう》を依頼した。龍女が男《なん》子《し》に変成《へんじょう》して正覚《さとり》を得る話が、男皇子誕生の祈願として誦《よ》まれたのである。吉報に湧く東三条邸であったが、禍福はあざなえる縄のごとく、翌天元三年正月十五日に、兼家と三十年近く連れ添った室の時姫が病を得て世を去った。

四十九日の法事には大勢の公卿たちが参列したが、惟成がその様子を語って聞かせても、母、弁の乳母は黙って目を閉じていた。

法性寺《ほっしょうじ》で営まれた皇后媓子の周忌法要と重なるようにして、六月一日、東三条邸で第一皇子懐仁《かねひと》が生まれ、その二カ月後に親王宣下《せんげ》がなされた。

「運のいい男だ」

関白頼忠は羨ましげにつぶやいた。冷泉院女御超子が生んだ居貞《いやさだ》親王に続いて、今度の懐仁親王である。それに比して、彼の娘遵子は、懐妊どころか曹司に盗賊が侵入して大騒ぎになった。犯人は東宮の帯刀《たてわき》藤原景澄《かげすみ》なる男で、怒った頼忠はただちに厳罰に処するように命じた。ただ、出産後、清涼殿で五十日《いか》を祝って帝が御遊《ぎょゆう》を催された時も、母子は東三条邸に留まったまま出て来なかった。

「先頃の野分《のわき》では諸院はおろか羅城門まで倒れたと聞く。里に居る皇子《みこ》の身が案じられてならぬ。早く顔が見たいのに……何とか参内させるわけにはいかぬか」

そのうち百日《ももか》の祝も過ぎたというのに、相変わらず主上は皇子に逢わせてもらえなかった。主上の方から東三条第に行幸したくても、関白頼忠の心中を慮《おもんばか》るとそれも出来ず、一方、兼家にしても別に急ぐ必要はなかったのである。

十一月二十二日は賀茂の臨時祭で、ちょうど南殿《なでん》で内侍《ないし》が宣命《せんみよう》を読み上げている最中であった。

「火事だ！」

突然、清涼殿の西南の廊にある主殿寮《とのもりよう》から火が出た。殿上の燈火や火桶の炭の補充のために主殿司《とのもづかさ》が常駐している詰所で、胡麻油や松明《たいまつ》が大量に置かれてあったため、火のまわりが早かった。

「主上《うえ》さまを、早く!」

主上は中院に逃れ、女御たちもそれぞれ火元から遠い殿舎に移ったが、四年前の火災と同じく、いくつかの坊舎を残して内裏のほとんどが焼け落ちてしまった。炭火の不始末によるのだろうが、一代のうち二回も御所を焼け出された天皇も珍しく、とりあえず職御曹司《しきのみぞうし》を御所とされて、賀茂の臨時祭は当然中止になった。ちょうどひと月前、東宮の妹にあたる十五歳の尊子内親王が麗景殿に入内していたため、口さがない者たちは《火の宮》と陰口をたたいた。

主上はすっかり意気消沈していた。

「いまは皇子《みこ》も生まれたことだし、いつ位を降りてもかまわない」

天元四年二月、平野社に行幸して懐仁《かねひと》親王の健勝幸慶を祈願しながら、主上は疲れたようにつぶやかれた。しかし、皇子の声を聞きたくても女御詮子は里邸に籠ったきりで、いくら参内を催促しても、「気分が優れませんので」とか「皇子がむずがるので」とかいった返事が来るだけだった。

「そのうち機会を得まして」

主上に責められた兼家も、のらりくらりと言い繕って取り合わなかった。退出すると傍《はた》の者に、「麿が関白ならばともかく、娘のことであれこれ言われる筋合いはないわ」と薄笑いを浮かべていた。

主上は自分の立太子にまつわる政変があったためか、即位してからも左見右見《とみこうみ》して周囲に気配りばかりしてこられたが、特に関白の件では二度までも兼家に苦い思いをさせたことを気に病まれていた。

「こんな焼け残りの曹司暮らしでは無理もあるまい。いずれ、内裏が新造された暁には参るであろう……」

そう思い強いて心を慰めたが、主上にはもうひとつ頭を悩ませていることがあった。崩御した媓子に代わって誰を新しい皇后にするかという問題である。この件で、少将の乳母と呼ばれる女が影響力を発揮した。

「東三条殿の女御は皇子もお生まれになったし、いずれは后になられる御方です。それに比べ、承香殿の女御は誰より先に主上のもとに参りながら、何ら恩恵に浴さぬまま今日まで懸命にお仕え申しております」

頼忠の意を汲んだ彼女はそう奏上した。

「それは朕もわかっておる」

主上も頷かれた。

「新しくお生まれになった皇子が立太子なさるまでの間だけとお考えになれば、双方に面目が立ちましょう」

「うむ」

主上は煮えきらない返事をした。


前回の火災で兼通の堀川邸を里内裏としたように、七月になって、主上は後院《ごいん》でもある頼忠の四条大宮邸に遷御された。女御遵子立后《りっこう》の噂もあって、兼家にとっては面白からぬことであったが、退位後の後院とあれば仕方なかった。

ところが九月四日、その里内裏の殿上の間で食事をしていた蔵人貞孝《さだたか》が、突然、台盤上に顔を突っ伏したまま昏絶し、のどをグッグッといびきのように鳴らしながら頓死するという事件が起こった。周囲で食事をしていた殿上人たちは、大慌てでその場を逃げ出し、頼忠の弟で頭中将の実資《さねすけ》が、下部《しもべ》を指図して畳ごと遺体を院外に担ぎ出した。そんなこともあって数日後に天皇は再び宮城内の職御曹司にお戻りになった。

十月の末、やっと主上は新造の清涼殿に遷御し、東宮師貞《もろさだ》も昭陽舎に落ち着いた。

天元五年の正月二十七日は庚申《こうしん》で、この夜は、人の体内に住む三尸虫《さんしのむし》が天帝に悪事を告げに昇るといわれ、それを防ぐため、碁や雙六《すごろく》などをして徹夜する風習があった。東三条邸には冷泉院女御の超子が戻っていて、道隆や道兼など兄弟たちが女房と歌を詠んだり攤《だ》打ちに興じたりするさまを微笑みながら眺めておられたが、そのうち脇息にもたれたまま眠っておしまいになった。

「もう何度も鶏《とり》が鳴きましたし、あたりに雀の声も聞こえますから、このまま起こさずにおきましょう」

女房が肩まで衣を引き上げた。

「ここまで起きていらして、いまさら大殿籠《おおとのごも》るなんて法はありませんよ。どれ、麿が起こしてさしあげよう」

一晩中飲み続け、まだ酔いの残った道隆が近寄って肩を揺り動かした。

「ちょっと、お起きください。わたしの歌を聞いてくだされ。ちょっと」

その瞬間、道隆の頬が強張《こわば》った。

「もし！　お起きください、女御！」

道隆は乱暴に肩をゆすり、それを見て周囲の者も怪訝な表情で近寄ってきた。

「だれか灯《ひ》をもってまいれ！」

そう叫んだ道隆が衣の中を探ってみると、既に手が冷たくなっていた。白の袿《うちぎ》を四枚ほど重ねた上に春めいた紅梅の表着を掛け、髪を長くわきに垂らしたまま脇息に頬を押しあて、まるで深い眠りについているかのように、固く目を閉じておられた。

「お亡くなりに……」

誰からともなく呟きが洩れた。

知らせを聞いた兼家は、慌てて廊を踏みとどろかせて部屋に飛び込んできた。几帳《きちょう》のわきに立ちすくんだまま、しばらく、灯りに浮き上がる白い人形のような顔を見つめていたが、突然、「わっ！」と声を上げて娘にしがみついた。冷たい頬に顔をこすりつけ、「おおっ！　おおっ！」と身悶えしながら泣きわめく姿は思わず周囲の涙を誘った。超子は彼にとって最愛の娘であった。


悲嘆に暮れた兼家がまだ四十九日の法要も済ませぬ二月二十日、主上はとうとう少将の乳母に口説かれて、遵子立后の内諾を与えてしまった。知らせを聞いて喜んだ頼忠は、乳母に禄を与えると同時に、早速、弟の蔵人実資《さねすけ》に内々にことを運ぶように指示を出した。やがて乳母から、立后の準備をしておくようにという主上の綸旨《りんし》が伝えられ、翌三月三日に頼忠は直接仰せを被《こうむ》った。

女御遵子が皇后となり、南殿《なでん》に出御した天皇によって新たな中宮職の除目が行われたのは十一日のことである。

「あれほど自分を憎んだ堀川の兄の大臣《おとど》だって、ひとの喪につけこんで、こうまでひどい仕打ちはしなかった」

怒った兼家は法事にかこつけて梅壺女御詮子を東三条邸の皇子のもとに退出させると、自分も例によって出仕を拒否して邸に閉じ籠った。

世間では驚くとともに、御子のいない遵子を《素腹《すばら》の后》と呼んで嘲笑した。


この年の正月、惟成《これしげ》は父と同じ右少弁に昇進した。弁官は八省を率いて太政官の諸政にあずかる重職で、詔勅を草するため、おもに儒者や文章生《もんじようしよう》が任ぜられた。

そして二月には、左大臣雅信を加冠役にして、東宮の御元服式が南殿《なでん》で執り行われた。慣例によって東宮元服の折には、乳母四人は従五位下に叙される。女官であれば掌侍《ないし》ほどの身分である。

「これでどうにか御役目を果たせたような気がしますよ。元服といっても、いまさら添い臥しなど要らない皇子《みこ》ですけどね」

惟成の母は「ほほ」と笑った。右少弁になった惟成が従五位上だから、母は彼とほとんど同じ身分になったわけである。

「まさか惟成が御教授申したわけではあるまいが、最近、とみに悪戯《わるさ》がひどくていらっしゃる」

東宮師貞《もろさだ》も十五歳、女に興味をもつ年頃ではあるが、すこし好色の度が激しいのではないかと、亮《すけ》の義懐《よしちか》も言っていた。

「年若い女房や女童《めのわらわ》たちは恐がって逃げ回っているという話だ」

「亮殿も御存じの通り、いったん思い込むと我慢がお出来になれませんから」

廊に控えた侍女の髪でも頬でも、ふと、手を触れたいと思い始めると、通り過ぎた後からでもわざわざ引き返して触《さわ》らずにはいられなかった。ただ、父帝と違って、一日中毬を蹴り続けるようなことはなく、言葉にも狂気は感じられなかった。理をもって訴えると、十にひとつは「わかった」と素直に聞くことが出来た。それが、数年来学士として仕えてきた自分のせめてもの成果だと、惟成は自負している。

残暑が納《おさ》まらず、神泉苑で祈雨の読経が行われた七月の初め、四年ぶりに在国《ありくに》が石見から帰京してきた。

「いや、すっかり浦島子の気分だ」

宣風坊《せんぷうぼう》と名づけた彼の三条の邸宅を訪ねてきた橘《たちばなの》式部少輔《しきぶのしょう》を相手に、風通しの良い簀子で酒を汲みながら、在国は昔と変わらぬ豪放な笑い声を上げた。

「康保の頃に二十人以上いた勧学会の詩友たちも、今じゃみな立派な雲の上のお役人になってしまって、これじゃあ馬鹿騒ぎも出来なくなったな」

「早いもので、菅三品《かんさんぽん》文時さまが亡くなられてもう一年になる」

橘少輔《たちばなのしょう》の上司でもあった式部大輔《しきぶのたいふ》菅原文時は八十三歳の天寿を全うしていた。在国は懐かしそうに目を落とした。

「ま、最後に念願の三位《さんみ》になれたのだから、以《もっ》て瞑すべしだ。そういえば保胤《やすたね》殿は、その後、どうしておられる。念仏堂の件では何の役にも立てなかったが」

「念仏堂はもう諦めたようですな。六条にお求めになったお屋敷の造営に余念がないようで、ほとんどそちらに居られると聞いております。具平《ともひら》親王の別荘千種殿《ちぐさどの》のすぐ南側の土地で、白楽天に倣《なら》って庭に広い池を掘り、《池亭《ちてい》》と名付けられたとか」

「おおかた弟子の親王の世話になったのだろう。あのお方もそれくらいの贅沢をしていい年齢だ」

もう五十路《いそじ》に手の届く保胤が、どこかに落ち着き場所を求めたくなるのもわからないではなかった。いくら狷介《けんかい》孤高の儒学者でも妻子のために腰を折らねばならぬ時もある。世に親しみ、瀟洒《しょうしゃ》な自邸の築庭に心を延《の》べることは決して悪いことではない。

そう思った在国は、その時、ふと、保胤に似て矜持《きょうじ》に富んだ目の大きな若者がいたことを思い出した。

「式太が、東宮学士の惟成《これしげ》が右少弁《うしょうべん》になったというではないか」

「さよう、あの、甘葛煎《あまずらに》の惟成が」

橘少輔は瓜を食《は》みながらクックッと思いだし笑いをした。

「父君のあとを継《つ》いだわけだ」

在国は惟成のどこか不器用な真面目さが好きだった。あの男には保胤のように狷介固陋《けんかいころう》なところがない。いつでも頭が柔軟だ。だが、あの柔らかさは、どんな異物でも呑み込んでしまう危険を帯びている。異物は吐き出さねばならない。それは摂関家にこびりつく膿《うみ》のような近親憎悪であり、その異物に体の底まで食い破られ、いつか、心身ともにぼろぼろにされるのが我々中臈《ちゅうろう》貴族の定めなのだと在国は思っている。

「仲間の中では、あの男が一番高いところまで行き着くかも知れぬ」

だが、彼は、保胤の場合とは反対に、あの涼やかな大きな目が世俗の塵に濁るさまを見たくはなかった。それは、ある意味で、在国の詩心とも呼べた。

十二　相撲人《すもうびと》

神泉苑での祈りが効いたのか、二十二日には大雨が降って世間を喜ばせた。橘少輔《たちばなのしょう》はしばしば宣風坊に立ち寄って在国の酒の相手をしていたが、ある日、面白い話をもってやってきた。

相撲節をひかえて、各地から集まった荒々しい大男たちの姿が洛中に目立つようになっていたが、その相撲人《すもうびと》と学生《がくしょう》との間でひと騒動あったのだと、少《しょう》輔は眉をしかめた。

「何しろこの暑さだから、相撲たちが朱雀門《すざくもん》に涼みに来るのだが、帰りがけに寮の東門の前を、奇声を発しながら無遠慮に通り過ぎるので、学生たちと喧嘩になった」

「ひよわな学生が相撲など相手にしたら殺されてしまうぞ」

「四百人もいるのだから、なかには気の短い連中もいるのさ」

橘少輔は扇でパタパタと胸に風をいれながら迷惑げに言った。彼のいる式部省は大学寮を統括する役所である。当然のことながら暴力沙汰の醜聞が広まって管理責任を問われては困るのである。

「それで乱闘にでもなったのか」
「いや、それが奇妙な話でなあ」

相撲人は遅くとも七月の十日までには各地から入京していなければならない。その後は、左右の近衛府が開いた相撲所で、東西それぞれの方同士《かた》で内取りを行って過ごすが、朱雀門に夕涼みに出ていたのは、左近《さこん》で稽古をしていた東国の相撲たちであった。

水干《すいかん》の襟紐をほどいて胸をはだけ、蓬髪《ほうはつ》を烏帽子《えぼし》に押し込んだ相撲人たちが、田舎言葉まるだしで美福門《びふくもん》の方からやってくるのを、これも夕涼みで大路に出ていた何人かの学生《がくしょう》が見咎めたのだ。ほとんどが貴族の子弟で、普段から厳粛な典礼の参観を義務づけられているためか、相撲たちの粗暴な態度や野卑な大声に我慢出来なくなったのである。

「みなを呼び集めろ。尊大な相撲たちに掣肘《せいちゅう》を加えてやる」

声を上げると、たちまち百人近い学生が門から大路に飛び出してきて、相撲たちの行く手をふさいだ。

「鳴り高し！　鳴り制せん！」

学生たちは一斉に声を張り上げた。

「何だと？　何て言《こ》いでるだ」

「我《われ》だちがうるせえから静かにしろと言《こ》いでんだ」

「どうするべえ、成村」

東国方《がた》の大将である最手《ほて》は、村上朝の頃から二十年近く取り続けている、真髪成村《まがみのなりむら》という、四十を過ぎた常陸《ひたち》の相撲であった。顎《あご》の張った大男で、もうずいぶんな年なのだが、それでも巧みな相撲さばきで最手を取り続けている。その成村が、白いものの混じる髭をねじりながら、面白そうに大学の衆を睨《ね》め回した。

そして、なかにひとり、他の学生とは違う鈍色《にびいろ》の褐衣《かちえ》をつけた小柄な若者が、端麗な顔ながら冷ややかな目つきで成村を見返しているのに気づいた。若者はいつのまにか腰の引けた学生たちの先頭に押し出され、正面から成村と顔を合わせた。がっしりした肩や胸が、衣がはち切れんばかりに盛り上がり、日焼けした頬の奥で、蛇のように執拗《しつよう》な目が光っていた。それは、粗暴な相撲人にも見たことの無い残忍な目の色だった。

「こいつら蹴散らしてくれようぜ」

行く手を阻《はば》まれた相撲人からは憤懣《ふんまん》の声がわき上がった。学生たちは遠巻きにしながら、相変わらず決まり文句のように「鳴り高し！　鳴り制せん！」とわめいている。

前に立った若者は、そのうち、成村の気後《おく》れを見透かしたかのように、にやりと不敵な笑《え》みをうかべた。瞬間、成村は何故か背の汗がすっとひくような寒気を感じた。

「どうする」

次将である腋手《わきて》が成村を見た。

「大路《おおじ》で学生相手に殴り合うわけにもいぐめえよ。ここはひとまず朱雀門まで戻って考《かんげ》えることにするべえ」

そう言うと成村は先に立ってずんずん大路を引き返した。不満顔の巨漢の群れがぶつぶつ言いながらもあとに続いた。

朱雀門の石段に腰をおろした成村のまわりを相撲たちが囲んだ。流れ落ちる汗が足もとの石に点々と黒いしみをつくった。節《せつ》が迫り気も猛《たけ》っているところにこの暑さだ、誰もがこのままでは腹がおさまらなかった。

「明日《あした》また押しかける」

成村は目を上げて周囲を見回した。

「おうっ！」と声が上がった。

「ただ相手《あいで》が悪《わり》い。いぐら尻に殻つげた雛《ひな》っこでも、親は殿上人だ。そこでだ、最初に、あんなかで一番強そうなやつを叩きのめしちまえば、あとのやつらは恐がって手出し出来《でぎ》なぐなるべぇ。そいでから、寮の前をワーッとみんなで一斉に駆け抜げる」

「全員やっちまおうぜ」

若い腑手が不満顔で言った。

「去年《こんぞ》は火事で節が取り止《や》めだったし、今年《こどし》もこんなこつで中止になんぞされだら、我《われ》だちみんな手ぶらで国に帰らねばなんねぇぞ。ここは大学の衆を蹴散らして押し通るだけで我慢しでおくべぇ」

そう言って腑手に顔を向けた。

「おめえは足も速えし力も強い。儂《わし》が合図しだら、さっと飛び出して、思い切りあいつの尻を蹴り上げてこい」

「誰ん尻だね」

「ほかの学生と違う鈍色《にびいろ》の褐衣《かつえ》を着た背の低《ひぐ》いやつが一番前にいたべ。明日《あしだ》も間違《まちげ》えなくあいつが出てくっから、蹴り倒《だお》して腹でも顔でも踏んづけちまえ」

「おれが本気でやったら、死んじまうかも知んねぇぜ」

腑手は得意げに脇腹を掻いた。

「学生だちが驚れぇてるすきに、みんなで大声上げながら一斉に突っ込んでいきゃあ、大抵は逃げ散ってしまうべぇよ」

見上げる成村に向かって、相撲たちは不承不承頷《うなず》いた。

翌日の夕刻、数を増した学生《がくしよう》たちの緑色の袍衣《ほうい》が大路を一杯に塞《ふさ》いでいた。

「鳴り高し！　鳴り制せん！」

口々に叫び喚《わめ》く衆の中から押し出されるようにして、やはり、昨日の背の低い褐衣《かちえ》の若者が姿をあらわした。

「出てきたな」と成村は思った。

相撲たちの方も新たな者が加わって、獰猛《どうもう》な獣の群れのような熱気にあふれていた。放っておくとどんな惨事になるか知れなかったので、すぐに成村は傍の腕手に目配せをした。よく太った腕手は、蹴りやすいように袴の紐を高く括《くく》り、相手を見定めると、突如、「わあっ！」と奇声を発しながら突っ込んでいった。他の相撲たちも一斉に大声を上げてそれに続いたから、学生たちは一様にびっくりした表情で、慌てて築地《ついじ》の側に身を退《しりぞ》けた。

大路には褐衣《かちえ》の若者ひとりが取り残されていた。腕手は猛然と突進するや、若者の頭めがけて思いきり右足を蹴り上げた。だが、若者は寸前で背をかがめ、空をきった腕手が思わずたたらを踏むところに飛び込み、軸の左足を蹴り払って、太った体を仰《あお》のけに転倒させた。そして、すかさず倒れた相手の足元に寄ると思いきり股間を蹴り上げたので、腕手はギャッと叫んで白目を剝《む》いた。さらに両足首を掴《つか》むと、あたかも太い棒でも引きずるようにしながら、背後に立ち竦《すく》んだ相撲たちに向かって駆け寄ったから、今度は相撲たちが慌てて道をあけた。

若者は息をはずませて立ちどまり、担《かつ》ぎ上げた腋手を二度三度大きく振り回し、相撲たちめがけて渾身《こんしん》の力で放り投げた。投げ上げられた腋手は、一瞬宙に浮いたかと思うと、まるで泥袋のような鈍く重い音を立てて地面にたたきつけられ、ゲホッと口から血の泡を吹いた。腋手はそのまま起き上がれなかった。あんな小柄な若者のどこにそんな腕力が潜んでいるのか、見ていた学生も相撲人も、驚くより、何か薄気味の悪さを覚えた。

汗を拭った若者は誰かを捜すようにあたりを見回し、腕を組んで立っていた成村を見つけると、またにやりと笑った。成村は何か嫌な予感がして、咄嗟に身を翻《ひるがえ》すと、大路を戻って北に駈け出した。案の定、若者は追いかけてきた。

美福門前を西に息を荒げて逃げる成村の耳に、ひたひたと迫り来る足音が響いた。何かとんでもない化け物に祟《たた》られたのではないかと、蒼《あお》くなった成村は朱雀門の脇戸を抜けて中に飛込んだ。男の石を踏む音がすぐ背後に続いた。右に式部省の屋根が見えるが、とてもそこに逃げ込む余裕はあるまいと、咄嗟に築地に飛びつき、瓦に手をかけると全身に力を込めてよじ登ろうとした。だが、突然、耳元に男の荒い息づかいを感じると同時に、水干《すいかん》の裾が強く引っ張られた。思わず「ひゃっ！」と叫びながら、成村は必死に瓦屋根にしがみついた。水干の裾が破れ、男の両手が今度は左の沓《くつ》の踵《かかと》をがっしりと掴んだ。物凄い握力だった。成村は《こうなれば足も千切れよ》とばかりに右足を瓦に掛けると、身をずり上げるようにして体ごと築地の向こう側に転がり落ちたが、その瞬間、踵に針を刺したような鋭い痛みがはしった。

しばらく植え込みに身を潜めて息を凝らしていたが、さすがに男はここまでは追ってこないようだった。ふと思い出して目をやると、左足首のあたりが真っ赤に血で染まっていた。成村の重さで無理に引き剝《はが》され沓の踵は、足の皮ごと斜めに抉《えぐ》り取られたように欠けていた。男は成村の重さ以上の力で踵を掴《つか》んで離さなかったのだ。

「世の中には恐《こわ》いやつがいるもんだ」

築地の壁に手を添えて何とか立ち上がった成村のもとに、この時、式部省と衛門府の職員が駆けつけてきた。


「麿も報告をうけ、役目柄、双方から事情を聞き糺《ただ》した」

少輔《しょう》は在国を見つめた。

「大学の衆は誰一人その若者を知らぬと言う。あれほど大勢の者が目の前に見ていたというのに、寮の同輩がひとりも出てこないというのは」

「学生《がくしょう》ではなかったのではないか」

在国が引き取って言った。少輔は黙って頷き、額の汗を拭いながら、どんよりとした空に目をやった。

「面妖《めんよう》なことだ。悶絶した腋手は宿舎に運ばれたが、とても相撲の取れる体ではないので、成村から少将殿に事情を申し上げて帰郷させた。『この成村でも正面切って勝負は致しかねる。あれ程の剛力は見たことがございません』と大仰《おおぎょう》に申すものだから、『学生だろうと式部省の役人だろうと、相撲に堪える逸物《いちもつ》であれば召すべきである』と宣旨まで出されたのだ」

「大ごとになったものだ」

面白そうに在国が言った。

「捜したってどうせ見つかりはすまい。大方《おおかた》鬼物が出たのだ。陰陽寮の学生だったら話はわかるのだが」

在国は皮肉をこめて笑った。

「あすは相撲の召し合わせだ」

酔った目で少輔がつぶやいた。

在国《ありくに》には宣風坊の他《ほか》にも倉付きの邸宅があって、そこに国司在任中に得た米穀や絹布《けんぷ》類が貯えてあった。この年は春から群盗が横行し、富裕な者は武者《つわもの》の郎等《ろうどう》を雇って警護に充《あ》てていたが、在国も従者とともにそのような郎等を雑舎に住まわせていた。在国に郎等を斡旋したのは、ほかならぬ右大臣兼家で、例の安和の政変以来摂関家に仕える源満仲の郎等であった。兼家は在国がまだ東宮蔵人だった頃の亮《すけ》であり、譲位後も判官代《ほうがんだい》として在国が冷泉院に尽くしたことをよく知っていた。頓死した娘超子からもその忠孝ぶりを耳にし、いずれ将来役に立つ人物として、兼家は、石見守となった在国が離京帰京の挨拶に来る度に色々面倒を看てやっていた。

騎馬の群盗が洛中を跳梁するなか、六月五日には遂に内裏にまで盗賊が侵入した。式乾門《しきけんもん》の陣の隙《すき》を狙って西側の垣柵《かきさく》の下からもぐりこみ、すぐ右手の糸所《いとどころ》から大量の絹布《けんぷ》を奪うと、注意をそらすため小屋に火を放って逃げたのである。こうなると朝廷も捨ててはおけなくなり、宣旨を以《もっ》て当直の衛士等に事情を糺《ただ》したが、盗賊だけでなく暴力による殺傷事件も多発しており、何らかの対策を講ずる必要があった。そこで、とりあえず、弓箭兵仗《きゅうせんひょうじょう》を帯びた不穏な輩《やから》を尋問捕縛する権限を検非違使に与えたのだが、相撲の最手《ほて》真髪成村が学生たちとの乱闘を避けたのも、こうした朝廷の気配を察したからであった。

国司を歴任し、今は摂津多田荘で豪族として豊かな暮らしをする源満仲のような武者《つわもの》とは別に、暴力や脅しで地方の荘園を切り取ったり、公卿や寺院の争いに郎等を貸し出したりして多額の利益を貪《むさぼ》る集団があった。平五大夫《へいごだゆう》と呼ばれ、世間から恐れられた平致頼《たいらのむねより》がその筆頭で、前武蔵守平公雅《たいらのきみまさ》の三男である。致頼はこの頃、桑名郡の益田荘を本拠にして、同族の平維衡《たいらのこれひら》と伊勢の覇を競《きそ》っていたが、彼の末弟に、右兵衛尉平致光《うひょうえのじょうたいらのむねみつ》という若者がいた。

今年二十になる致光《むねみつ》は、背は低いものの腕力が異常に強く、太弓《ふとゆみ》で大矢を射るのを得意にしていた。右兵衛尉は名ばかりで、実際は致頼《むねより》の指示に従い、伊勢から京へ送る海産物の運上《うんじょう》を采配しており、在京の折には常に後院町《ごいんまち》の一族の家に寄宿していた。あの、神泉苑《じんせんえん》に雨乞いの読経が響きわたる暑い日の夕暮れ、彼は家に戻る途中、壬生《みぶ》大路でたまたま学生たちが騒いでいるのを目にして、面白半分に仲間に紛れ込んだのである。

成村を追いかけた翌日、致光は剥ぎ取った沓《くつ》の踵《かかと》を前に酒を飲んでいた。喧嘩や殺傷沙汰には慣れていたが、思いがけず最手《ほて》の真髪成村《まがみのなりむら》があらわれ、彼はつい若さに駆られて挑発してしまったのだ。いくら腕力に自信があるといっても、本気で組めばとてもかなう相手ではなかった。だが、学生相手に油断している成村だったら、あるいは勝つことが出来るかも知れない。致光は興奮すると同時に、あとに引けなくなったのだ。

《それにしても、まさか、天下の最手が背を見せて逃げ出すとは思ってもみなかった。ひとつ間違えば殺されるかも知れないと覚悟までしていたのに……老猾《ろうかい》な男だ。学生と闘諍《とうじょう》騒ぎを起こせば、咎めを受けるのは当然相撲の方に決まっている。あの男は怯懦《きょうだ》を装って騒ぎを収めたのか》

致光は、どこか自分が侮辱されたような気がして釈然としなかった。

七月二十九日の相撲節では、紫宸殿の前庭で十七番の召し合せがあり、翌日に、優等の者や勝負が分明でなかった者を取り直させる《抜き出で》が行われた。左の最手成村はいつもの柔軟な取り口で圧巻の強さを発揮したが、右の最手丹後の海恆世《あまのつねよ》もまた、その強靭な腕力で相手をねじ伏せ、居並ぶ大臣公卿たちの喝采を浴びた。

八月には昭陽舎の東宮の御前で童相撲《わらわずもう》が行われた。四尺五寸以上の童による二十番の召し合せがある筈だったが、直前になって、陰陽寮が触穢《しょくえ》を申し出て取り止めになった。

「犬の死骸でもあったか」

東宮はわざと禁忌の言葉を吐いた。

「かまわぬ。やれ」

「十番だけやって中止しましょう」

何食わぬ顔で義懐《よしちか》が言った。

「どのような形であれ、中止であればよろしいのですから」

言い出したらきかない東宮も、ただひとりの外戚である義懐にだけは従順であった。

この当時、右少弁になった惟成は新たな職務に忙殺されていた。官司や諸国から挙げられる議案はすべて、太政官《だじょうかん》に諮《はか》る前に《結政所《かたなしどころ》》で弁官が整理しなければならない。その後、大臣公卿の仗議《じょうぎ》を経て太政官符となったものが再び弁官に返却され、それに請印を行う。これまで目にしたこともなかった地方の申請雑事《ぞうじ》や訴状に対する知識が必要で、五条の父を訊ねることもしばしばだった。

父の話で、惟成は、郡司や田堵《たと》と国司の角逐《かくちく》をつぶさに知ることが出来た。そして、結果的にそれが正税官稲の減収をもたらしていることも理解した。

「あれは疱瘡の年だったな。尾張の百姓が訴えを起こして国守を罷免させてしまったことがあった。荘園ばかりか国衙《こくが》の名田《みょうでん》まで田堵《たと》に請負《うけおい》耕作させておるから、朝廷だって強いことは言えないのだ」

「本税は国家の礎《いしずえ》です。もっと国司の権限を強めねばなりませんな」

惟成は鬢《びん》の白い父に言った。

「国司だって勝手に国衙の経費を横領して京に運ばせたりしておる。ひどい場合は不動倉の備《び》荒米《こうまい》を放出して絹布《けんぷ》を購《あがな》ったりする者もいると聞く。それでいながら手間と費用を惜しみ、肝心の大粮米《たいろうまい》は運京しないのだ」

「民部省相手に、大粮米の下行《げぎょう》を求めた衛府の官人たちが、弓箭《きゅうせん》を帯びて陽明門で愁訴したことがございましたな」

「大勢で幕屋《まくや》を建てて立て籠ったのだ。明日の糧米もないほど餓《かつ》えた者たちだからな。幕屋はすぐに撤去させたが、そのあと、渋る国司たちに官符の立替えを命じ、米倉を開けさせる方が大変だった」

雅材は懐かしそうに語った。

今、父と似たようなことを惟成もやっている。諸臣が遙授《ようじゅ》する位禄米は、国司に手数料を払って運京してもらわなければ手に入らない時代だった。

「芹《せり》や水葱《なぎ》だけ食うてはおれぬからな」

父は自嘲気味に笑った。

五条あたりまで来ると、さすがにまだ閑地が目立った。さらに南に下ると沼や湿地が広がり、一面、薄い靄《もや》のように縹《はなだ》色の水葱《なぎ》の花が覆っている。惟成は久しぶりに、六条にある保胤の池亭まで足を延ばした。

「読んでみてください。白楽天や兼明《かねあきら》親王を真似たものだが……」

そう言って、保胤は書き上げたばかりだという賦をさし出した。

「『池亭の記』ですか……」

惟成は、まだ墨の匂いの残る陸奥紙《みちのくがみ》を、一枚一枚丁寧にめくった。東西二京の概観から始まって、思い通りに構築し得た自邸の庭園や堂舎、そこで書見や念仏にいそしむ悠々自適の生活がばめられ、切実な思いが読む者の胸にわかりやすく沁みてくる相変わらずの名文であった。《心は山中に住むがごとし》と満足げに綴られている。気負いのない故事や対句が随所に散り

「『老蚕《ろうさん》の独繭《どつけん》を成《な》すがごとし』というのは、さすが、見事な比喩ですね」

惟成は素直に褒《ほ》めた。だが、《膝を屈し腰を折りて、媚《こび》を王侯将相に求めんことを要《ねが》わず》というくだりは、読みようによれば在国のような者に対するあてつけであり、あの辛辣な在国がどう思うかは容易に想像が出来た。

十三　家司《けいし》

十一月十七日未明に宣耀殿《せんようでん》の北廂から突如火が出て、またもや内裏が焼亡した。主上は火が出るとすぐに反対方向にある中院に避難され、さらに大極殿《だいごくでん》の北にある小安殿《しょうあんでん》に移られたが、最終的には、皇后遵子が避難していたいつもの職曹司《しきのぞうし》に遷御なされた。大臣以下諸官人も、右

往左往しながら大慌てで付き従ったが、この火事で、秘蔵の琵琶の名器玄上《げんじょう》を始め多くの宝物が失われた。

内裏が新造されて、まだ一年しか経っていないというのに、主上が清涼殿を焼け出されるのはこれで三度目である。さすがに主上は譲位をお考えになった。ただ、東三条邸にいる梅壺女御と懐仁《かねひと》親王のことを思うと、この場で皇位を投げ出すわけにもいかなかった。何とか兼家との関係を修復しなければならないと思い悩んでいるうち、親王の御着袴《おんはかまぎ》の儀式を東三条邸で執り行うという話が主上の耳にまで伝わってきた。

「折角造物所《つくもどころ》に銀の装束筥《しょうぞくばこ》を用意させておったものを」

「内裏がこんな有様だから遠慮されたのでございましょう」

関白頼忠が素《そ》知らぬ顔でとりなした。

「駄目だ。御着袴《おんちゃやつこ》は必ず此処で行うよう右大臣に申しつけよ」

珍しく強い口調で主上が命じた。

年内にということで師走の七日、急遽、若宮は母女御に抱かれて慌ただしく参内した。女御詮子は相変わらず冷淡な表情をしていたが、主上は無邪気な若宮を見て思わず顔をほころばせた。

「わが後継《あとつ》ぎをなさる皇子《みこ》ぞ。女御、この皇子のためにも、決して其方《そこ》をおろそかには思いますまい」

主上は立后出来なかった彼女を宥《なだ》めたが、詮子は固く俯《うつむ》いたままだった。

錦縁《にしきべり》の畳に茵《しとね》を敷き、周囲に屏風をめぐらして、恭《うやうや》しく銀の装束筥が開かれ、取り出された練り絹の袴を着けた若宮の姿はいかにも輝かしかった。

「ほんとうにお可愛らしい。主上《うえ》の幼い頃そのままでいらっしゃる」

古い女房が目を細め、そう言って主上を喜ばせた。

母屋の御簾が上げられ、職曹司の廂に居並んだ公卿たちに祝の御酒や膳がふるまわれると、主上は着飾った若宮を抱き上げ、みなに見せてまわった。資子《しし》内親王のいる内教坊まで足を運ぶと、「まあ可愛い」と姉宮は立ってきて、ふっくらとした皇子の頬に自分の頬を押しつけ、「それにつけても、御母君が皇后でいらっしゃらないのが惜しまれますわ」と、主上を咎めるように言った。

資子は姪の女御詮子を贔屓《ひいき》していた。

「仕方がなかったのだ」

主上は興ざめな顔で弁明した。

やがて、管弦や和歌の宴も果て、各々に禄が被《かず》けられると、母の女御は主上から若宮を奪い返すようにして、設けられた曹司に籠ってしまった。

四日目の早暁から、女御と若宮が東三条邸に戻られるというので、慌ただしく準備がなされた。急いで着替えた主上が駆けつけてみると、既に出御するばかりになっていた。

「あと何日もしないうちに朕も堀河院に遷《うつ》ることになっておる。せめてそれまで此処に居ることは出来ぬか」

「最初から三日というお約束でございましたから」

女御は毅然《きぜん》として答えた。

若宮が戻って数日後に、前太宰権帥源高明が六十五歳で薨じた。かつて西宮《にしのみや》左大臣と呼ばれ、兄の為平《ためひら》親王を娘婿にしていた人物だということは、安和の事件を含めて主上もよく承知していた。

《思えば朕は最初から皇太弟になるべきではなかったのだ。帝王としての尊厳を蔑《ないがし》ろにされ、絶えず関白や右大臣の顔色を窺《うかが》っているくらいなら、いっそ譲位した方がどれだけ清々することか》

主上は冷泉院の放埒《ほうらつ》ぶりを羨んだ。

東三条邸に女御と若宮が戻ってきても、兼家は別段うれしい顔もみせなかった。

「今さら立后をあれこれ言っても始まらない。どうせあと一、二年もすれば片がつくことだ」

と泰然と構え、それよりも、頓死した故冷泉院女御超子の一周忌を、この師走に繰り上げて行う準備に忙殺されていた。

周忌法要の当日には院判官代《ほうがんだい》である在国も顔をみせていたが、思いがけないことに、彼の座に突然兼家の随人が来て、《明後日の午後、再びこの邸《やしき》に参上するように》という兼家の言伝《ことづて》を耳打ちした。

何事かと二日後に参上してみると、すぐに寝殿の西廂に通され、そこで在国は妙な光景を目にした。

几帳に囲まれた畳の上に、衣冠束帯に身をただした兼家が、膝に巫女装束《みこしょうぞく》の若い女の頭を乗せたまま端坐していたのである。女は兼家の膝を枕に固く目を閉じている。まずいところに来てしまったのではないかと在国が躊躇していると、兼家が顔を上げた。

「うち臥しの巫女《みこ》といってな、こうして横になって御神託を聞かせるのだ」

兼家は神妙な声で言った。

「いま、冥途に居《お》る女御の言葉を聞いておった。この女の顔が、なぜか紅梅の御衣《おんぞ》に包《くる》まれた娘の顔に見えてきてのう。膝の上で『父《てて》さま』と微笑んでくれたのじゃ」

兼家は袖で涙を拭いながら「もうよいぞ」と言って、女を起き上がらせ、その場から立ち去らせた。

「前司殿《ぜんじ》などは信ずるまいがな」

照れたような兼家の口調に、在国は苦笑して頭をさげた。


兼家は一昨年、超子ばかりでなく正室の時姫まで亡くしていた。豪放磊落《らいらく》と評される人物だが、こと家族に関しては情がこまやかであった。最愛の娘を喪った悲しみは癒《いや》されることがなく、そのため、超子の部屋に仕えていた大輔《たゆう》という女房を身近に置いて寵愛していると聞く。

《自分にも頓死した女御の思い出話をさせようというのか》

そう思って在国が座っていると、

「麿の家司《けいし》にならぬか」

突然、兼家が言った。

「其方《そこ》のことは東宮蔵人の頃からよく知っているし、冷泉院の判官代として有能であることも聞いておる。石見守の功過《こうか》も読ませてもらったが、機をみるに敏で処断が的確であるとの評判が高い。麿は不器用な人間だ。だから、其方《そこ》のような者が必要なのじゃ」

兼家はまるで子供のような一途な目を在国に向け、見つめられた在国は少なからぬ感動を覚えた。あの右大臣兼家が彼の手腕を認めて家司にしたいと言っているのだ。

「有難いことです。《士は己《おのれ》を知る者のために死す》とか……そうなれば在国も身命《しんみよう》を賭《と》して勤めましょう」

「あの当時、大抵の者は冷泉帝に近寄るのさえ恐がったものだ。身近に仕えてあれこれ親身にお世話申し上げたのは、前司殿ぐらいのものじゃ。なかなか出来ぬことだ。その出来ぬことを麿にもしてもらいたいのじゃ」

家司など何ほどのこともないが、相手が兼家となれば話が別である。

「次の次でございますな」

それとなく在国が言うと、兼家はギロリと恐い目を向けた。

「さよう。次の次だ」

「そのためには四年を二年に、二年を一年にせねばなりませんな」

「わかっておる」

待つのではなく、こちらから動かなければならないと在国は言ったのだ。

「いずれその時が来たら其方《そこ》を太政官に推挙するが、ただ、暫《しばら》くは地方にいてもらう。麿が呼んだら戻ってくるのじゃ」

「ははっ」

在国は前途に光明を見出したかのような思いで東三条邸を辞した。ふと《媚《こび》を王侯将相に求む》という保胤の句が頭をよぎったが、それほど気にもならなかった。いくら高潔なことを言っても、所詮、保胤は念仏堂ひとつ建てられなかったではないか。

だが、さすがの在国も、兼家が、平惟仲《たいらのこれなか》にも同様な誘いをかけていたことまでは知らなかった。勧学会仲間の惟仲も、各地の国司を歴任して、兼家からその手腕を買われていたのである。在国に言われるまでもなく、したたかな兼家は着々と《次の次》のための布石を打っていた。

主上は皇后とともに堀河院に遷御され、閏十二月を経て天元六年になった。関白頼忠の六十の賀が祝われ、四月には、前年の旱魃《かんばつ》や内裏の焼亡により永観と改元され、この年の相撲節は中止された。

相変わらず群盗がはびこり、武器を帯びる者の捕縛を命ずる宣旨が京中から畿内にまで拡大された。そしてこのことは、逆に、近畿に武威を張る源満仲や平五大夫致頼《むねより》の力を強める結果になった。満仲は既に摂津の多田に隠居していたが、彼の所有する帯刀《たてわき》町の宏大な邸宅は、長子の左馬権頭《さまごんのかみ》頼光が父の後を継いで仕切っていた。

七月には一条邸からも火が出た。その時、真っ先に駆けつけ、恵子女王を花園の権中納言邸に避難させて周囲の警護にあたったのが、近くに住むその頼光の郎等たちだった。富裕な邸《やしき》に放火し、混乱に乗じて物を盗む賊も多かったからである。幸い火は他家まで広がらなかったが、寝殿のほとんどが焼失し、伊尹《これただ》の遺族たちの帰る場が失われた。

十日ほどして、焼け跡の様子を見に来た惟成《これしげ》は、そのまま帯刀町《たてわき》の頼光邸に乗ってきた網代車《あじろぐるま》をまわした。


「東宮殿下も祖母女王《ばばみこ》の安否を気遣われていらっしゃった。お礼を申します」

南廂に通された惟成は、なぜか堅苦しい普段の袍衣《ほうい》とは違い、丁子《ちょうじ》染めの単衣《ひとえ》に濃い縹《はなだ》の直衣《のうし》という洒落た出で立ちで、鬢《びん》には薄く油までさしていた。

「わざわざ弁殿が来られるとはの」

五歳年上の頼光は喜んで惟成を上座に据えたが、もてなしの調度や飾り物にも贅が尽くされ、惟成にもひと目でその財力が知れた。

「先日は義懐《よしちか》少将からもお使いをいただき、却って恐縮していたところです。多田の父からも、常々、東宮侍臣のお二人には大切にお仕え申せと言われております。自分でお役に立つことがあればいつでも」

武人らしく朴訥《ぼくとつ》だが剛毅《ごうき》な口調で、頼光は、摂津にいる満仲の様子を語って聞かせた。所領を開拓して多くの郎等を養い、右大臣兼家と主従の関係にあることは惟成も知っている。だからこそ彼は来たのである。

「実は、今日参ったのは御礼のためばかりではないのです」

頃合いをみて惟成は言った。

「多田の前司殿にお会いして、ぜひ御願いしたい義がございます。左馬権頭《さまのかみ》殿には何卒《なにとぞ》その労をとっていただきたい」

「父に？……はて、どのようなことでござろうか」

「冷泉小路におられる六の君をお許しいただきたい」

「……」

「麿にはまだこれといった室がございません。御邸《おやしき》の母君には何度かその旨《むね》消息をいたしましたが、前司殿のお許しが無ければという御返事でございました。しかし、諸事に忙殺され、なかなか摂津まで訪うことは叶いません。仕方なく、無理を承知でこうして頭殿《こうのとの》にお頼みするのです」

「なるほど……」

頼光は値踏みするように惟成を見た。

頼光とは異腹の満仲の娘が冷泉小路北に住んでいることを、惟成が弁官曹司の噂話で聞き知ったのはひと月ほど前のことである。小萩という妻がいることは衆知の事実だが、彼にはまだ婿として正式に通うところは無かった。満仲の婿になろう。ふと、そう思いついたのは、いまや政庁の中枢を担う事務官僚となった彼の自負からでもあった。

「お許しいただければ冬になる前に文など通わせたいと思っております」

「通わせたらよろしい」

頼光は笑って言った。

「何、父だって二もなく承知するでしょうよ。弁殿が婿になってくだされば願ってもない。父もきっと大喜びです」

仲介を請け負った頼光は、今度の一条邸の焼失により東宮の里内裏の無くなったことの方を憂いた。

「邸《やしき》の新造となれば微力ながら力をお貸ししますぞ。何せ外舅《がいきゅう》の義懐少将おひとりが頼りですからなあ」

その外戚である義懐でさえ、いまだ正五位の右少将に過ぎなかった。このまま即位しても、頼忠や兼家が干渉を強めるだろうし、他人《ひと》の言を聴かぬ東宮の御気性からすれば、退位に追いやられる恐れが多分にある。その時、乳母子などに一体何が出来よう。惟成が満仲と縁を結ぼうとしたのも、その舅《しゅうと》の武力を自らの抑止力として期待したい気持ちがあった。

だから、頼光邸を辞してからも、惟成には小萩に対する後ろめたさなどは無かった。ただ、車に揺られながら、なぜか、《膝を屈し腰を折りて媚を求む》という保胤の詩句が頭に浮かんだ。彼は小萩よりも自らの外聞を気にした。

《三日《みか》の餅》が済み《所顕《ところあらわし》》のあと、満仲が恒例の披露宴を催した。そこで惟成は正式に婿として認められたのである。

「なぜ婿になりたいと思われた」

満仲は銚子《さしなべ》を手に訊ねた。

「源賢《げんけん》さまの御縁でございますよ」

惟成は笑いながら盃を出した。

「叡山に居《お》る源賢か」

「殺生ばかりしている父に、人の道を説いてほしいと頼まれました」

「何を笑止な」

「いや、それは冗談ですが、源賢さまを通じて姫の美しさを聞き及んだのは事実です。要するに恋ですよ。決まっているではありませんか」

惟成は照れたふうに杯をあおった。満仲の末子《まっし》源賢は、横川楞厳院《よかわりょうごんいん》で師輔の十男である尋禅《じんぜん》僧都《そうず》の弟子になっていた。保胤とともに何度か横川に足を運んだことのある惟成は、まだ稚児の源賢の顔を見知っていた。

だが、秀才惟成と摂津の豪傑満仲との取り合わせはどうみても不釣合《ふつりあい》だった。惟成は財産目当てに婿になったのだという噂が官界の一部でささやかれた。

惟成は昔から兼家を敬遠し、在国のように謁を請う気にもならなかった。幼い頃からの母の影響だろうと思われたが、その母も、兼家室の時姫が薨じてからは、どことなく覇気《はき》をなくしていた。

「やれやれだよ。花園の女王《みこ》さまのもとに行くわけにもいかないし、賜暇《しか》を願って、そろそろ五条に身を落ち着けようかね」

昨年の内裏火災では、乳母として東宮とともに縫殿《ぬいどの》寮から内教坊、そして今の閑院へと転居を繰り返し、実際に母は疲れた表情をみせていた。

「それでしたら拙宅にお越しいただけませんか。磨は月に何度も帰れませんし、最近は小萩とも碌に言葉を交わしておりません。母君に来ていただければ、さぞかし小萩も喜ぶでしょう」

満仲の婿になったことは黙っていたし、母も触れようとしなかった。

「そうかね。それじゃ、冬になる前に離れた隠居所でも用意してもらおうかね」

滞りがちとはいえ母は二百石以上の位禄の受給者である。生活に不便はかけないという自負が顔にあらわれていた。

兼家は相変わらず参内を怠っていたが、その一方、良源に頼まれた叡山の再建には熱心だった。十月に横川の薬師堂、翌月には念仏三昧道場である恵心院が建立《こんりゅう》され、大法会《だいほうえ》が催された。拡張された横川では、四十二歳になる源信が修行や著述に励んでおり、保胤たち念仏結社の仲間も、勧学会とは別に、この高名な学匠のもとを訪れて教えを乞う者が少なくなかった。

だが、そこにはもう、在国や惟成の姿は見られなくなっていた。永観二年の春、兼家からの推挙もあって上国越後の受領となった在国は、仲間からささやかな餞《はなむけ》の宴を開いてもらい、参内して帝に《罷《まか》り申し》をすると、遠い国に旅立っていった。

十四　譲位

永観二年二月の、ある肌寒い朝、左大将朝光の随身である近衛の府生俊宣《ふしょうとしのぶ》は、上司の将監《しょうげん》に呼び出され、今年も東海道の相撲使として諸国に赴くよう官命を被《こうむ》った。

「御苦労だが、まあ今度は昨年みたいなことにはなるまい」

将監は蟇蛙《ひきがえる》のようにぶよぶよ太った喉をたるませ、大きなあくびを噛み殺した。昨年は苦労して俊宣が帰洛すると、内裏焼亡のため相撲節がとり止めとなり、満足な日給さえ受けられなかったのである。

相撲使は古くは《部領使《ことりのつかい》》と呼ばれ、節にあずかる重要な任務を帯びている。左右の近衛府からそれぞれ東西に遣わされ、各国の膂力男《ちからを》を徴するのが仕事で、もし節月の十日前までに相撲人《すもうびと》が入京出来なければ、当該の国司は俸禄を減らされ、相撲人は獄につながれることになる。だから、余程のことがない限り、いつもの慣れた男が上京してくるのだが、もともと怪我人の絶えぬ行事のうえ、なかには乱暴に堪えぬ者や、行方を暗ましてしまう者がいたりして、その後任を検分するのが俊宣の役目と言えば言えた。

二月も終わる頃、俊宣は相撲使の装束をまとい、朱《あけ》の辻総をつけた官馬に跨《また》がって、近江の国に旅立った。任を遂げつつ足柄の関を越え、常陸まで行くには少なくもふた月はかかる。ふたたび都に戻る頃にはおそらく夏も終わっていよう。あたりの木々は、既に霞のような柔らかな新芽に包まれており、ゆったりと鞍に尻を埋めた俊宣の背後で、黒櫃《くろびつ》を担《にな》った二人の従者が大原野祭りや南殿《なでん》の桜を話題にしていた。

逢坂の関で俊宣はあとから来た受領の一行に道を譲った。

「藤原在国さまが、これから湖《うみ》を渡って越後に赴任していくそうだ」

「まだ雪が残っているのに難儀だな」

女の乗った手車を囲むようにして、長々と坂を下る騎馬の武官や従者の多くは、既に背に蓑や笠を負っていた。

下総《しもうさ》の於賦《おう》から榎浦《えのうら》流海に船を出すと、ほぼ二日の行程で、東海道最後の駅である常陸国の曽尼《そね》に達する。曽尼から常陸国府までは半日足らずの距離である。だが、曽尼から、国府に向かうのとは逆に十五里ほど陸路を南に下ると、前後を海と山とにはさまれた行方《なめかた》の郡家に出る。さらに南下すれば、やがて、板来《いたこ》の村を経て、都にもその名を知られた有名な香島大社に達する。この陸路は香島参道とも呼ばれ、その西側一帯に広がるのが、いわゆる、行方の流海である。

その辺りに根をおろした眞髪《まがみ》の一族は、みな参道沿いに大きな館を構えていた。多くは郡家や国庁に武官として仕えていたが、成村は行方に住む郡司の三男として生まれた。身の丈《たけ》五尺八寸、既に十歳の時に三貫の練鉄《ねりがね》を運び歩いていたという、近郷では名の知れた怪力の持ち主で、相撲は勿論、喧嘩でも負けたことがなかった。成村は、その威圧的な角張った顎と鋭い目で運脚《うんきゃく》たちを指揮し、各郷の貢物《こうもつ》や香島の沙鉄を館に運び込むのを日課としていたが、やがて、十九の春に相撲人に挙《あ》げられて都に出た。

《あれがらもう二十年以上になる》

成村は大きく竿を回して遠くの水面に浮子《うき》を落とした。薄く広がる波紋のなかで、対岸の新緑が逆さに揺らいでいた。《再《ま》だ夏が来だな》。水に映る雲を見つめながら、彼は、どこか疲れた気分になっていた。

若い頃には上京するのが楽しかった。泊る宿駅ごとに饗応され、官馬を借用することも出来たし、何よりも、勝ってたくさんの禄物を得て帰郷するのが得意でならなかった。それが、三十を過ぎて、彼は妻をもらった。相手は、喧嘩の矢傷がもとで死んだ次兄の妻である。近郷でも評判の美人で、かつて成村が郡吏《ぐんり》だった兄と恋を争い、結局、父の裁定で兄に嫁した女だった。当時、恋に破れ、自棄《やけ》で相撲人になったのだと噂されたほど成村の落胆ぶりは甚だしかった。

妻を得て、やがて、子どもが出来ると、成村の相撲は臆病になった。真っ向《こう》勝負で負けるとは思わなかったが、勝っても大怪我をして不具になることを恐れた。そこで、身を撓《たわ》め、力を抜く技《わざ》を覚え、そのぶん相撲がずるくなった。憎悪や憤怒といった感情が薄れ、負けた相手が苦笑《にが》いをするような相撲が多くなった。そうなると、なぜか衆望を集め、いつか東の最手《ほて》に選ばれていた。

不意に斜めに浮子《うき》が引き込まれた。合わせた竿を張ったまま麻糸を手繰ると、大きな鯉が泥に身をくねらせながら寄ってきた。
《あど五年は無理だんべ》
針をはずしながら成村は思った。幸い、十歳になる息子の為村《ためむら》も父に似て力が強く、自分のあとを継げそうだった。
《年取ったな……》
あの暑かった夕暮れ、獣のような薄青い目をした学生《がくしょう》に都大路を追いまわされ、沓《くつ》の踵《かかと》をもぎ取られた時の恐怖が、つい昨日のことのように思い出された。あの時、成村は、自分にはもう相手を地べたに叩きつける気概が残ってないことを覚った。
《あの男《おどこ》に誤魔化しは通じねぇ。人《しど》を殺す目つきをしでた》
成村は本気で逃げ出したのである。
《厳《いか》い学生《がくしょう》だった》
蛤の汁で練った粉餌《こなえ》を針につけ、成村は再び浮子を溜池に投げ込んだ。
相撲使の俊宣《としのぶ》が三日がかりで満干の激しい流海を渡り、曽尼《そね》から陸路常陸国府に到着したのは、既に四月も終わりであった。彼は国司から饗応を受け、節の宣旨を伝えると、慌ただしく、さらに陸奥《みちのく》へと旅立っていった。数日後、国府に呼び出された成村は、いつものように守《かみ》から上京を命じられた。

あでやかな田植え装束の女たちを尻目に、長い旅の途に就《つ》かねばならない。節が終わり、八月の臨時相撲までやって戻ると、常陸に着く頃はもう冬になっている。二十年も相撲人を続けていれば、都に留まって衛士《えじ》や番長になることも出来たが、成村は律儀に行方《なめかた》の妻子のもとに戻った。

「今年はぜひとも相撲の節会を若宮にみせてやりたい」

六月になると、主上はそう言って兼家の参内をうながした。だが、三カ月前に東三条邸が全焼し、二条の別邸に移っていた兼家にしてみればそれどころではなく、風邪気味だの、物忌みだのと、何かと口実を設けては参内しようとしなかった。

「猛火に脅《おび》えていた皇子《みこ》がやっと落ち着いてきたというのに、相撲節などまだまだ先の話ではないか」

兼家は憮然として言った。

「堀河院の御所にも、あの時、類焼を恐れた公卿たちが大勢駆けつけたから、事情は御存じの筈なのに」

「だからこそ、御主上《おかみ》は若宮の身を案じておいでなのです」

この春、従三位に叙されて公卿の仲間入りをした道隆が答えた。

「今日お伺いしたのも、『明日にでも必ず参内するよう大臣《おとど》に申し伝えよ』と強く仰せつかったからです。節《せち》に関して何か重大な御話があるとか……」

道隆は父の顔色を窺《うかが》った。

「どうせ若宮に新しい沓《くつ》でもくれるというのだろう」

「相撲にも、何か後代に残る特別な趣向を凝らすよう命じられました」

「ふむ……」

右中将の道隆は、早速、左右の大将である朝光と濟時《なりとき》に諮《はか》った。日頃から飲み仲間の三人は、赤い顔であれこれ知恵を出し合い、その結果、東西の最手《ほて》同士で闘わせてみたらどうかという話になった。これまで一度もやったことのない取組であった。

「東は常陸の真髪成村《まがみのなりむら》、西は丹後の海常世《うみのとこよ》、ともに村上の御代から取り続ける最手で、負け知らずの相撲です。これは見ものですぞ」

だが、腕組みをしたまま、兼家は、もう息子の言葉など聞いてはいなかった。

二日後、堀河院に参内した兼家は、そこで主上から思いがけない言葉を聞かされた。

「相撲節が終わったら譲位する」

「まことでございますか」

「相撲召合わせの前に、陰陽師に譲位と立太子の日取りを勘案させる。だから、そのつもりで若宮を参内させよ」

「はっ」

「朕も位に就いて六年になるが、あれこれ苦言ばかり聞こえてもう疲れた。八月に譲位して東宮が践祚《せんそ》するが、その時、若宮の立太子が叶うよう大臣《おとど》たちも祈るがよい。多くの子を持つ親でも子は可愛いという。まして朕には若宮ひとりしかおらぬ。それを愛《いと》しく思わぬはずがあろうか」

主上は袖で目を抑えた。

兼家はまるで観音菩薩の夢告でも聞いたように御前に畏《かしこ》まった。

《自分の孫が東宮になる》

胸の裡《うち》に喜びが湧き上がり、御前でなければワッと大声で叫び出したかった。

二条院に戻った兼家は、早速、事の次第を女御詮子に報告し、具注暦《ぐちゅうれき》を繰《く》って吉日を選ぶと、すぐに叡山をはじめ諸寺に祈祷のための使いを走らせた。息子たちから召使いにいたるまで、屋敷中に賑わいがあふれ、翌日からもう、兼家は、晴れ晴れした表情で堀河院御所に参内するようになった。

遅かれ早かれ予想されたことだから、伝え聞いた公卿たちも驚かず、二条院を訪れる牛車の数がいくぶん増したくらいであった。むしろ、多くの者の興味は、東西の最手《ほて》が取り組むという相撲節にそそがれた。すでに諸国から上京してきた巨漢が大路を歩く時期になっていたのである。

七月二十七日に安倍晴明たち陰陽師による勘申が行われ、譲位はちょうどひと月後と決められた。

「準備をせねばならんな」

緊張した表情で義懐《よしちか》は惟成《これしげ》を見た。

「東宮の心づもりが大切です。帝王になられる御覚悟が」

そう言う惟成も胸の昂《たかま》りを抑えきれなかった。十七歳になった師貞《もろさだ》東宮の果断に富んだ性格から、これまでにない大胆な御新政を実現出来るかも知れない。まして、外戚による束縛はほとんど無きに等しいのだ。《関白頼忠、兼家、何するものぞ》という気概が胸にわき起こった。

「これから忙しくなりますぞ」

惟成は自分に言い聞かせるように言った。

しかし、肝心の東宮は、それほど改まった様子をみせなかった。

「おお、惟成の弁か。後宮の佳麗《かれい》三千人。天皇になれば妃は誰であれ思いのままに選んでよいのだな」

即位後に行う叙任の輔弼《ほひつ》に赴いた惟成を見るなり、師貞は無邪気な大声を上げてはしゃいだ。慣れてはいるものの、時折見せる師貞の、そうした常軌を逸した目の輝きに、惟成は、父帝の狂った血脈を感じた。生真面目《きまじめ》な若い二人の船頭が懸命に櫓を漕いでも、乗った船は勝手気ままに向きを変え、どこへ行くのか見当もつかないという不安があった。


二十九日に堀河院で相撲の召合せが行われた。例年は武徳殿で行われる節会である。早朝、陰陽師に率いられた相撲人が左右の幄《あく》に着き、庭前に群臣が位階に従って整列し終わると、乱声《らんじょう》が合奏され、主上が寝殿にお入りになった。

中将によって御簾が下ろされ、主上と若宮が御座に着くと、節を采配《さいはい》する内弁《ないべん》の大臣、次に東宮が南東の階《きざはし》を昇って着座する。再び乱声が奏され、王卿以下が階を昇って殿上に列入し、それぞれ拝礼をして座に着いた。それが済むと、左右の別当が階の前に進み出て《相撲奏》を奏上する。楽人たちによる厭舞《えんぶ》が行われ、主上と若宮に御膳が供された。やがて群臣にも膳が振舞われ、途端にあちこちの座が活気づき騒がしくなった。

「始まりますぞ」

主上が語りかけると、若宮は、黒く丸い目を大きく見張って頷いた。

召し合せは二十番である。名が奏せられると、犢鼻褌《たふさぎ》を締め、狩衣《かりぎぬ》を着《つ》けた相撲人が帷幄《いあく》から入場してきて、左方《ひだりかた》は葵、右方は瓠《ひさご》の造花を髪に着けて円座に腰をおろす。呼ばれると、その場で剣衣を脱ぎ、造花を置いて、中央に進み出る。既に審判役の中将や少将が席に着いており、左右の立合いが出てきて両者を取り組ませる。勝負がつくと雅楽の乱声《らんじょう》や舞楽が奏され、勝った側に籌《ちゅう》が刺される。終了後、その籌の合計で左右の勝ち負けを競うのである。

一番目が占手《せんて》の小童《こわらわ》、続いて白丁《はくちょう》の勝負が二番あり、四番目から相撲人《すもうびと》が登場する。そして、いよいよ二十番目になると、相撲司と別当が庭の中央に進み出て「左方、最手仕《はてつこ》う奉る」と奏上する。

だが、この日の成村の相手は海常世《うみのとこよ》ではなかった。成村は自信に満ちた静かな目で、背の低い相手の突進を受け止めると、そのまま引くように投げ転がした。

「勝ち！　左方《ひだりかた》！」

乱声が奏され、勝った成村は幾分ほっとした思いで帷幄に引き下がった。

「還饗《かえりあるじ》はいずれ盛大に催す」と言いながら、夕刻、大将朝光は左近の陣屋に召された相撲たちに下襲《したがさね》や衵《あこめ》などの禄物を被《かず》けた。その時、成村は自分の傍らに、常陸で何度か見たことのある相撲使の俊宣《としのぶ》が座っているのに気づいた。俊宣は十日前に帰洛したばかりで、この日、感慨を持って節の勝負を見守っていたのである。隣には上司の太った将監《しょうげん》もいて、俊宣から相撲人の説明を受けていた。

「これが常陸の真髪成村《まがみのなりむら》です」

そう言って俊宣は成村を見上げた。屈託のない俊宣の笑顔に挨拶を返したものの、成村は、大将朝光をはじめ周囲の自分を見る目に、この時、いつもと違う好奇の光が宿っていることに、まだ気づいていなかった。

翌日、《抜き出で》が行われた。前日の相撲で優等の者、または勝負が分明でなかった者を抜き出して取り組ませるのだが、そこで、左右の最手同士、真髪成村と海常世《うみのとこよ》の相撲が組まれていたのであった。

十五　成村

幕前で、昨日立てられた長さ三丈の相撲旗が、バタバタと風にはためいていた。ふと、行方《なめかた》の海風を思い出し、成村は、屋根の彼方の空に目をやった。離れた所で、丹後の常世が、同じように、うつろな表情で地面を見つめている。双方とも、やりたくないという気持ちが如実に顔に表れていた。

常世は上背《うわぜい》では成村に劣るものの、さまざまな強力《ごうりき》伝説の持ち主であった。しかし、何年も成村の相撲を見てきた彼には、力だけでは通用しない相手だとわかっていた。負ければ最手《ほて》としての面目が潰れる。それは成村も同じなのだが、成村は、いま、涼やかな目で遠い空を眺めている。常世はその成村の穏《おだ》やかさが気になった。

却《かえ》って、周囲にいる者の方が、緊迫した空気に固唾《かたず》を呑んでおし黙っている。相撲使の俊宣も幕の前で息をつめ《双方ともに気の毒なことだ》と思っていた。

立合いが出てきて両者を呼んだ。

すると成村が、

「さし障《さわ》りを申し上げる」と、取組の免除を願い出て円座《えんざ》に戻ってしまった。

勝負したくないという気持ちを伝えたのである。道隆を始め審判の出居《でい》たちが協議した結果、申し出は認められず、再び両者が呼び出された。ところが、立合いが二人を取り組まそうとすると、

「再度、さし障りを申し上げる」

そう言って、成村はまた座に戻ってしまった。常世の方も取りたくない気持ちは同じだから、黙って引き下がった。

成村は六度まで《障り》を申し立てた。それほど嫌がる者に無理に相撲を取らせても仕方があるまいと、何人かの出居の将官が顔を見合わせた。

「だがこの勝負は御主上《おかみ》の思し召《おぼ》しでもあるぞ。若宮の御覧に入れたいとの仰せで、特別に組ませたのだから」と、道隆は義懐《よしちか》たち将官を説得した。

続行が決まり、七度目の呼び出しが行われたが、成村は、やはり「さし障りを申し上げる」と言ったまま動かなかった。

だが、今度は、彼は座に戻らなかった。やがて、嗚咽《おえつ》するように肩を震わせると、たちまち成村の顔は仁王のような憤怒の色に染まった。まるで、深い憤りが体の奥から熱い火玉となって膨れ上がってくるようだった。前に立っていた常世が、不意に異様な気配を感じて腰を落とした、その瞬間、頭を下げた成村が激しく飛び込んできた。

思わずグッと組み止めた常世は、左手で成村の頸を巻き込むと、すぐに右手で脇をさした。上背のある成村は頭を常世の胸に押しつけたまま、右で相手の犢鼻褌《たふさぎ》の前を掴《つか》み、左で横をとると、強引に自分にひきつけた。さすがに常世がこれまで経験したことのない腕力で、思わず棒立ちになった。成村は素早く離した右を背に回して自分の左の手首を掴むと、両腕で、骨も砕けんばかりに渾身の力を込めて締め上げた。常世は爪先立ちになり、うめき声を上げながら「何をするか」と、必死に腕を張って身を引き離そうとした。だが、成村は岩の如く動かず、両足を踏ん張って歯を噛みしめ、ギリギリ相手を締め続けた。

しばらくそのままの状態が続いた。握られた成村の手首が白く変わり、次第に、常世の顔にも青みが増し、脂汗が湧きだした。圧迫される胸の苦しさに耐え、常世は、それでも成村の腕が疲れるのを待っていた。

成村が溜まった唾を呑みこんだ瞬間であった。喉の音を聞くと同時に常世は、捩《ね》じ込んだ右腕で思いきり相手の顎を押し上げた。だが、成村の方も常世が身を反らせる時を待っていたかのように、背を締めたまま外掛けに足を絡《から》め、上から相手に覆いかぶさってきた。押し潰されまいと、咄嗟に常世は、絡められた足を逆に内から払い上げ、倒れながら強引に身を捻《ひね》ると、ムワワッと、右腕一本で大きく成村を横に投げ上げた。成村のからだが宙に浮き、ズシンと重い地響きをたてて落ち、掴まれた腕に引きずられるようにして、常世も頭から成村の上に転がり込んだ。

二人は倒れたまましばらく起き上がれなかった。動けなかったのは二人だけではない。立合いも、審判の将官も、周囲をかこんだすべての者が言葉を失って、ただ、茫然と、地面で息を荒げているふたつの巨大な肉塊を凝視していた。

ややあって、先に動いたのは成村だった。彼は、自分を覆っている常世の重い腹を脇に押し除《の》けると、そのまま幄《あく》の向こうの相撲屋に駆け込み、置いてあった狩衣《かりぎぬ》と袴を身につけて、逃げるように中門を飛び出していった。負けたと思ったのである。巨体を揺らし、堀川小路を南に駆けながら、成村は「終わった終わった」と叫んでいた。

一方の常世は立つことが出来なかった。身を捻《ひね》った時、背骨に稲妻のような激痛が走ったのである。右の相撲たちが全員で担ぎ上げるようにして弓場殿《ゆばどの》の射庭《いにわ》に運び、殿上人の使う茵《しとね》を借りてその上に横たえた。それまで主殿の南階下の座で見ていた右大将濟時《なりとき》が立ち上がり、常世のもとに歩み寄ると、その場で下襲《かさね》を脱いで禄物として被《かず》けた。

通常は、勝った側が乱声《らんじょう》に合わせて手を叩いて相手を嘲笑するのだが、誰も静まり返ったままだった。右中将道隆と少将義懐が常世に近寄り、「成村はどうであった」と耳元で訊ねた。常世は空虚な目を向け、ただ、「強い」と、譫言《うわごと》のようにつぶやいた。いつまでも貴人の目に触れさせておくわけにいかないので、相撲の長たちに命じ、再び常世を担ぎ上げて相撲屋に運び込ませた。そこで道隆は改めて能《あた》う限りの被け物を施したのだが、その時にはもう常世の意識はなかった。

その日はまだ白丁《はくちょう》による追相撲《おいずもう》が組まれていたのだが、もうそれ以上続けることが出来ず、主上と若宮は母屋に戻られ、王卿以下も順をおって退出した。

人影もまばらになった幄の前で、相撲使俊宣はしばらく涼しい風に吹かれていた。最手同士で合わせればどうしても命懸けの勝負になる。それを承知で組ませたとすれば罪なことだった。何度も何度も《さし障り》を繰り返すたび、成村の、年を刻んだその厳《いか》つい顔が悲痛な表情に変わっていった。俊宣は何故か、あの男はもう何年もの間、本気で相撲を取ったことがなかったのではないかという気がした。成村にとっては捨て身の最後の勝負であった。もう二度とあの男の相撲を見ることはあるまいと、俊宣は思った。

常世は丹波路を牛に引かれた荷車で運ばれていく途中で死んだ。「胸骨がへし折られていたそうだ」という連れ添った相撲人の言葉が、風の便りに都にも届いた。

その頃、成村は、近江から鈴鹿峠を越えて伊勢に出る晩秋の東海道を急いでいた。甲賀宿を抜け、やがて峠の登り口にかかる小部落に、彼がいつも足を留める家があった。持仏堂に泊まる旅人に湯や果物、食事などの接待をする堂守女の家で、草鞋《わらじ》や峠神へ手向《たむ》ける幣《ぬさ》までも置いてあった。

「いつもの生絹《すずし》はないのかね」

女は山盛りにした飯椀に鯵《あじ》の塩辛を乗せて成村に突きだした。

「負けたんさ」

縁に腰をおろした成村はうまそうに飯を頬張り、口を動かしながら正直に言った。女とは十年来のつきあいだった。

「負けたって……あんた、相撲の最手《ほて》なんだろ?」

「向こうの方が強《つえ》がったんさ。体に罅《ひび》が入《へえ》るぐれえ、こっぴどく地べたに叩《たた》きつけられちまってな。肩《かだ》痛めて、すばらぐ瀬田の駅家で寝込んでたんだ。婆さんに粥ばっかし食わされてよ、ひもじぐでなんねかった」

「大変だったね」

「おめえに飯づくりに来でもらいや良《い》がったなぁ」

「相撲に粥じゃ可哀想だよねぇ。でも、別に婆さんが悪いわけじゃなくて、この秋も不作で米が高いんだよ」

女は成村に冷やした甘瓜を出してやった。道中の宿駅で強引に官馬を徴用したり、群盗まがいの略奪をしたりする相撲人が少なからずいるなかで、成村は、その外見に似合わぬやさしさから人々に好かれていた。

「水をもらうぞ」

その時、腐って外された門木《もんぎ》の向こうで声がして、胡簶《やなぐい》を負った武人らしき男が馬を乗り入れた。色褪せた藤棚の下に成村の馬が繋がれており、男も降りた馬の手綱をそこに巻きつけた。

「そこの井戸をお使いなされ」

女は手桶と布を持っていった。

「すまぬな」

真新しい板井から釣瓶《つるべ》で水を汲むと、男は足に注ぎ、布でからだを拭った。甘瓜をかじりながら何気なく目を向けた成村は、ギョッとして思わず手をとめた。

気持ち良さそうに脇を拭う男の顔に見覚えがあった。衣は違っていても、あの、獲物を狙う狼のように執拗な青い目は忘れることが出来ない。一昨年、内裏の築地にしがみついた成村から沓の踵をもぎとった、あの時の得体の知れぬ若者に違いなかった。

「思い出してくれたか」

若者は白い歯をみせて笑った。

「久しぶりだな、成村。だが、気づいておるまいが、この道でわぬしと出会うのはこれで三度目だ。女、献上物の伊勢海老を五本ばかり譲るから、そのうち三本を、すぐ茹《ゆ》でて出してくれ」

従者に馬の荷を解かせ、大きな海老を五本抜いて女に渡すと、若者は肩に狩衣を引っ掛けたまま胸を拭いながらやってきて、成村の横に腰をおろした。

「評判の大勝負だったらしいな。己《おのれ》も観てみたかったなあ」

「わ殿は一体《いってえ》どなたなんで。学生《がくしょう》でねえごとは分がったども」

「右兵衛尉平致光《たいらのむねみつ》、というより平五大夫致頼《むねより》の弟と言った方がわかるかな」

乱暴武者平致頼の名は街道でも知れ渡っていた。致光は、例によって、都の市場で売却するため、益田荘の稲や海産物を運上している途中で、いま、女に渡した海老もそのひとつである。

「あの時は沓《くつ》を壊して悪かったたな。寄宿している後院《ごいん》町まで戻るところだったのだ。相撲の最手《ほて》が一体どれほどの者なのか、急に試してみたくなってな」

致光は瓜を手に取って笑った。

「厳《いか》い力だった。足が千切れんでねがと思った……」

「自慢じゃないが四人張りの弓を引いている。鹿角《かづの》の先枝《さきえ》を引き裂くことだって出来るぞ。それでも、さすがに、まともにわぬしと組んでは勝てる筈がないと思っていた。天下の最手が、なぜあの時逃げたのだ。一度そのわけが聞きたかった」

成村は空を見上げた。

「国じゃ山犬さ《狼》《まがみ》って呼んで畏れているけんど、わ殿ン目はその《狼》の青目に似でる。敵《かだぎ》さ食い殺すまで絶対《ぜつてえ》に諦《あぎら》めねぇ。何人も人さ殺《しど》した目だァね」

致光は言葉に詰まった。

「己《おのれ》が狼だというのか……」

「儂《わし》あ人殺《しと》しはしだこたねえだよ。殺そうとして相撲は取らねえだよ」

「常世は死んだそうだな」

それを聞くと、成村はつらそうに目を伏せた。


女が茹でたての大きな海老と塩を盛った小皿を持ってきて置いた。

「成村、わぬし二本食え、己も一本呼ばれるとしよう。峠越えして腹が減った」

しばらく、二人とも黙々と口を動かしていたが、そのうち致光が顔を上げた。

「己《おのれ》も相撲を取るかも知れん」

「……」

「賭弓《のりゆみ》の腕を認められて滝口に推されているのだ。そうなれば滝口の臨時相撲で最手《ほて》にでもなるか。狼《まがみ》の致光《むねみつ》だからな」

致光は愉快そうに笑った。

「なれますだよ。儂《わし》のかわりに」

「もう都で成村の相撲を見ることは出来ないのか」

「息子が二人おりますんで、どっちかに常陸の相撲を継がせますだ」

「己が生まれる前からの古い相撲ではないか。その労で近衛の番長にでもしてもらえばいい」

「……」

何処かで虫が鳴いていた。

「もうこの街道でも成村を見ることが出来なくなるとよ。女、さみしくなるな」

「へえ……」

椀に湯を注いでいた女が顔を上げた。

「己はもう行かねばならぬが、残った海老で二人分の料にはなるだろ」

「へぇ、銭なんぞより、よっぽど有難いですわ」

致光《むねみつ》は立って手と尻をはたいた。

「達者でな、成村。わぬしの言う通り喧嘩と人殺しが己の仕事だが、滝口になれば今後は窮屈な宮仕えの毎日だ。もう会うこともあるまい。常世の分まで長生きしろよ」

勢いよく馬に飛び乗った致光の目に、この時、ゆっくりと縁から立ち上がる成村の姿が映った。成村は後も振り返らず、真っ直ぐに街道に出ると、既にほとんどの葉を色づかせている槻《つき》の巨木に近寄っていった。

遠くから祠堂の目印とされている樹齢数百年の大樹であった。空一面を覆った葉群《はむら》から、細く幾筋もの透明な木洩れ陽《び》が地上に降り注いでいた。成村はそのささくれだった厚い幹に掌を触れた。ひいやりとした樹皮の手触りを確かめると、彼はそのまま腰を沈め、両手を幹に押しあてて身構えた。そして、ムムッという気合とともに交互の手でバシッバシッと大樹を突き始めたのである。

「おっ、おっ、おう！」

右、左、右、左――だが、手首には、樹木の蔵する数百年の重みが激しい痺《しび》れとなって撥《は》ね返されてくるだけだった。成村の見開いた目に涙がとめどもなく溢れた。

「おっ、おう、おっ！」

通りかかった旅人からは思わず声にならぬ嘲笑が洩れ、致光に付き添った運脚たちも侮蔑の笑いを浮かべた。

「癲狂《てんきょう》の者か……」

誰かが呟いたが、致光は馬上から、凝《じ》っと、鋭いまなざしを成村に注いでいた。

まるで岩に憤る猪の如く、成村は今や全身で大樹にぶつかっていった。しかし、槻の巨木は小枝一本震わせることなく、彼の力を吸い込んだまま、厳然と、晴れた秋空にそそり立っていた。ただ、成村の呻《うめ》くともつかぬ叫び声だけが響き渡り、周囲の者の胸に、次第に白々しい感情が漂い始めた。致光が、ふと顔を上げたのはその時だった。

「葉が……」

その声に誰もが一様に空を仰いだ。黄色みを帯びた数枚の葉が、ゆっくりと、まるで蝶のように舞い降りてきた。

「おっ、おう！」

成村は顔を真赤に染め、腹の底から絞り出すような声を上げながら、自分を拒む大樹の重さに挑み続けていた。その、敗れた最手《ほて》の涙に応《こた》えるかのように、老いた槻の巨樹はさらに大量の黄葉《もみじば》をはらはらと落しはじめ、風に乗った葉は、唖然とした運脚たちの頭上を流れ、あるものは板井に沈み、あるものは翻《ひるがえ》って致光の馬の目を塞いだ。

「成村……さらばだ」

致光が馬を駆《か》ると、慌てて運脚たちも荷馬の手綱を取った。

「おっ、おっ、おうっ！」

既にこの時、成村は忘我の中に渦巻く巨大な力そのものと化していた。大樹はそんな成村の力をやさしく受け容れ、佇《たたず》んだ堂守女が不思議そうな顔で紅《あか》い葉を拾い上げた。

第二章　五《ご》位《いの》摂《せつ》政《しょう》

一　即位式

相撲節のひと月後、予定された通り譲位が行われた。閑院にいた東宮師貞は、主上の御所である西隣りの堀河院に御移りになり、そこで受禅なされた。即日、新造なったばかりの内裏にお入りになり、女御詮子の生んだ懐仁《かねひと》親王が新たな東宮に立った。

頼忠が関白を留任し、その日のうちに践祚による補任が行われた。大納言為光が御前に除目《じもく》を願い出て、その結果、侍従の少将義懐《よしちか》が、これまでの前坊亮《ぜんぼうのすけ》の労によって蔵人頭に任ぜされた。そして、義懐を補佐する五位蔵人として、前坊学士藤原惟成《これしげ》と藤原道兼《みちかね》が選ばれ、惟成には左中弁を、道兼には弾正少弼《だんじょうしょうひつ》をそれぞれ兼務させた。義懐と惟成、そして道兼の奇妙な関係がこの時出来上がったのである。

右大臣兼家にとっては待望の懐仁《かねひと》親王の立太子が実現した。五歳の東宮は、さっそく東三条の南院から新内裏の凝華舎に入り、当然の如く道隆が東宮権大夫《ごんのだいぶ》になった。

「これでよい」

兼家は満面に笑みをうかべた。

「東宮の御代《みよ》です」

惟成は、新たに右近中将になった義懐の前で厳しい表情をみせた。

「新帝のただひとりの外舅《がいきゅう》でおられるのですから、本来なら、関白にだってなれたのですぞ。ですから、今後は関白なみに政務《まつりごと》を処断し、後世から《永観の治》と呼ばれるような御代を創る責務がございます。勿論、自分も弁官としてお手伝いします。幸い、新帝には耳目を憚る外戚もおりませんので、必ず、恩情和気《わき》の桎梏《しっこく》を排した果断な御新政を敷けるに相違ありません」

「難しいことを申すな。一口に政務《まつりごと》といっても、麿にはそれだけの力量も才覚もない。善政は敷きたいが、何をしたらよいのかさえわからぬ」

義懐は苦笑したが、惟成は東宮に講義するような口調で言った。

「唐《もろこし》の太宗の《貞観の治》は、如晦《じょかい》と玄齢という二人の良臣によって支えられていたそうです。玄齢は何事をするにも『如晦なくして決断出来ない』と言って如晦の出仕を待ちましたが、出仕した如晦は玄齢の案をそのまま採用するのが常だったということです。策を練る者と決断する者、その二人のどちらが欠けても駄目なのです」

「麿に如晦になれと申すのか」

惟成は微笑した。

「頭《とう》は、まず、位階を上げることにお努めください」

「努めて成るものなら努めてみよう。確かに新帝は新奇なものが御好きだから、案外、朝政《まつりごと》の改革などというと興味を御示しになるかも知れぬ。一度思い込むと何事も気が済むまでやらねば収まらぬ御性分だからな」

「困った御性分も……」

惟成は眉をしかめた。義懐もすぐに惟成の言う意味がわかった。

「好色なことか。これぱっかりは仕方あるまい。何せまだ十七だ。それが楽しみで帝位に就く、のだと広言しておられる」

義懐も苦笑した。

「ともかく、弁が望むのであれば遠慮なく朝政《まつりごと》の緩みを糺《ただ》せ。麿は如晦《じょかい》にでも何にでもなって惟成の後見をしよう」

「ははっ」

度重なる内裏火災で財政が逼迫《ひっぱく》しているというのに宮中の奢侈《しゃし》の風潮は改まらず、惟成は早急に律や格式を厳格に適用させねばならないと考えていた。

即位式は十月十日に大極殿で行われた。

式の采配は右大弁大江齊光《なりみつ》と左中弁で五位蔵人の惟成が執《と》ったが、当日、主上は朝から歯痛に悩まされて不機嫌だった。特に、水晶碧玉《へきぎょく》を垂らした冕冠《べんかん》の重さが歯を圧迫し、額に脂汗を滲《にじ》ませて痛みに耐えていた。早く済ませたい主上は、刻限を待たず、すぐに出御するように命じた。あわてて礼服の命婦《みょうぶ》四人が新帝の先に立ち、内侍《ないし》二人がそれぞれ神璽《しんじ》と宝剣を捧げてそれに続き、恭《うやうや》しく黒漆の後段を上がって高御座《たかみくら》に着座した。

壇上の高御座は鳳凰の八角蓋《はっかくがい》に覆われ、周囲には紫の帷帳《いちょう》が垂らされている。背後に立てられた屛風の前で、宝剣を抱えた紀順子《きののぶこ》と神璽を捧げた源平子《みなもとのたいらこ》の二人が、並んで繧繝縁《うんげんべり》の畳に座った。先導役の命婦四人は左右に分かれ、主上の着座を見届けると、ふたたび帷帳から出て後殿に戻っていった。

狭い帳帷の中に二人の内侍の紅白粉《べにおしろい》の匂いが溢れ、それでなくとも歯が疼《うず》き、のぼせ上がった主上は「もう我慢がならぬ」と重い冕冠《べんかん》を脱ぐと投げ捨ててしまった。そしてこともあろうに神璽を捧げた源平子の袖を捉《とら》え、「朕は万乗の君なるぞ」と脅しつけると、強引に膝の上に抱きかかえて犯そうとした。

転がった冕冠がジャラジャラと音を立てたのを合図の鈴と勘違いした惟成が、新帝に叙位を願う諸臣の《申し文》を懐に、あわてて高御座に駆けつけた。

「御主上《おかみ》、《申し文》を持参しました」

惟成が声をかけた。

だが、返事のかわりに中から妙な物音が聞こえるので、恐る恐る帷帳の裾を上げてみて驚いた。青ざめた内侍の裳裾をまくり上げた主上が、御自身も袞龍《こんりょう》の裳を緩め、玉佩《ぎょくはい》を解こうと身悶えしていたのである。思わず息を呑み目を疑った惟成が、

「刻限が迫っております。あとになさりませ、あとに！」と押し殺した声で言った。

御茵《おしとね》の上で内侍に馬乗りになろうとしていた主上は、この時、振り返って惟成と目を合わせた。そして《出ていけ》とばかりに激しく手を振って惟成を追い払った。既に尋常の目ではなかった。


即位式のために選任された擬侍従《ぎじじゅう》たち、殿舎の左側から弾正尹章明《だんじょうのいんのりあきら》親王以下三名、右側から三位中将藤原道隆以下三名が、それぞれ摺足《すりあし》で入ってきて、高御座から二間ほど離れたところに一列にならんだ。

「鈴の奏に参りました」

惟成は、前駆に鳴らす鈴の下賜《かし》をお願いに来た態《てい》を装い、帷帳の傍らに侍したまま、何とか中から洩れてくる声や衣ずれの音をごまかそうとした。

「申し文通りに惟成が叙位を行えと、新帝の仰せでございます」

「そのような例は聞いたことがないが」

章明親王が疑を唱え、周囲の者たちも怪訝な面持ちで惟成を見た。惟成は新帝の前夜からの歯痛のこと、そのため《申し文》を託されたことなどを説明した。

そのうち、着衣を糺《ただ》す物音に気づいた侍従 源《みなもとの》佐藝《さげい》が、何か異変が起きたのかと高御座に近寄り、惟成を振り返った。そして、止める間もなく、さらに帷帳の裾を持ち上げて下から覗き込んだ。

「あれっ！」

佐藝が頓狂な声を上げたので、思わず惟成は目をつむった。佐藝の次にいた左馬助邦明《さまのすけくにあき》も近寄ってきた。

「どうした」

「御主上《おかみ》の頭に玉冠がないのだ」

惟成があわてて覗いてみると、主上は露頂のまま平然としていた。

「どうしたのだ」と、先頭にいた道隆までが声をかけた。

「窮屈だから脱いで棄てたのだ」

中から主上の声が聞こえた。

「すぐに」と、惟成は、急いで右衛門佐武永《うえもんのすけたけなが》に予備の玉冠を持ってこさせたが、いつか開式の刻限が過ぎてしまっていた。惟成は首席の左大臣源雅信《まさのぶ》に言って、開帳の合図の鉦《しょう》撃ちを待ってもらった。

荘重な太平楽が響きわたり、鼓師《つづみし》によって鉦が撃たれると、すぐさま、《翳《えい》》と呼ばれる円扇を手にした十四人の女孺《にょじゅ》が、座を立って左右に分かれ、高御座の前に進み出る。続いて、褰帳《けんちょう》の女王《みこ》、この日は章明女《のりあきらむすめ》慶子と盛明女《もりあきらむすめ》明子の二人が、面《おもて》に扇をかざしながら前に立ち、両脇から高御座の前帷帳を高くかかげ、内側に控えた女蔵人《にょくろうど》たちが糸で結んで固定した。その間は、女孺たちが一斉に《翳》をかざして玉顔を隠している。

褰帳の女王が席に戻り、女孺の《翳》が伏せられると、広い庭の東西に居並んだ文武百官の前に、初めて、杖を手にした若い新帝が玉顔をあらわした。群臣はすぐ面《おもて》を伏せ、宣命使中納言文範《ふみのり》が《御即位宣命》を読み上げるのに合わせて再拝舞踏を繰り返し、それが終わると、今度は武官たちが長柄の寿旗を振って万歳を唱和した。

その後に叙位の儀がある。請願の奏状である《申し文》に従い、天皇に代わって惟成が立って授与した。叙すべき者の名簿の入った位記筥《いきばこ》が庭の机案《きあん》上に置かれ、式部輔《しきぶのすけ》が文官の、兵部輔《ひょうぶのすけ》が武官のそれぞれ名を呼んで位記を授ける。それが終わると、左の擬侍従である章明親王が高御座の前で膝行《しっこう》して、式全体の終了を告げた。

ふたたび鉦が撃たれ、褰帳《けんちょう》の女王《みこ》が帳帷を閉じると、首席の源雅信の合図で退庁の鼓が打ち鳴らされた。主上は歯の痛みも忘れたかのような平然とした顔で、後殿で冕服《べんぷく》を着替えると、右中将義懐《よしちか》に付き添われ、鈴の音とともに輿《こし》で清涼殿に向かわれた。

「そんなことがあったのか。実資《さねすけ》が『式は遅滞するし、惟成が除目を行った』と、采配の其方《そこ》に憤慨しておったが……」

義懐は苦い顔をした。関白頼忠の甥にあたる実資は、小野宮家を継ぐ若手の筆頭で、今回、義懐と同じ頭蔵人に返り咲いていた。

「まさか即位式の最中にとは……」

「いまからこれでは、この先が案じられます。好色が悪いとは申しませぬが、衝動を抑えられないのは困ります」

惟成は暗然たる面持ちで言った。

「まあ、開式前だし、うまく誤魔化せたのなら大事あるまい。それより、今度の叙位で麿は越階《おっかい》して従三位になったぞ」

義懐ははずんだ声を出した。さらに数日後、臨時叙位で彼は正三位非参議となり、早々と公卿の仲間入りを果たした。

惟成は、その義懐に、延喜の本院大臣時平《ほんいんのおとど》による荘園整理令や、三善清行《みよしのきよつら》の《意見封事》について話して聞かせた。

「あの延喜の御代ですら租税の減収に苦しんだのです。清行《きよつら》は口分田《くぶんでん》の偽籍《ぎせき》を糺《ただ》すため諸国の戸籍調査を提言し、本院大臣も、税負担を免れる寄進荘園の停止や廃止の太政官符を出されました。現状は今も変わらず、度重なる火災や豪勢な公事《くじ》で却って財源は涸渇しております。不《ふ》堪田《かんでん》だの損田だのと奏しては運京の官稲を減らし、陰で利を貪る土豪や田堵《たと》たちにも、この際、大蛇《おおなた》を振るう必要があります」

「何をしようというのだ」

義懐も関心を示した。

「とりあえず、本院大臣のなさったことを今一度徹底しましょう。折角荒田を開墾しても寺社や権門に寄進してしまっては朝廷の財産になりません。その寄進荘園を返してもらうのです」

「しかし、それでは資産家の実資あたりがまた不愉快な顔をするであろうな」

「国家の大儀です。あの本院大臣のなさった改革と言えば誰にも異論はありますまい。延喜の時平公は、今の頭殿とそれほど歳の違わない若さでしたぞ」

「其方《そこ》の崇拝する菅原道真を大宰府に追いやった大臣《おとど》だ」

「その祟りで若死になさいました」

「おいおい、麿を殺す気か」

冷えた太政官庁の床に、二人の笑い声が響いた。


既に腹案を温めていた惟成は、早速、部下を総動員して立法の準備にかかった。宿直所《とのいどころ》に泊まり込む日々が重なり、冷泉小路の満仲女《むすめ》のもとを訪れることも少なくなった。だが、宮中で馴染んだ女房の曹司で夜を明かすことはあっても、小萩の居る自邸にはもう半年以上も戻ることがなかった。いくら間遠《まどお》を詫びても、小萩が決して自室から出てこようとしなかったからである。当初は庁舎から消息文を遣わしたりもしたが、彼女は返事ひとつ寄こさなかった。

思えば一年前、自邸に母を迎えた日、手を取って庭を案内して歩いた時の、小萩のあの輝くような笑顔が最後だった。何日かして戻ると、文机《ふづくえ》の上に、色褪せた黄菊を添えた薄様の鳥子紙が置かれてあった。手に取ってみると《身を憂しと》だけ書かれてある。《身を憂しと思ふに消えぬ物なればかくても経ぬる世にこそ有りけれ》古今集である。そして、この時、惟成は、小萩が満仲女《むすめ》の存在に気づいたことを知った。

《かくても経ぬる世》「仕方なく醒めた夫婦関係を続けるしかありませんわね」という小萩の声が聞こえるようだった。

「子が無いからでしょうか……」

小萩は、紅い蕾をつけた山茶花《つばき》を見つめながら、義母につぶやいた。

「母も孫の顔を見たがるようなことばかり言ったものだから……」

母は小萩の手を取った。孫の顔どころか、「女は小萩だけではなかろう」とまで言ったことは都合よく記憶から拭い去っていた。宮仕えから身を引いたいま、彼女にとっては惟成夫婦が唯一の心の拠り所になっていた。

「それなりに尽くしたつもりですけど、却ってそれが重荷だったのかも知れませんわ。悪女か、反対に弱くはかない花のような女の方が男には飽きられないと聞きますもの」

「あなたが悪いのではありませぬ。こと女に関しては、男はみな身勝手なものなのですよ。特に出世した男たちはね」

「昔はいくら遅く帰っても母君や東宮さまの話を聞くのが楽しみで寝ずに待っていましたわ。それが、今頃は冷泉小路に足を向けているのではないか、物言わぬ妾《わたし》を恨んでいるのではないかと、この数カ月はそれが原因で夜も満足に眠れずにおります。あれこれと惨めな思いが募ると、不意にむらむらしたものが込み上げてきて、このまま鬼女にでもなってしまいそうな気がして自分でも恐くなる時があるのです」

小萩は袖に顔を埋め、肩を震わせた。

「かわいそうに……」

「あのひとは妾《わたし》を正室ではないと言ったそうです。母君の前ですけれど、妾《わたし》はたとえ鬼になっても許したくありませぬ」

貧しい文章生《もんじょうしょう》だった惟成と苦楽をともにしてきたという自負が奪われたら、自分はもう生きている意味までも無くしてしまうような気がした。

「一緒に初瀬《はつせ》に参りませぬか」

母は慰めるように言った。

「すぐ精進を始めて来月にでも。そうしましょうよ。そのように思いつめてばかりいても仕方ありません。気晴らしにもなるし、観音様にお縋《すが》りするのが一番ですよ」

日々の慎ましい暮らしに追われ、小萩は、これまで徒歩《かち》立《だ》ちの石山詣《もうで》ひとつしてこなかった。あるいはそのために天罰が下ったのかも知れないと彼女は思った。

「よろしいのですか？」

「参りますか。それでは早速、吉日を決めて、供人の手配や浄衣の用意をしなければなりませんね」

母は我が子の罪滅ぼしでもするような気分になって、うれしそうに立ち上がった。

二　御代替《みよがわ》り

十一月四日、《御代替《みよがわ》り》による新たな伊勢斎宮の卜定が行われた。対象となるのは内親王、もしくは女王であるが、弁官局で調べた結果、式部卿為平《ためひら》親王女《むすめ》と弾正尹章明《だんじょういんのりあきら》親王女《むすめ》がそれぞれ候補に残された。上卿だった左大臣源雅信が御前に呼ばれ、そこで弁蔵人《べんのくろうど》惟成から二人の名が告げられた。雅信は下給された名簿を懐にして仗座《じょうざ》に着くと、前例に則《のっと》り、自ら筆を執って女王の名を記し、封をして祭主の中臣《なかとみ》に占わせた。その結果、章明親王の娘済子《せいし》女王に《卜合》が出た。

その日のうちに、左衛門権佐《ごんのすけ》為頼が勅使として神祇官を引き連れ、中河の親王邸を訪れた。章明にしてみれば、天延二年に流行した疱瘡で隆子を伊勢の地で喪って以来、これが二度目の卜定であった。先頃の即位式でも女《むすめ》が褰帳《けんちょう》の女王《みこ》に選ばれたばかりで、醍醐の第十三皇子としての勤めはそれなりに果たしてきたつもりである。あまり風采の上がらぬ老親王は、不愉快な表情を隠しもせず、黙って、済子の傍らで、自分の屋敷に賢木《さかき》を飾る神祇官たちを見守っていた。

「父《てて》さまと離れて伊勢などへ行きたくはありませぬ」

済子は袖に顔をうずめた。十年前に死んだ姉隆子のことを、済子は、まだ幼心にはっきりと憶えている。賀茂斎院と違って、伊勢に旅立てば次の《御代替り》まで遠い斎宮《いつきのみや》で神に奉仕し続けなければならない。老いた父宮のことも心配だが、何よりも自分の身があわれであった。

「麿とて別れはさみしいが、女王《みこ》として名誉なことだ。賢木《さかき》を廻らされている最中に涙をみせるなど縁起でもない。今日から精進しなければなりませぬぞ」

そう言い残して、章明は本邸に帰っていった。

ひとりになると、済子は、いつものように、女房の宰相《さいしょう》の君と端近くに出て、冬枯れた東山の山肌に孤独な目を向けた。暗くなって、弱々しい虫の集《すだ》きとともに、彼方から川の瀬音がより大きく聞こえてくる。中河といっても賀茂川の堤内で、済子は昔からこの川音が好きだった。

「お姉さまのことは憶えていて?」

「その頃はまだ」

「そうだったわね。伊勢でお亡くなりになった時、私だってまだ七歳だったもの。でも、葬儀を何処でしたらいいのかとみなが騒いでいたことは憶えているわ。おかわいそうに、恋ひとつなさらず……」

「姫さまの姉君ならきっとお美しいお方だったでしょう。伊勢で在五中将のような公達《きんだち》とお逢いなされたかも」

「業平《なりひら》なんて、お話よ。ばかね」

済子は淋しそうに微笑みながら、表衣《うわぎぬ》の襟を掻き合わせた。夜風が吹き込み、傍らの火桶で炭のはぜる音がした。しばらくして、遠い山裾の方角から、突然、悲鳴のような、かん高い牡鹿の鳴き声が響きわたり、鋭く尾を引いて闇に消えていった。

「鹿だって、恋はいたしますよ」

黒い山肌に目をやったまま、宰相の君は楽しそうにつぶやいた。


兼家の異腹の弟である大納言為光の女忯子《むすめしし》が、即位後、すぐに入内して弘徽殿の女御となった。主上の一番の関心事は周囲の噂にのぼる妃候補であったが、忯子の姉が義懐《よしちか》の妻であることを知り、義懐を通じてなんとか為光を口説き落したのである。

十二月になると、大納言朝光女姫子《きし》が麗景殿に、続いて関白太政大臣頼忠女諟子《しし》が承香殿にそれぞれ入って女御《にょうご》になった。姫子は、閑院の朝光邸で急いで裳着を済ませてからの入内で、まだあどけなさの残る女御であった。朝光は亡父兼通の資産を継いでいまだ権勢を維持しており、出来れば姫子を兼家の外孫懐仁《かねひと》東宮の妃にしたかったのだが、親王がまだ五歳では仕方なく、また、姫子の美貌を聞いた主上からも執拗な催促をうけて、やむなく入内させたのである。

若い姫子への御寵愛ぶりは、他の女御の顔色《がんしょく》無からしめるほど凄まじかった。主上が麗景殿に御渡りになるにも、姫子が清涼殿に召されるにも、二人は他の御殿の前をはばかることなく行き来した。頼忠は自分が関白であるかぎり、いずれは諟子《しし》を后に出来ると目論んでいたが、それを不安にさせるほどの主上の御偏愛であった。

惟成《これしげ》が心配した通り新帝の好色ぶりは尋常ではなかったが、同時に、期待していた通り、朝政《まつりごと》の刷新にも熱心であった。

懸案の《荘園停止令》が裁可されたのは十一月二十八日のことである。それに併せて、銅不足から旧貨を溶かして銅地金に変える、いわゆる《破銭》を禁じる法が出された。さらに翌月になると、諸国の帳簿を再点検させ、課役免除の適用をより厳密にして庸調《ようちょう》の増収を図った。次々と実行に移されたそのような施策《しさく》は、御代替りの御新政と呼ばれ、その背後に惟成がいることは衆知の事実となり、世間では彼を《五位の摂政》と評した。

暮れも押し詰まった二十九日、頭中将実資《さねすけ》は、いつものように後院町の伯父頼忠の邸を訪ねた。頼忠の娘、円融院中宮遵子は《生まずの后》と陰口をたたかれたが、今度の諟子《しし》も姫子《きし》に御寵愛を奪われ、さぞかし娘の愚痴ばかり聞かされることだろうと、実資は憂鬱に駆られながら牛車に尻を揺らせていた。

ところが顔を合わせるや、頼忠は怒気を含んで実資を詰問した。

「関白とは何だ。言ってみろ、実資、関白の役目とは何だ」

「主上を輔佐し奉って百官を統《す》べ……」

「いいか、百官は巨細を問わず何事も、まず関白の内覧を経て天子に奏上することになっている。だからこそ《全てに関わって意見を白《もう》す》つまり関白と呼ばれるのだ」

「はあ」

「だったらあの詔書《しょうしょ》は何だ」

やっと実資は頼忠が何に腹を立てているのかがわかった。昨日、大内記《だいないき》慶滋保胤《よししげのやすたね》の起草した《意見封事《ふうじ》》の詔書の草稿が左大臣雅信のもとに届けられた。今年の水害旱魃の災厄に関する意見を直接主上に封事、つまり内密に奏上せよという詔書である。

「『大臣は禄を重んじて諫言《かんげん》しないものだから、百官は内覧を畏れず封事を上げよ』と書いてある。要するに麿が凡庸暗愚な関白であるから、内覧を無視して頭越しに意見を申し述べよと言っているのだ」

日頃参内を怠っている頼忠のひがみで、実資も内心苦笑を禁じ得なかったが、何といっても頼忠は氏《うじ》の長者である。

「何もそう格式ばらずとも。《意見封事》など昔からあることです」

「いや、《意見封事》だけなら、麿もこんなに腹を立てたりはしない。秀才・儒者の意見を重用せよというのも、建前としてはその通りだろう。しかし、《荘園停止令》に続いて何か封事に名を借りた法令を作ろうという魂胆が見え透いている。封事でなく、つまりはあの男が、大臣関白を跳び越えて直接朝政《まつりごと》を動かそうとしておるのだ」

「弁蔵人《べんのくろうど》惟成のことですか。起草した大内記保胤も同類ですからな。例の《荘園停止令》にしたところで、延喜の例を踏んで、誰も反対出来ないことを見越している。確かに頭のいい男です。自分で矢面《やおもて》に立たず、陰で主上や頭中将を使嗾《しそう》しているのですよ」

「だが、寄進された荘園を停止して正税の増収が図れるのなら結構なことだ。困るのは右大臣やお前くらいのものだ」

「何をおっしゃるのです。関白殿は藤氏の長者でもありますぞ。藤氏に限らず、寄進を受けた院や親王家、寺社の別当たちだってみな困惑しております。国司にしても既存の荘園を整理するには厖大《ぼうだい》な労力が必要だし、地方に徒《いたずら》な混乱をもたらすだけです」

「だったら惟成の弁にお願いしたらよかろう。いまはあの男が関白だよ」

頼忠は憮然とした面持ちで言った。

明けて永観三年の正月早々、参内した頼忠は、《意見封事》の詔書にすこぶる不快の文面がある旨を奏し、保胤が清書する前に関白を貶《おとし》める部分を削除させた。

「急いで行け」

頼忠はことさら惟成に命じ、左大臣の手元にあるもとの詔書を取りに遣らせた。惟成は恐縮した態《てい》でそれを保胤の所に届け、削除の趣旨を伝えた。

「たやすいことです」

大内記保胤は事もなげに言って、詔書を受け取った。

「御新政は四面楚歌のようですが、右大臣などは弁殿を褒《ほ》めておられますぞ。その場凌《しの》ぎの弥《び》縫《ほう》策ばかり多い中で、珍しく先を見据えた政策が出てきたと」

「東三条殿が？」

惟成には意外な話だった。

「この詔書だって悪くありませんよ。そんなことより、弁殿は叡山の良源座主《ざす》が示寂《じじやく》されたことを御存じか」

「いや、病床に就いておられるとは聞いておりましたが……」

「麿も先ほど知った。臨終の間際まで山の弟子たちを気に懸けておられたそうだ。あれほどの大僧正の跡を継いで、次の座主になられる方は大変だな」

「横川《よかわ》の源信僧都が評判です」

満仲の末子源賢の師であった。

「僧都はそういうお方ではない。昨年から、ずっと恵心院に籠って『往生要集』なる著作に励んでおられるという話だ」

「『往生……要集』ですか」

「往生を思えば詩賦など所詮《しょせん》遊びごと、狂言綺語の類《たぐ》いに過ぎぬ。僧都は今や我々念仏衆の宗《そう》師《し》です」

これまで自分の書いてきたものを否定するような保胤の口ぶりだった。

この年の《県召し《あがため》》は例年と違い、叙任された国司たちに、御新政の趣旨に則《のっと》って延喜以降に寄進された荘園の整理返還が求められた。公領に戻されることで、当然、これまで正税や庸調物の優遇を受けてきた土豪や百姓たちとの軋轢《あつれき》は避けられない。遥任《ようにん》でなく、これから直接任国に赴く受領たちにとっては気の重いことだった。

新たに尾張国司となった惟成の叔父藤原元命《もとなが》も、赴任前に参内して御暇《おいとま》を申し上げ、主上から「励むように」との勅語を賜った。

五条の父の家で催された餞別の宴には惟成も呼ばれ、そこで改めて、叔父に令《りょう》の徹底を図るように頼んだ。

「尾張では十年ほど前に百姓たちの訴えで国司が罷免されたことがあります。尾張に限らず何処でも反発が予想されますが、やらねばならぬ御新政です」

「わかっておる。それにしても、惟成も出世したものだな。このままいけば、そのうち宰相《さいしょう》になれるかも知れんぞ」

元命は髭をしごきながら豪快に笑った。惟成はまるで鎮守府将軍でも送り出すかのような期待のこもった目で旅立ちを見送った。

御新政といっても、法令ひとつですぐにその効果があらわれる筈はなかった。郡司や百姓ばかりでなく、寄進された公卿王族からも圧力を受け、結局は現地と妥協を図る国司が大半であろうし、そうでない場合でも、新法に便乗して不要の簒奪を行い、私腹を肥やす者があらわれることが予想された。官符の趣旨が五畿七道諸国に徹底され、朝廷の大蔵《くら》が官稲で溢《あふ》れるようになるには、まだまだ何年もかかることだろう。だが、今これをやらぬ限り、租税ばかりでなく、やがては荘園のあらゆる権益が朝廷から地方の豪族の手にすべり落ちていってしまう。

「苦情や皮肉ばかり耳にする」

義懐が泣き言をこぼした。

「よくなりますとも。見ていてくださいこれからです」

惟成は本当に摂政にでもなったような自信に満ちた声で答えた。

四月二十七日、御代替りによる改元が行われ、寛和元年になった。

「荒れた不堪佃田《ふかんでんでん》や損田の報告に調査が入るならともかく、荘を停止して税の取り立てを厳しくなぞすれば、それこそ全国から百姓の訴状が上がってきますぞ」

越後から帰京した在国が惟成の自邸を訪ねてきたのは夏も終わる頃だった。

「何かあっての帰洛ですか」

「あんな官符を寄こされたので、ことの真偽を確かめに来たのです」

「……」

「それは嘘だが、この春、九条殿息の尋禅《じんぜん》僧正が叡山の新座主になられたであろう。それもあって、右大臣さまから、これまで山に寄進された荘園の扱いがどうなるか、相談を受けたのだ」

「尋禅さまとは思いも寄りませんでした」

「賢いやり方さ。まぁ良いではないか。それより、今日はこれを弁殿に渡そうと思って、わざわざここまで出向いてきたのだ」

「なんですか、これは」

陸奥紙《みちのくがみ》を開くと、在国本人の出自や経歴が綿々と綴られていた。

「名簿《みょうぶ》だよ。弁殿の弟子になるためにさし出すのだ」

「また悪ふざけをなさる。藤賢、式太と呼び合った仲で、いまさら師弟の関係もないでしょうに」

「いや、本気だよ。何しろ五位の摂政殿だからな。その跨《はかま》の中に入っておれば、万人の頭を超えた出世が出来るというもの」

在国はいつもの皮肉な調子になった。

「ま、弁殿が受け取らないというのであれば、別の御方にさし出すとしよう」

「横川《よかわ》恵心院で源信僧都が『往生要集』を書き上げたという話は御存じですか。内記殿は『僧都は我々念仏衆の宗師だ』とまでおっしゃっています」

「知らないな。大体、内記殿はことを大仰に言う癖がある。麿は《ありありの主《ぬし》》と名づけているのだ」

「ありありの主？」

「若い学生が出典の不審について尋ねたりすると、保胤殿は、いつでも必ず、『間違いない。古書にはそう書いてある』と断定口調で答える。そこで、以前、麿が戯れに出鱈目な文章を作って出典を尋ねたら、『ああ、これか。この文は確か四書にある、ある』と即答したのだ。いやもう、その場で笑いを堪《こら》えるのが大変だったよ」

「ありそうな話ですな」

思わず惟成も苦笑した。

「でも、負けず嫌いなところはあっても内記殿は誠実な御方です。からかったりしたら可哀想ですよ。自分など、近頃、身を入れて念仏を唱えることも少なくなりました」

「越後の受領もいまや念仏どころではありませんわい。ま、名簿《みょうぶ》はともかくとして、みやげ物だけでも受け取ってくだされ。白絹《しらぎぬ》と、そして、これが越後の名物だとは麿も知らなかったのだが……」

在国は従者に小桶を運ばせた。

「なんですか」

「甘葛煎《あまずらせん》……」

瞬間、口を開けていた惟成は、意味に気づくと、在国とともに大声で笑い出した。

三　恀子《しし》

この年の二月になると、不思議なことに、あれほど御執心の深かった麗景殿から、主上の足がすっかり遠退《の》いてしまった。驚いたのは父の朝光大納言で、最初は他の女御の讒言《ざんげん》にでも遇《あ》ったのかと疑ったが、そのうち代筆の御消息文さえも届かなくなり、周囲の嘲笑にも堪えきれず、やむなく姫子《きし》を実家の閑院に引き取った。だが主上は平然として、まるで憑き物が落ちたように、今度は、再び弘徽殿の忯子《しし》のもとに足繁く渡るようになった。衝動に任せてふるまう主上の情熱は、沸騰すると激しいが、いざ冷めるとなると早い。それは昔からの性癖で、要するに主上は姫子の幼さに飽きたのだと義懐も惟成も思った。

だが、やがて別の理由が明らかになった。弘徽殿の女御忯子が懐妊したのである。最初は半信半疑であった主上も、事実とわかると喜びに目を輝かせた。忯子の母性が急に愛《いと》おしく感じられ、新たに父となることの満ち足りた思いが胸にこみ上げた。

ただ、懐妊した忯子は体調を崩し、間もなく床に就いてしまった、幼くして母を亡くし、父の手ひとつで育てられたためか、もともと人形のような線の細さがあったが、それがさらに悪阻《つわり》で物も喉を通らなくなり、まるで病人のように痩せ衰えてしまった。心配した主上からは、やれ果物だ、高麗人参《こうらいにんじん》だと、絶え間なく滋養に富む食物が届けられるが、女御はただ恐縮するばかりで、ひとかけらも口にすることが出来なかった。

通例は懐妊三カ月で里邸に戻るのだが、心配した主上が「内裏にいた方が何かと手厚いから」と引き留め、さすがに五カ月目に入って、渋々退出をお許しになった。

だが、一条の里邸に戻っても忯子《しし》の食は細く、橘の実ひとつ身に残らずといった状態が続いた。父大納言ばかりか主上も諸寺に加持祈祷を上げさせ、内蔵寮《くら》に命じてわざわざ修法《ずほう》のための曼荼羅《まんだら》や独鈷《どっこ》など密教法具までも里邸に届けさせた。例の偏執癖から、昼夜を分かたず頻繁に見舞いの使者を遣わしたが、そのうち、どうしても、自分でひと目逢わずにはいられなくなった。

「ほんの宵の間でいいから」

主上は今度も義懐を通じて為光を説得させた。七月になって炎天が続き、残暑で身体も弱り、ほとんど絶食状態にあった忯子は、それでもけなげに、「せっかくの仰せでございますから」と、無理に床から身を起こそうとした。為光はどうなることかと不安に思いつつも、ほんの二三日という約束で入内を承諾したのだった。

女御の気持ちを華やげようと、主上は弘徽殿《こきでん》を色々に飾り立て、忯子が参内すると、早速、食事も摂らずに寝所に入り浸った。

「こんなに瘦せて」

忯子《しし》の腕をさすりながら思わず主上は涙ぐんだ。忯子は恥ずかしそうに顔を伏せたまま、主上に身を委ねていた。手のひらを腹部にあててみると、それでも、衣《きぬ》越しにわずかな膨らみが感じられた。

「御子《みこ》が、もっと食せと、蹴って母を叱るのですよ」

忯子はやつれた頬にさみしげな微笑《えみ》をうかべた。それを聞いた主上は、腹を蹴る子の切なさに胸を衝《つ》かれた。異様に大きく見開かれた忯子の黒い目が、燭台の火を映して、きらきらと涙に潤んでいた。《生きたいのだ、生きて朕の御子を生みたいのだ》そう思うと、不意にいじらしさが込み上げてきて、われ知らず忯子を固く抱きしめていた。

「苦しいですわ」

そう呻《うめ》き声を出しながらも、忯子の顔は幸福そうに輝いていた。

四日が五日になり、七、八日となると、さすがに為光が「邸内での謹慎修法《ずほう》もまだ終わっておりませんので」と奏上し、主上も、身を裂かれる思いで泣く泣く忯子を里邸に帰したのだが、帰るなり寝込んだ女御は、そのまま頭ももたげられないほどの重篤に陥った。そして、十日後の昼さがり、懐妊七カ月で、わずか十七歳の短い生涯を終えた。

訃報を聞いた主上は、突然、オオッ！　と言葉にならぬ叫び声を上げると、そのまま弘徽殿の上御局《うえのみつぼね》に閉じ籠って、終日、声を上げて泣き暮らした。大事なものを同時にふたつ喪った悲しみに、周囲の慰めも耳に入らず、あの、大きく目をみはった忯子の面影が、いつまでも脳裏から離れなかった。四日後、主上は惟成に位記の宣命を作らせ、忯子に従四位上を追贈したが、野辺の送りにも出られない我が身が恨めしく、葬儀の夜は寝ずに空を眺めて、一晩中、煙となって消えた女御の面影を思い浮かべていた。

相撲節も取り止めとなり、閏八月に法性寺《ほっしょうじ》で四十九日の法要が大々的に催されたが、あれほど色好みの主上も、その日まで、他の女御は勿論のこと、どんな女にも指一本触れようとしなかった。

三人の滝口が、八省院《はっしょういん》の回廊で涼をとりながら、去年の成村と常世の大勝負を話題にしていた。節の中止で三々五々郷里に戻る相撲人のなかに今年は成村の姿がなかった。

「今度の最手《ほて》は下野《しもつけ》の並則《なみのり》になったそうだが、成村はどうしただろう」

「為村《ためむら》というのがその息子だ」

布衣《ほい》の襟もとを緩め、膝の間に胡録《やなぐい》をはさんだ致光《むねみつ》が、色あせた夕空を見やりながらつまらなそうに言った。胡録には、内裏で血を流すことは許されないので、鏑《かぶら》をつけた蟇目矢《ひきめや》が入っている。

大極殿から降雨を祈る僧侶たちの重い読経の声が地を這うように響いてくる。明日が結願《けちがん》であった。龍の尾の道と呼ばれる庭の端を、帰りを急ぐ官吏たちが慌ただしく行き来していた。地方でも旱魃《かんばつ》が続き、太政官も打つ手が無く、獄の罪人の特赦が検討されていると聞いている。あの時もこんな蒸し暑さだったと、致光は大学寮の騒動を思い出した。

《常陸も暑いのだろうな……》

いつの間にか、闇を漂わせた大極殿《だいごくでん》の広廂の下で、ちらちらと燈明の鈍い光が揺れ動いていた。三人とも今夜は陣で宿直《とのい》申しの番にあたっている。刻限にはまだ間があったので、餌袋から夜食ともつかぬ焼き菓子を取り出した新参の藤原義廉《よしかど》が、他の者に分けながら、この春から夏にかけて京を騒がせた藤原斉明《ただあきら》の事件について口にした。

「己《おのれ》はまだ検非違使《けびいし》だったから、毎日が大変だった」

斉明とその舎弟保輔《やすすけ》の逮捕に関しては、検非違使は無論のこと、衛府の武官や滝口まで動員されたのであった。


正月六日の夜、文人の弾正少弼《だんじょうしょうひつ》大江匡衡《おおえのまさひら》が上東門を出て土御門《つちみかど》大路を四町ほど行ったあたりで賊に襲われ、庇《かば》った左手の指を切り落とされるという事件が起こった。さらに、二十日、左大臣家の大饗《だいきょう》の時、中門にいる仕丁《しちょう》たちの背後で、突如、叫び声が上がり、下総守《しもふさのかみ》藤原季《すえ》孝《たか》が顔面から激しく血を流して倒れ、烏帽子《えぼし》を深くかぶった鈍色《にびいろ》の狩衣の男が、足早に植え込みの陰に姿を隠した。

事件解明の糸口となったのは、逃げたのが左兵衛尉藤原斉明の従者であったという確かな目撃証言が得られたことだった。早速、その従者を逮捕するため、当時摂津にいた斉明のもとに検非違使が遣わされた。ところが事前にそれを知った斉明は従者とともに船で海に逃れてしまっていた。不審に思った検非違使源忠良《ただよし》が、邸内に残っていた郎等を厳しく尋問した結果、驚くべきことがわかった。

大饗の時に季孝《すえたか》を襲ったのが従者ではなく舎弟の保輔《やすすけ》であったこと、さらに、匡衡《まさひら》を襲った方の犯人こそが斉明で、彼はそれが露見したと思って逃げ出したのであった。検非違使たちは、今度は、京の父致忠《むねただ》の家に居るはずの保輔の捕縛に向かった。

「保輔の探索には己《おのれ》も駆り出された」

致光《むねみつ》が菓子を頬張りながら言った。

「あいつは悪い奴だ。一足《ひとあし》違いで、初瀬《はつせ》に逃げられたが、家を捜索して驚いた。裏庭に大きな穴が掘られて、そこに何人もの死骸が埋められていたのだ。家人に問い糺《ただ》すと、みな、保輔が買うと偽っては家に呼び入れ、殺して物品を奪い取った商人たちだという。今思い出しても菓子がまずくなる」

結局、凶悪な兄弟二人とも追討の目を逃れて行方を晦《くら》ましたが、四月末になって、関東に逃れようと近江の高島郡まで潜行してきた斉明《ただあきら》が、情報を得て待ち受けた前播磨掾惟文王《これぶみ》によって射殺《いころ》され、京の獄門に梟首《きょうしゅ》された。

「知った保輔は兄の復讐を誓ったそうだ」

「さしずめ検非違使だったわぬしあたりが狙われるのかな」

「嫌なことを言うなよ」

義廉《よしかど》は眉をしかめた。

「こんな物騒な世の中だ。保輔のような話はいくらでもあるのさ。いつだったか女盗賊を捕《つかま》えたことがあってな」

義廉は餌袋に残った粉を叩き落としながら話題を変えた。

「親切顔に宿を貸しながら、夜中に脅して荷物を奪い取る悪党がいると、旅人が訴え出たのだ。そこで何人かで駆けつけてみると、小柄な薄汚い男が物陰に身を隠していた。『こやつ！』とみなで飛びかかって床に押し伏せたが、なよなよするだけで何も抵抗しようとしない。縛り上げたところ、耳は小さいし、首筋からは白粉《おしろい》のいい匂いが漂ってくるし、こいつは妙だぞと、不思議に思って、深くかむった大きな烏帽子を剥ぎ取ると、バサッと黒髪が垂れ落ちてきた」

「女だったわけだ」

「宿の女と、脅す男と、ひとりで両性《ふたなり》に身を変じていたのだ」

「ありそうな話だな」

「もっと驚かされたのは、その女が、さる宮腹の姫君だったということだ」

義廉は意味有りげに笑った。

三人は大極殿の読経をあとに、建礼門に向かった。あたりはようやく涼しさを増し、夜風も出てきた。

「宮腹と言えば、今年は御代替りで野々宮の公役《こうえき》があるな」

斎宮警護の公役は、弓箭《きゅうせん》を負った滝口の重要な任務である。

「点地も遅れているが、九月末の野々宮入りまでに間に合うのかな」

「難しかろうな」

点地や材料の検封が済み、造営が開始されると、千四百人余の職人、五千人以上の賦役が畿内から動員される。だが、それにしても、ひと月足らずの造営では無理がある。

日程の遅れは点地ばかりでなかった。斎宮には身の清浄を保つための斎所《いつきどころ》が宮中の然るべき場所に設けられる。賢木を廻《めぐ》らしたその場所を初斎院《しょさいいん》と呼び、今回、済子《せいし》に充てられたのは左兵衛府の曹司だった。彼女は月の初めごとにそこで伊勢大神を遥拝《ようはい》してきたが、野々宮入りの前はそこに籠って厳格な潔斎生活を送らねばならない。しかし、その初斎院入りもまだなのであった。

所轄の別当には惟成の弁が兼務させられていたが、彼の頭はその後に控えた大嘗祭《だいじょうさい》のことで一杯であり、斎宮の処遇や設営の遅滞にそれほどの関心は持たなかった。ただ、前例に従って斎宮の身を野々宮に移し、明年、無事に伊勢に群行《ぐんこう》させてしまえばそれで終わる筈の任務だった。

「致光《むねみつ》は伊勢の出だから、当然、野々宮の公役に回されるな」

義廉《よしかど》がからかうように言った。

「都で暮らしたいからこそ滝口になっているのだ。嵯峨野なぞ行きたくもない」

「誰だって田舎は嫌だがな」

もう一人の丹波出身の滝口が言った。

義廉が話した女盗賊など、地方に行けば幾らでもいる。女だって、生きるためには盗みもすれば売色もせねばなるまい。それは、たとえ斎宮のような宮腹の姫君だって同じことだろうと、致光は思った。


示寂《じじやく》した大僧正良源が叡山の堂宇の再興に努め、権門の寄進した荘園などによる財政的基盤を確立した結果、僧以外にも多数の学生《がくしよう》や堂衆が三塔十六谷に蝟集《いしゆう》して暮らすようになっていた。そして、彼等の生活を維持するためにもさらなる寺領の拡大が求められ、末寺の帰属を争って山法師《やまほうし》と呼ばれる僧兵たちが京に押しかけたりした。師輔の十男尋禅《じんぜん》が第十九世天台座主《ざす》に祭り上げられたのも、そうした世俗化の一環であったが、尋禅自身は、その自らの立場を嫌悪していた。

兼家の家司《けいし》として在国が叡山を訪れたのは、既に谷が紅葉に埋まる季節であった。

「先師のような激務に耐えられる体ではないし、どこか飯室《いむろ》谷あたりで隠棲《いんせい》したいと思っておるのじゃが」

まだ四十三歳の尋禅はそう述懐した。

「本来ならば、恵心院におられる源信僧都のような方がなるべきだったのじゃ」

「『往生要集』なるものをお書きになったとか……」

「阿弥陀仏の観想を勧め、初発心《しょほっしん》の者に念仏修行の方便を説いておる」

「麿も勧学会《かんがくえ》の者ですから、そのうち読む機会もございましょう。座主も、あまり気弱なことはおっしゃらずに、ともかく、荘園の件は御安心くださって結構です」

在国は慰めるように言った。

下山した足で、在国はそのまま東三条邸の兼家に報告に行った。

「先師と比べたりすれば、誰だって自信を喪うに決まっておる」

兼家は意に介さぬ顔で言った。

「それよりも、今般の御新政には関白を含めてかなりの不満がくすぶっておる。今後何かあれば、思いのほか譲位が早まるかも知れぬぞ。本音を言えば、その件でわざわざ越後から守殿《こうどの》に来てもらったのだ」

「仗議《じょうぎ》の様子はどうなのです」

「惟成《これしげ》の弁が結政所《かたなしどころ》を牛耳《ぎゅうじ》っておるから、大臣とてあまり勝手な真似も出来ぬ」

「御主上《おかみ》は？」

「頭《とう》の義懐《よしちか》に『御新政』と言われるとすぐにその気になるそうだ。御自身は聖主になったおつもりだから、脇でとやかく練言すると御機嫌を悪くなさる」

「確か三郎君も惟成と同じ五位蔵人だった筈ですな。三郎君は何か……」

「道兼《みちかね》か？　特に聞いてはおらぬが……とにかく例の弘徽殿が薨じてからの有様は別に道兼の口から聞くまでもない。ちょうど四十九日の法事の頃、上皇が病のため御落飾なさったのだが、それを聞いた御主上《おかみ》が、『朕も出家をいたしたい』と大騒ぎしてな」

「出家？」

在国が頓狂な声を上げた。

「激すると何をなさるかわからない御性分だが、何、すぐに冷めるのだ。御新政だってそのうち」

「出家……ですか」

在国は面白そうな顔をした。そして、黙って目を天井に移したまま、腕を組んで考え込んでしまった。

「やはり、三郎様の口から直接お聞きしたいですな」

暫くして、在国はそうつぶやいた。

四　野々宮

初斎院《しょさいいん》入りの九月二日、宮中からまるで賀茂祭のような御禊《ごけい》の行列が、中河の親王家に遣わされた。供膳や装いもの、禄物などを入れた唐櫃《からびつ》を衛士《えじ》たちが担ぎ、勅使である参議をはじめ、院の別当惟成や殿上人など、大勢の供の者がそれに従った。

済子は糸毛車に身を納めると、あらかじめ陰陽師が点定しておいた河原の場所に到着した。白絹の禊《みそぎ》装束に着替えた彼女は、幕屋を出ると、晩秋の冷ややかな川の流れに臨み、物慣れた神祇官中臣《じんぎかんなかとみ》の指示に従って、もの言わぬ人形のように、清らかな水を身に浴びせられた。御禊が終わり、勅使以下に携えた禄を賜《たま》うと、一行は、河原から近衛御門の大路を西に、内裏に向かって進んだ。

斎宮が乗った糸毛車の御前には、別当の惟成が悠然と馬を進め、その両脇で二人の滝口が口取りをしていた。

「其方《そこ》たちは六月に推挙された者か」

惟成は薄青い目の男に言った。背は低いが胸板の張った、いかにも剛の者という感じの滝口であった。

「はっ、己《おのれ》は昨年からですが、向こうの者が六月でございます」

致光《むねみつ》は義廉《よしかど》に目をやった。

「それでもまだ人数が足りぬな。野々宮やら大嘗会やらで、警護も何かと手薄にならざるを得まい」

定員の二十に満たないうえ、さらに公役《こうえき》で嵯峨に派遣するとなると、どうしても内裏警護の人数が不足になる。だからといって、誰でも滝口にするわけにはいかない。

「わぬし、名を何という」

「はっ、平致光《たいらのむねみつ》と申します」

「いかにも兵士《つわもの》という面構《つら》えをしておるな。どこの平氏《へいじ》だ」

「はっ、坂東平氏で父は前武蔵守公雅《きみまさ》、伊勢益田荘致頼《むねより》の舎弟であります」

「あの平五大夫《へいごだゆう》の弟か……しかし、幾ら武勇に勝《すぐ》れていても一人で野々宮を護《まも》るわけにはいかんだろうな」

皮肉な口調でそう言うと、惟成は再び黙って馬を遣った。致光も五位摂政の噂は耳にしていたが、眼前の惟成はどこか貧乏臭く優柔な男のように見えた。

「何か伊勢の歌でも聞かせよ」

しばらくして惟成が言った。

「は？」

「やがては伊勢に群行なさる斎宮にお聞かせ申し上げよ」

致光は困惑の表情を見せたが、すぐに観念して妙な節で歌い始めた。

「伊勢の海にイ、釣りする海人《あま》のオ、浮子《うけ》なりやア、心ひとつにイ……」

「もうよい、古今集ではないか」

惟成は苦笑して止《や》めさせた。

《心ひとつに定めかねつるゥ》糸毛車の中で聞いていた済子は、下の句を引き取って口ずさんだ。いくら宿世とはいえ、自分の心もまた浮子のように海を漂って定まらない気がする。恋歌ではあるが、それは彼女のいまの境遇を言いあてているようであった。《伊勢の海にイ……》という、歌の内容とはおよそかけ離れた滝口の低く野太い声は、なぜか、それまで彼女の耳にしたことのないほど重く、耳朶《じだ》の奥深くに浸みこんだ。

一行はそのまま陽明門を入り、門のすぐ脇の左兵衛府に到着した。ある得体の知れぬ力に拉致されたかのように、済子は面《おもて》を伏せて、設けられた初斎院に入った。

破銭禁止法も荘園整理令もいずれは立ち消えになってしまうかも知れないと、惟成《これしげ》は恐れていた。事実、在国が指摘したように、整理令に端を発した紛争が藤原の氏寺である興福寺で起こり、氏の長者頼忠が非難がましい口調で騒ぎたてている。

大嘗祭の御禊《ごけい》の日時が決められた日、義懐は正式に参議となった。

「これで次は中納言ですな」

「后がねがいないのが残念だ」

義懐の冗談に、惟成は、しかし、わずかに頬を緩ませただけだった。自分たちの時代がいつ終わるかも知れず、そのためには何としても早く、義懐に、内覧の宣旨《せんじ》が得られるような大臣になってほしかった。

「心配なのは御主上《おかみ》だ」

義懐は惟成に言った。

「弘徽殿の法事以来の出家熱も最近は醒めてきたのだが、今度は仏典に興味をお持ちになって、蔵人の道兼を相手に、しきりに法華経を読んでおられる」

「良いことではありませぬか。頭殿《とうどの》にだって、昔、そのようなことがございました」

惟成は笑った。死んだ兄少将と同じように法華経が読みたいと、義懐が惟成に頼んだのは、もう十年も昔の話だ。しかし、言われた義懐は心外な顔をした。

「笑い事ではない。麿と違って、御主上《おかみ》はその気になると何をなさるかわからぬ御性分だから心配しているのだ。突然、法皇になりたいなどと仰せになったら、弁だって慌てるであろう」

「大丈夫ですよ。いつもの癖で、大嘗会が終わる頃には、きっと別の事に夢中になっておられますから」

なだめるように惟成は言った。


初斎院に入った済子は、ひと月も経たないうちに、もう野々宮入りをしなければならなかった。大嘗会の御禊が一カ月後に控えているので急がれたのである。

その日、前回にも増して華やかな、そして密やかな行列が組まれた。斎宮の輿《こし》は二日前から準備され、それを担ぐ駕輿丁《かよちょう》も四十人が用意された。勅使の大納言朝光は、浅紫の袍に螺鈿《らでん》の剣を佩《は》き、陽明門外で、唐尾《からお》を結んだ倭鞍《やまとぐら》の馬にまたがった。中納言以下の参議殿上人が十数人、それに糸毛車の女官や乳母が随《したが》い、今まさに暮れようとする大路を、赤々と燭をかざしながら禊所《みそぎところ》に向かった。

河原には前回と同じく、禊幄《けいあく》と官幄《かんあく》のふたつの幕屋が建てられ、寒い川風をうけてバタバタと音をたてていた。済子は再び神祇官の宮主《みやぬし》に操られるように足を踏み出し、この二度目の禊を終えようとしていた。ところが、ここに奇怪な出来事が起こった。

闇に呑まれようとしている川向こうの堤の上に、ちらちらと風に揺れる炎の列が見えたのである。怪しく思い、警護の者を遣って調べさせると、葬送の火だという。河原に死骸を捨てに来たものか、あるいは八坂、鳥辺野《とりべの》方面に運ぶ途中であったのか、ともかくそれを聞いた神祇官たちは一様に色を失った。ことさらに死の穢れを忌む伊勢斎宮の禊所の前で、こともあろうに葬送が行われていたのである。宮主は、この御禊《ごけい》は即刻とりやめ、河原の再点地をした上でやり直さなければならないと主張した。

「野々宮入りを延期するというのか」

官幄にいた朝光は、参議になったばかりの義懐を窺《うかが》うように見た。

「大嘗会の御禊が控えています。このまま続行いたしましょう」

そう答えたのは惟成だった。

「あれは葬送ではない。北白河から見物に来た物見車の松明《たいまつ》だ」

義懐も賛成した。

誰もが不吉な思いを抱きながらも、型通りに禊を済ませ、再び斎宮を乗せた輿は、今度は一条大路を西に向かった。そして、はるばると、太秦《うずまさ》から大覚寺を抜け、有栖《ありす》川の瀬音が響く嵯峨の野々宮に着いた頃は、もう亥《い》の刻に近かった。

あたりは月もない一面の闇である。遠い風音にあわせるかのように、松明《たいまつ》の炎がバサバサと音をたてて細くちぎれ飛んだ。その揺れ動く炎に照らされ、まだ造営途中の野々宮が寒々しい骨格をみせていた。だが、済子は周囲に目を配る余裕もなく、急造の粗末な寝殿に案内されると、すぐに冷たい茵《しとね》に身を横たえた。几帳《きちょう》を隔てて、さすがに緊張で顔をこわばらせた宰相の君が、あれこれと明朝の仕度を整えていた。

「とうとう、お姉さまと同じところに来たのね」

「さびしい場所ですこと」

「潔斎するのですから、近くに知り合いがいても困りますわ。でも、こうして耳を澄ませると、何処からか川の瀬音が聞こえてきます。中河のお屋敷と同じように……」

「伊勢にも五十鈴《いすず》川があります」

「そうだったわね」

来年の今頃はいよいよ伊勢へ群行することになる。川から川へと、済子は、生まれながらに自分が伊勢大神に呼ばれているような気がして、寝つけぬままに、野々宮での心もとない最初の夜を過ごした。

だが、わずかその二日後に、造営の遅れに起因する不祥事が勃発した。河原から野々宮まで随行してきた武官たちも銘々《めいめい》禄を賜わって帰洛してしまった、そのちょっとした隙《すき》をついて、夜中に数人の賊が侵入したのである。小柴垣を廻らしていても衛士《えじ》がいるわけではなく、賊は造作なく野々宮の奥まで入り込むと、寝ていた侍女の衣装を剥ぎ取り、まだ唐櫃に入ったままの銀盞《せん》や銀鍋子《かし》などの調度類を奪い取った。

「ひえっ！」「きやぁア」という叫び声で目を覚ました済子は、耳を押さえたまま、傍らに臥せた宰相の君にすがりついた。

「大丈夫でございますよ。こんな時は却って落ち着いていた方が危害を受けなくて済むという話です」

そう言う宰相の君も小刻みに膝を震わせていたが、幸い、寝殿の奥までは押し入ってこなかった。

野々宮に盗賊が入るなど前代未聞のことであった。知らせが届くと、ただちに検非違使が遣わされ、さすがの惟成も、すぐに二名の滝口に警護の公役を命じた。そのひとりが平致光だったのは、伊勢出身というより、彼が平五大夫の弟であることを思い出したからであった。

五　大嘗祭《だいじょうさい》

「いまや都中で《田薙《な》ぎの弁》と評判だそうだが」

久々に池亭を訪れた惟成《これしげ》に酒をさしながら、保胤《やすたね》は愉快そうに笑った。

惟成はこの秋、禁内裏の田をはじめ、西の京や朱雀門周辺など、洛内で作られていた田の稲をすべて強引に役人に刈り取らせてしまった。式には《京中ニ水田ヲ営ムヲ許サズ》と定められ、わずかに湿地等に水葱《なぎ》、芹、蓮の類いを植えることだけが認められていたが、いつか有名無実化し、あちこちで稲穂が風に揺らいでいた。そこで惟成は厳格に式の規制を適用してみせたのであった。

「決められたことは守らねばなりません」

「律《りつ》の遵守を人民に示したわけだ」

「あれは内記殿に教えられたのですよ」

「麿が？」

「『池亭記』にあったではありませんか。『鴨河の西はただ崇親院《すしんいん》の田を耕すことのみを免じ、自余はみな悉《ことごと》く禁断する』あれから思いついたまでです」

「言うのとやるのでは違う」

保胤は苦笑して盃をあおった。

「ご指摘は間違っておりません」

惟成は保胤の詩賦に心酔していた。取り繕った美辞麗句の隙間から、何気なく、世を慷慨《こうがい》する本音をぽたりと滴《したた》らせる。保胤はそこの兼ね合いがうまかった。あの《封事《ふうじ》の詔書》で関白頼忠を怒らせたのもそれだった。

「まあ、麿も在国から《ありありの主》と呼ばれる身で、あまり他人《ひと》のことを笑えないけれどな」

保胤は盃を置いて顔を上げた。

「実は、今日、わざわざ惟成の弁に来ていただいたのは、ほかでもない、例の『往生要集』のことです」

「遺憾なことにいまだ拝読出来ずにおります。盛んに書写され読み回されていると聞きますが、なかなか手に入らず……」

念仏とは縁遠くなり、惟成は、これまで、直接源信の話を聞く機会もなかった。

「それはいいのだ。あの書のおかげで叡山でも勧学会だけでは物足りないと言う念仏僧が増《ふ》えてきた。だが、僧都はもっと遠大な計画をお持ちでな」

保胤は熱い口調で言った。

「僧都は、この国ばかりか、宋の衆生とまで、この書を通じて往生極楽の縁を結びたいとおっしゃっておる。そのため、この暮れにでも自ら鎮西《ちんぜい》に赴いて、宋船の商人に『往生要集』を託したいとお考えなのだ。山陽道《かげとものみち》を行脚《あんぎゃ》なさるおつもりらしいが、ひとつ、弁の力で官船に便乗させてもらえないだろうか」

そう言って保胤は深く頭をさげた。

「内記殿のお頼みとあれば、自分の出来ることに努力は惜しみますまい。早速、那津《なのつ》に行く船の予定を調べましょう」

「有難い。実際、麿は、言葉だけで何の役にも立たぬ《ありありの主》だからな。それにしても、式太も偉くなったものだ」

保胤は惟成を《字《あざな》》で呼んだ。

「御新政を否定するつもりは毛頭ないのだが、道真《みちざね》公の例をみるまでもなく、儒者はいつだって君王に裏切られるものだ。今や関白殿さえ凌ぐ勢いだが、惟成の弁は一体何を目指しておいでなのか。そんなに夢中で駆け出して、いまに転ぶのではないかと心配している」

「たかが乳母子風情《ふぜい》が天下の施策を牛耳っていると陰口叩かれていることは承知しています。

ただ、自分はいま、まるで御来迎《ごらいごう》のような僥倖《ぎようこう》の光に包まれているのを感じます。御主上《おかみ》に頂いたこの千載一遇の好機を、黙って見逃すわけにはいきますまい」

言いながら、惟成は、築山《つきやま》の松から池ぎわの阿弥陀堂に目を移した。遅かれ早かれ保胤は出家するのであろう。それが内記の定められた道だ。そして、自分は今、政務《まつりごと》の首尾に齷齪《あくせく》する日々を送っている。面白くないわけではない。摂関家とは縁のない、たかだか五位の左中弁が、関白なみに政策を操る。それは充分に彼の自負心を満足させた。そんな偶然とも呼べる機会は今後二度と訪れることがあるまいと、惟成は思う。

「自分には失うべき富も名もございませんから」

阿弥陀堂の屋根に烏《からす》がとまっていた。

大嘗祭の御禊《ごけい》の行列は、午の刻に内裏を出発、関白頼忠の息女諟子《しし》を女御代《にようごだい》とし、左大臣雅信以下がそれに随った。御禊を宰領する節下の大臣には兼家がなり、沿道や河原にはどこも物見車が詰めかけ、当然のことながら、夕闇にまぎれた斎宮の御禊とは比べものにならなかった。

そして十一月二十日、大極殿で大嘗祭が行われた。天皇が即位後に初めて行う新嘗祭《にいなめさい》のことであるが、一代一度の大祭として、実質的には践祚と同じ意味をもっていた。その春に卜定された国の悠紀田《ゆきでん》・主基田《すきでん》で獲れた稲を神に献じ、その神饌を天皇が神とともに召し上がるという儀式である。さすがの主上も神妙に神祇官にしたがって、無事、この数日に及ぶ大役を果たした。

「これでひと安心ですな」

「また即位式の時のようなことがあるかとハラハラしていたが」

義懐と惟成はどちらからともなく顔を見合わせて笑った。

十二月になると為平親王の息女婉子《えんし》が入内して女御となった。母は源高明の娘で、美貌を聞き及んだ主上が、連日、文を遣わして口説いたのである。安和の変以来、参内を差し止められていた為平親王に昇殿が許されたのは入内の二日後で、婉子は我が身以上にそれを喜んだ。だが、まだ十四歳の女王《みこ》の気品にあふれた美しさも、あの、痩せ細った忯子《しし》の、大きく見開かれた目を、主上に忘れさせるものではなかった。

「産をしそこなって死んだ女は六年間、地獄に堕《お》ちると書いてあります」

主上が忯子の文を見ながら思いにひたっている時であった。五位蔵人の道兼が、延暦《えんりやく》に書かれた『日本国現報善悪霊異記《りよういき》』を開いてみせた。

「夫の藤原広足《ひろたり》という男がそのために閻魔の庁に呼び出され、法華経を書写して妻の苦を救おうとする話が書かれています」

「朕が写経をすれば弘徽殿の苦が救えると申すか」

「写経は悪いことではございませぬ」

「ならばしよう」

「山科《やましな》にある元慶寺《がんけいじ》の厳久阿闍梨《げんきゆうあじやり》が懇意なので頼んでさしあげましょう」

道兼は惟成の次席であったが、これまで朝議の請印事務をこなすだけで、特に政務に口をはさむことはなかった。ただ、父の大臣《おとど》に主上周辺の動きを逐次《ちくじ》報告するように求められており、そこから兼家は、義懐や惟成の動きを事前に知ることが出来た。

「厳久ならよいな」

話を聞いた兼家は頬を緩めた。

元慶寺は土地の名から花山寺《かざんじ》とも呼ばれ、厳久阿闍梨は、女御詮子《せんし》の愛顧をうけていた縁で、兼家の一族とも親しくしていた。道兼の要請をうけた厳久は、数日後、写経の用具一式を携え、迎えの車で参内した。

「まず塗香《ずこう》で身口意《しんくに》の三業《さんごう》を浄めてから行いますのじゃ」

いかにも好々爺《こうこうや》といった丸顔の厳久は、そう言って、主上の手と口に薄茶色の抹香をつけ、黄櫨染《こうろぜん》の袍の胸にも手で押しあてた。

「黙想し、合掌してから筆を御取りいただきます。何度か書いてみたら、そのうち女御の消息の紙背《しはい》を用いますから、それまでに、お持ちの文をすべて御用意くだされ」

病床にあった女御のたどたどしい手跡を思い出して、主上は目に涙をうかべた。

「すぐに朕が救い出してやるぞ」

いざ始めると夢中になる御性分である。塗りつけられた香は、たちまち、新たな墨の匂いに掻き消されてしまった。


大嘗祭のある年は、ひと月遅れて賀茂の臨時祭が行われる。祭使の一行が上下の賀茂社に遣わされ、舞殿で駿河舞などを舞い、鳥居の外で馬を走らせる神事である。そのため、前日に清涼殿で主上は東遊《あずま》びや神楽などの試楽《しがく》や馬を御覧になったのだが、無類の馬好きで、その日見た馬のことが頭から離れなくなった。

祭の当日は、庭上で歌舞を御覧になった後に一行を送り出すしきたりだった。ところが、突然、

「馬も見たい」と主上が言い出した。

「祭使たちが待っております。刻限を過ごさぬうちに大路を渡った方がよろしいかと存じますが……」

「手間は取らせまいぞ。そうだ、後涼殿《こうろうでん》の馬道《めどう》を通って朝餉間《あさがれいのま》の庭に引き出せばよいではない

か。む、それがよい」

祭使の右馬頭高遠《たかとう》が渋い顔をするのもかまわず、主上は思いつきを押し通した。

「連れてきたか。うむ、この馬だ。いい馬であろうが。だれか乗ってみよ」

乗るといっても狭い坪庭である。仕方なく殿上人が二人、形ばかり乗って見せ「なるほど、まことに良い馬でございます」と、馬の首を叩いてみせた。

「よし、朕も乗るぞ」

さすがに周囲の者は慌てて、何とかお止め申そうとしたものの、互いに顔を見合わせ、尻ごみをしていた。その時、

「やあ、これはいい馬だ」

突然、大きな明るい声が響いて、義懐《よしちか》が前に進み出てきた。

その声に驚いた主上は、義懐だと知ると思わず顔を赤くした。何か言われると思ったのである。ところが、

「さすが、御目が高くていらっしゃる。この馬なら誰だって乗りたくなりますな」

思いがけない義懐の笑顔に、主上は瞬間あっけにとられたが、

「そうであろ」と掠《かす》れ声で答えた。

「ひとつ、この義懐が乗せていただきましょうか。さあ、おどきください」

義懐は下襲《したがさね》の裾を石帯《せきたい》に挟むと、軽々と馬に飛び乗り、諾足《だくあし》させながら器用に坪庭の中を乗り回した。

「やや、これは面白い。いい馬だ」

「そうであろ、な、そうであろ」

主上もほっとした顔で笑い、手をたたいて無邪気に喜んだ。

だが、下馬した義懐の顔からは、もう笑みが消えていた。彼は馬をもとの場所に引き戻させると、「もはや刻限にございます」と言い残して自分の座に戻った。

「わかっておる」

それでも主上はうれしそうだった。

「いくら戚里《せきり》の臣とはいえ、中将どのも苦労なさるな」

見ていた誰もがそう感じた。

その臨時祭から十日ほどした、十二月二十七日、義懐は従二位権中納言に昇進した。

六　出家

寛和二年正月、三十歳になった権中納言義懐は、仗座の序列でも重臣に肩を並べ、既にいくつかの御新政と称する太政官符を出させたこともあって、どことなく公卿としての風格が備わってきた。

その一方、関白頼忠は、正月早々、相変わらず不機嫌な顔で参内した。氏寺興福寺の所領である備前国の鹿田《かだ》ノ荘をめぐって、国司藤原理兼《まさかね》と寺との間で訴訟騒ぎが持ち上がっていた。興福寺南円堂の法華《ほっけ》会《え》料七十余石、長講会料五十石など、以前から寺に充てられていた荘の地子に対して、理兼《まさかね》が検察を行い、剥奪してしまったのである。

これもあの惟成の弁が荘園停止令なぞ出したりするからだと、ぶつぶつ言いながら清涼殿の沓脱《くつぬ》ぎで腰を屈《かが》めた時、当の惟成が、突然、息をはずませて目の前にあらわれた。

「なんだ、その頭は！」

思わず頼忠は怒鳴った。惟成の頭に冠がなく露頂《ろちょう》していたからである。

「無礼ではないか。日ごろ令《りょう》に厳格である御仁の振る舞いとは思われぬ」

「これは御主上《おかみ》が……」

あわてて両手で頭を覆った惟成は、今度は慌ただしく殿上に駆け戻った。その後から足音も荒く頼忠が廂の間に出てみると、主上が笑い声を上げながら、逃げ回る殿上人を追いかけていた。背後から飛びかかって巾子《こじ》を掴み、冠を毟《むし》り取るように引き剥《は》がしては、庭に投げ捨ててしまうのである。奪われた者が頭に手をあてたまま、あわてて庭に駆け下りて拾う姿が面白いと言って、手を叩いて笑った。頼忠は眉をしかめた。

「関白さまが怒っておいでです」

主殿司《とのもづかさ》に拾わせた皺だらけの冠を髪に留めながら惟成が跪《ひざまず》いて主上に忠告した。

「この惟成も今、叱られました」

「惟成が叱られたのか。ならば今後は惟成の冠は取るまい」

そう言いながら、今度は北廊からやってきた蔵人にさりげなく近づいていった。

頼忠はもう見ぬふりをして、傍らの惟成に目を移した。

「諫言《かんげん》いたすのが近臣の勤めである。このようなだらしない格好を殿上で晒していては、百官に示しがつきますまい。詔勅や官符は、同時に、それを出した我々の行状をも縛るのですぞ」

頼忠はこの時とばかりに惟成を詰《なじ》った。非はもちろん主上にあるのだが、英断だ、名君だと、惟成が都合よく阿《おもね》るものだから、主上がますます増長なさるのだと頼忠は考えていた。興福寺の荘園問題に頭を痛めている頼忠にしてみれば、惟成の儒学者面《づら》は、何としても鼻持ちならなかった。

舅《しゅうと》の満仲が摂津在住のため、惟成《これしげ》は月に数度冷泉《れいぜい》小路を訪れるだけで、あとは殆ど新たに借りた左衛門町の自邸にいた。小萩は相変わらず北辺の屋敷で母と暮らしており、たまに消息を遣っても返事は母からのみで、彼女のものは無かった。

その母が、七日に行われた白馬節会《あおうまのせちえ》を観に来た帰り、久々に惟成のもとを訪れた。

「いつも忙しそうじゃのう」

話の最中も、絶えず従者が出居の間に首を出しては惟成の指示を仰いでいた。

「小萩どのがな」

母は従者が去るのを見計らって言った。

「貴船に参詣《さんけい》しておるのじゃ」

「あれとは、もう」

「まあ、聞きなされ。世間では、惟成は富裕な満仲の婿になるために、糟糠《そうこう》の妻を捨てたともっぱらの噂じゃ。厭でも耳に入る……あれが申すにはな、他に好きな女が出来たのなら仕方がない、諦めてたまの訪れを待つことも出来ましょう。ただ、『自分にはまだ正式な室がない』と広言したこと、小萩はそれが許せぬと言うのじゃ。それじゃあ、これまでの妾《わたし》は一体何だったのかと、泣いて母に訴えましたぞ」

それを言われると惟成も面目なかった。

「秋口になると、突然、貴船の夜参りに出掛けると言い出しましてな。わけを聞くと、明神さまに『憎い惟成に祟《たた》ってください』と祈願しに行くのだと、澄ました顔で母に言うのじゃ」

「ひどい女だ」

「ただ命を奪うのでは物足りない。『乞食にして世間の笑いものにさせて、じわじわと苦しめてやりたい』と、そう申すのじゃ」

母はうれしそうな顔で、まるで自分も一緒に夜参りしたいような口ぶりだった。

惟成は宮中でも女たちから非難の業火を浴びていた。日頃、聖帝は倹約を好み奢侈《しゃし》を戒めるものだと諭《さと》された主上が、昨秋、突然、女房以下の女官に袴の着用を禁ずると言い出したのである。当然、女たちからは背後にいる惟成に不満の声が上がり、間に立った義懐が、せめて絹の袴を禁止するに止《とど》めたら如何《いかが》かと奏上したことがあった。

「宮中にいても家にいても、四面楚歌ですな。せめて母御だけでもこの惟成を愛《いと》おしんでくだされ」

「今の惟成はもう母の子ではない。これまで骨身を削って尽くしてきた小萩を、まるで下婢なんぞのように扱ったりしたら、母だって許しませんぞ。小萩は、百日、貴船に詣でると言っておる。あの女《ひと》は、必ずそれをやり遂げますよ。女の情というものを軽んじてはなりません」

百日も「乞食になれ」と祈り続けられるのではかなわないと、さすがに惟成もうんざりしたが、その一方で、いっそ全部投げ捨て、乞食坊主にでもなって無一物の暮らしをするのも悪くないと思った。

「母も今はもう後世《ごせ》のことしか考えておりませぬ。早く尼になって、心穏やかに御仏《みほとけ》にお仕えしながら終えたいと、そればかり毎日願っておるのです」

目尻に深い皺を刻んで微笑む母の髪に、幾筋も白いものが目立った。

「小萩を怒ってはなりませんぞ。あれは、お前が乞食になれば、また自分のもとに戻ってくると思っているのですよ」

母はそう言い残して帰った。

遠ざかる牛車の音を聞きながら、惟成は、小萩が髪を売って飯に換えてきた、あの夜の燃えるような目の輝きを思い出していた。

一品宮《いっぽんのみや》資子内親王が落飾されたのは正月十三日のことであった。宮中で最も円融院に慕われていた姉君で、昨秋、院が病を得て落飾し、仁和寺内に建てられた円融寺に遷御されたことがきっかけになった。

出家する者が後を絶たなかった。最近は、愛する者の死を悲しみ、その菩提を弔うために得度《とくど》する、いわゆる厭世による出家が増えていた。《欣求《ごんぐ》浄土》の願いは、かつての空也上人の行跡や和讃とともに広まり、民衆の死生観や日々の生活に大きな影響を及ぼすようになっていた。そうした中、ようやく世間に流布《るふ》し始めた《往生要集》に描かれる地獄で苦悶する亡者の有様は、読む者聞く者を戦慄させずにおかなかった。

その頃、当の源信僧都は、官船の便宜を得て鎮西の那津《なのつ》に渡り、筑前を皮切りに西海道の諸州を行脚して回ったが、やがて、宋の商船が入港したという噂を聞いて、弟子と共に肥前松浦《まつら》の壁島《かべじま》を訪れた。

遣唐使の廃止後も朝廷の許可を得て海を渡る僧はいたが、今回源信は渡航でなく、天台山のある台州の僧周文徳《しゅうぶんとく》あてに、自著《往生要集》を届けてもらう目的で来たのである。宋船は日本での取引を終えると、春の北東風に乗って、その台州の北にある浙江《せっこう》省杭州に向かって出航することになっていた。

源信は用意した砂金や女装束を片言の和語を弄する船頭に与え、身振りや文字を交えながら、《往生要集》三巻を始め、保胤の《往生極楽記》などを台州に届けてくれるように頼んだ。同時に託した書簡の中で源信は、周文徳に、かつて最澄《さいちょう》も訪れた天台山の根本道場、国清寺《こくせいじ》にこれを奉納していただきたいと依頼していた。

源信僧都は宋船が帰帆するまで、なお数日、港に留まっていた。浜に出て、遠くの岬を越えて吹き来る冷たい春風を受けながら、僧都は目の前の海に向かって手を合わせた。海の向こうに大宋国、そしてそのはるか彼方には天竺があった。

その春の勧学会《かんがくえ》は開かれなかった。年に二回の趣味的な集会より、もっと回数の多い念仏三昧の結社を立ち上げるべきだという僧たちの動きが、横川飯室《よかわいむろ》の安楽谷で具体的な形をなしつつあった。その動きは保胤の背をポンと押したようであった。

「おかげで、愚息も冠《こうぶり》を得て妻を持つ身になりましたのでな」

源信の鎮西行きに尽力してくれた礼方々《かたがた》惟成邸を訪れた保胤は、照れたように出家の意図を告げた。

「出家して横川に入ります」

決然とした保胤の口調であった。

「横川首楞厳院《しゅりょうごんいん》で、月毎に不断念仏を修するため二十五人の僧が結衆している。その結縁衆には源信僧都も加わっていると聞きます。勧学会のような風月詩酒の趣向はなく、それこそ専修念仏の三昧会《ざんまいえ》だ。発願によれば『臨終正念』、つまり、末期の病者に念仏による極楽往生を遂げさせるため、結縁衆で互いに看病し援け合うことが目的だと言う」

「確か『往生要集』にも『臨終行儀』ということが説かれてありましたな」

惟成も既にその抄録を手に入れ、壁際の経机の座右に置いてあった。

「遅きに失した感もあるが、行住坐臥《ぎょうじゅうざが》弥陀を念ずる、そんな心の洗われるような生き方をしたい」

「お引き止めいたしますまい」

惟成はまるで我がことのように晴れ晴れとした表情で言った。

四月二十二日、大内記従五位下慶滋保胤《よししげのやすたね》が官を辞して出家、五十二歳であった。彼はそのまま横川に身を隠し、恵心院の源信僧都を師として受戒し、寂心と名のった。世間はそんな彼を《内記の聖《ひじり》》と呼んだ。


三月末に、法皇は、東大寺で正式な僧侶の資格である具足戒を授けられて円融寺に還御されたが、同じ頃、左馬権助藤原邦明が、さらには大納言朝光の息で侍従の藤原相中《まさなか》が相次いで出家して叡山に入った。

「相中《まさなか》が？……」

主上は写経の手を止めて道兼を見た。

「十日ほど前に落飾したとか。何故か、今年は出家する者が多いようです」

道兼はそう言って、傍らの厳久阿闍梨を振り返った。

「庶民の間でもそうだとか」

「さよう。それまで念仏踊りなぞをしておった爺さんが、突然、出家させてくれと、粗末な布施《ふせ》を手に寺に転がり込んできたりしますな。出家随分の功徳《くどく》と申しまして、それぞれ身分に応じた果報がありますが、例えどのような新発意《しぼち》であれ、阿弥陀様は祝福し、加護なさってくださいます」

「下賤の者でもそうなら、朕が出家すればその功徳は計り知れまいな」

「勿論ですとも。まして陛下はまだ御若くてあらせられるゆえ、今から修行をお積みなされば、この先、必定《ひつじょう》、名のある大法皇になられますぞ」

「朕のことはどうでもよい。その出家の功徳で弘徽殿が地獄から救われるか」

「出家された陛下の御修行によって供養されるのでございます」

厳久は厳粛な面持ちで言った。さらに道兼が感極まった声で続けた。

「冥途の女御もさぞかしお喜びなさるでしょう。その時は麿も髪をおろしてお供いたしますので、ぜひ陛下の弟子にしてください。何処までも御修行についてまいります」

道兼は袖に目を押しあてたまま平伏した。

《禁破銭法》にもかかわらず、含有銅の少ない新貨の下落は止まず、物価は高騰を続けていた。銭貨流通の祈祷まで行わせたが、肝心のその寺社が旧貨を破銭して燈籠や銅鐸に作り変えている有様だった。惟成は、やむなく、物価統制令である《京中沽売法《けいちゅうこばいほう》》の実施を検討した。

三月末の仗議《じょうぎ》でやっと《沽売法》が決められ、惟成が、施行のための官符や公定価格の準備に追われていた時である。

「出家ですと？」

太政官庁の朝所《あいたんどころ》に呼び出された惟成は、思わず眉根を寄せて義懐に聞き糺《ただ》した。

「『出家して弘徽殿の菩提を弔いたい』とおっしゃるのだ」

「今回は珍しく長く写経を続けておられると思っておりましたが、まさか出家とは……誰か使嗾《しそう》した者がおりますな」

「侍従の相中《まさなか》や大内記保胤の噂が叡聞に達したのであろう。『畏《かしこ》くも天子様がそう簡単に出家など出来る筈がございませぬ』と諫言《かんげん》申したが、どうも、円融院法皇のような修行生活に憧れておられるようだ」

最近は御新政にも飽き、ふた言目には「何か面白いことはないか」と惟成に仰せになるので、紫宸殿前に馬寮から御馬を引き出して御覧に入れたばかりである。

「ともかく何をなさるかわからぬお方だから、互いに目を離さぬようにしなければならぬ」

義懐は声を潜めてそう告げると、渋面を崩さぬまま、惟成を仕事に戻した。

だが、惟成は、歩きながら嫌な予感がしていた。相中《まさなか》が叡山で出家した翌日、宮中で、皇太子懐仁《かねひと》親王と主上との初めての御対面の儀式が行われた。当然、七歳の親王には、外祖父の右大臣兼家も同伴した。その禁闈《きんい》の席でどのような会話がなされたのか、仔細《しさい》はわからぬものの、兼家のことだ、東宮を褒《ほ》めちぎる一方で「これでいつ譲位されても御安心ですな」くらいのことは言ったかも知れない。

「いずれにしろ、中納言殿の言われる通り、警戒を怠らぬことだ」

それからは惟成も主上に近侍するように努めたが、《沽売法》の施行のみならず、地方では《荘園整理令》による国司と荘司との税の奪い合いが深刻の度を増していて、彼はその対応にも頭を痛めねばならなかった。

備前国鹿田荘《かだのしょう》の混乱は、国司理兼《まさかね》と荘の預り下野守貞《しもつけのもりさだ》との争いにまで発展し、二月の末、とうとう理兼《まさかね》は数百の兵を集めて荘内に乱入すると、守貞の居宅を始めとして寄人《よりうど》の三百余軒を焼き払い、地子米や家財を略奪してしまった。興福寺側の訴えを受けた朝廷は、すぐに、検非違使の左衛門大尉藤原為長を、配下の少志《しょうさかん》や看督長《かどのおさ》たちと共に現地に派遣し、犯人の検挙にあたらせた。ところがどうした手違いからか、その当の為長たちが、事もあろうに鹿田荘から地《じ》子米《しまい》二千余石を強引に徴収し、都に運上しようとしているとの報告が入ってきた。

「荘の損亡《そんもう》は計り知れません」

興福寺から泣きつかれた氏の長者関白頼忠は烈火のごとく怒り、閑院大臣以来百年以上も続いた藤氏の歴史を踏みにじられたと、ついに事は叡聞に達した。

四月二十八日、朝は晴れていたのに、昼頃からにわかに黒雲が厚くなり、突然、小石のような雹《ひょう》が降り始めた。惟成は憂鬱な気分で軒伝いに左近の陣に向かった。五条の父が急な病に倒れたとの報が入ったが、急遽《きゅうきょ》、仗議が開かれたのである。

その結果、新たな使者を派遣し、為長の運上物を差し止めよとの厳命が下った。それを受け、惟成は、早速太政官から左少史曰佐《いわさ》政文《まさふみ》以下史生や官掌たちを現地に遣わし、為長が徴取した地子米を差し押さえるとともに、改めて備前国司理兼《まさかね》と放火犯の取り調べをさせることにした。

「備前だけの事ではあるまい」

以前に在国から指摘された通り、各地の郡司や土豪からの訴状が絶えず、尾張にいる叔父の元命《もとなが》からも、百姓たちとの折衝が容易ではないとの報告を受けていた。

「今が大事なのだ」

銭価にせよ荘園にせよ、惟成は、四面に楚歌を聞く思いだった。重篤となった父雅材《まさき》が末期《まつご》に得度し、持仏の阿弥陀の指と糸でつながれたまま往生を遂げたのは、軒に菖蒲《あやめ》葺《ふ》く頃であった。

七　壺

野々宮は秋の群行《ぐんこう》が終わるとすぐにとり壊される一年ほどの在所である。伊勢大神を遥拝するための小さな萱葺《かやぶ》きの本殿があり、それに隣接して斎宮や女房たちが暮らす寝殿が建てられていた。そのほか、神祇官や舎人たちの住む板屋や神饌を煮炊きする火屋《ひや》など、小柴垣に囲まれた狭い敷地の此処《ここ》彼処《かしこ》に、大小の建物が密集していた。

《経》を《染紙《そめがみ》》と言い換えるほど仏教を毛嫌いする神祇官たちも、禁垣の中では安心した顔つきで、髭をなでながらゆったりと廊を行き来していた。ただ、盗賊どもは禁垣など平気で打ち破るから、正面の黒塗りの鳥居の傍らにある宿衛所には、いつも滝口と衛門府の衛士たちが詰めていた。

致光《むねみつ》は年が明けるまでそこで警護の任に就いていた。何しろ、野々宮入りしてわずか二日目に身ぐるみ剥がされたのだから、女房たちが、武装した滝口に厚い信頼を寄せるのは当然であった。神饌《しんせん》用に官から給付された鮑《あわび》や鰹《かつお》、酒までも宿衛所に届けられ、武官たちは神様以上に頼りにされていた。

致光は北嵯峨の山に入っては自慢の剛弓で鹿や山鳥を射て野々宮に持ち帰った。寺と違って肉は喜ばれ、致光にしてみても慮外の面白い公役であった。伊勢の多気《たけ》にある斎宮寮との連絡で何度か往復したほか、それほどの任務もないまま、大嘗祭の噂を遠いものと聞くうちに、やがて年が明けた。

「交代の者が参りますし、もうあのような災難は無いと思いますので」

新年の節会《せちえ》のため、御所の警護に戻らなければならなくなった致光は、努めて明るい口調で宰相《さいしょう》の君に言った。

「今度はいつ」

「わかりませぬ。出来れば、賀茂の祭りが終わった頃、糸所《いとどころ》から大きな薬玉《くすだま》を預《あず》かってまいりましょう」

「あてにして待っておりますわ」

口元に袖をあてて笑うと、宰相の君は章明《のりあきら》親王あての文をことづけた。あの夜盗難に会った銀器の類いはすべて官から補充されたという連絡である。群行後野々宮が解体されると、垣や家屋は神祇官中臣に、寝殿内の調度などは忌部《いんべ》に下賜《かし》されるが、金銀の器や釜の類は斎宮の親王家に納められる。《御心配なさいませぬよう》と、宰相の君は事後の処理についても官とかけあってくれていた。

「話しているときは、それはもう、おだやかな武者でございますけれども、ふとした時にとても恐い目をなさいます」

済子の髪に木綿《ゆう》の蔓《かずら》をつけながら、宰相の君は滝口の様子を語って聞かせた。

「名は何というの」

「平氏《へいじ》の致光《むねみつ》とか」

やはりあの男だと済子は思った。禊《みそぎ》の帰り、糸毛車に揺られながら聞いた、あの時の滝口の「はっ」という重く太い声が、耳の底深くに甦《よみがえ》った。

「でも、ああしてすぐに都に帰ることの出来る殿方はいいですわ。大きな声では申せませんが、このまま斎所《いつきどころ》で神さびた老女になると思うと、たまらなくなります」

ため息まじりに宰相の君が言った。

「斎宮になると死ぬまで寺詣でに出掛けることも出来ないのかしら」

「伊勢においでの間は勿論でございましょうけど、その後のことは……」

「今上《きんじょう》の御代《みよ》永《なが》かれとお祈りするのが務めなのでしょうけれど、十年《ととせ》過ぎても伊勢にいることなんて考えられないわ。やっと都に戻る頃にはもう三十路《みそじ》になっているのよ」

済子は白い装束に身をつつむと、用意された麻の幣帛《みてぐら》を手に、神官の待つ主殿に渡っていった。そこで大神を遥拝し、朝夕の神饌をともにするのである。

「十年《ととせ》だなんて……」

残された衣類を畳みながら、宰相の君は深いため息をついた。彼女は、遠戚に参議がいるので宰相の君と呼ばれるが、管弦でも和歌でも、特に何かに秀でて女房に選ばれたわけではない。ただ小太りで男好きのする、凡庸な押しの強い女だった。


濃さを増した緑の樹陰に杜鵑《ほととぎす》が鳴きしきる季節になって、四カ月ぶりに、致光《むねみつ》が野々宮の公役に戻ってきた。

「これを斎宮さまに」

致光は御所から預かってきた端午の薬玉《くすだま》とともに、艶やかなふたつの小壺を宰相の君に手渡した。

「これは？」

「香壺《こうご》でございます。ここに来る前に益田《ますだ》に寄って手に入れてまいりました」

「このような珍しいものを……」

「益田荘は東が海ですから、魚や鮑のほかにも、色々なものが、海を渡ってやってくるのでございますよ」

致光は白い歯をみせて笑った。

その言葉の意味もわからぬまま、ただ、若い男のまぶしさに、思わず宰相の君は目を伏せた。

「あなたにもこれを」

致光は黄楊櫛《つげぐし》を彼女の手に握らせると、寝殿の階《きざはし》から宿衛所に戻っていった。

彼は自分でもなぜそんなことをしたのかわからなかった。益田の館《やかた》で、兄の前に積まれた商品の中に輝く一対の小壺を見つけ、ふと興味を覚えて譲り受けたのだった。海の彼方から来たというその香壺は、どこか、小さな斎宮の姿を思わせた。

昨年の暮秋の禊で、寒い川風を受けてバタバタ震える幕屋から、神祇官に囲繞《いにょう》されて河原に出てきた斎宮の、白装束に包まれたあの清らかで小さな影。勿論、伏せた顔の見える筈はなかったが、その真珠のような王女《みこ》の姿がいつまでも致光の目に焼きついていた。だから、盗賊騒ぎで急遽《きゅうきょ》野々宮への公役を命じられた時も、勇猛な滝口として王女《みこ》を護《まも》ることが、あたかも天に与えられた使命の如く感じられたのであった。

「これを外《はず》す頃はもう群行ね」

薬玉を柱に掛けながら済子が言った。邪気を祓う薬玉は九月まで柱に飾るものだが、宮主《みやじ》は
これさえもいい顔をしなかった。

「この壺はどうするの？」

「端午の飾りではございませぬ。以前お話しした平氏の滝口が戻ってきて、姫様に献上した香《こう》
壺《ご》でございます」

「可愛いこと。青磁には梅が、白磁には鶴が浮き出ているわ」

「この国のものではないようなことを申しておりましたが……中臣《なかとみ》に聞かれるとまたうるさい
ですから、黙っておりましょう」

「呼んでおくれ」

「は？」

「その滝口に縁《えん》まで来るように言っておくれ。話が聞きたい」

「でも……」

「お前が簀子《すのこ》で相手をしてくれれば、御簾のこちらで聞いておりますす」

自分でも思いがけない言葉が済子の口をついて出た。あの時、何気なく耳にした滝口の《伊勢の海の》の歌は、あてどなく揺られながら、多気《たけ》の斎宮《いつきのみや》に運ばれていく自分を言いあてているようで胸に沁みた、その声を今一度聞いてみたいと思ったのである。

「益田の荘は伊勢にあるのですか」

簀子の上から宰相の君が声をかけた。

「伊勢というより、広い荘ですから、すぐ北はもう尾張です。ただ、荘内には《御厨《みくりや》》と呼ばれる斎宮寮の漁場があって、某《それがし》も渡会《わたらい》まで速贄《はやにえ》を運んだりしました」

致光は庭前に膝をついたまま、宰相の君を見上げて答えたが、当然、御簾の向こうに斎宮がいることは承知していた。恐らく、先日献上した船来の壺の礼なのだろうと、致光は漠然と考えていた。

「漁《すなど》りばかりでなく、志摩から熊野の沖伝いに遠く鎮西のほうまで出かける船がございまして、さしあげた香壺《こうご》もそうして手に入れたものでございます」

「きれいな壺でした」

宰相の君の言葉を耳に、済子は膝元のふたつの壺に目を落とした。

「白磁は宋という国、梅の青磁は高麗《こうらい》のものと聞いております。今度参りました時には香材をお持ちしましょう」

「伊勢とはどのようなところですか」

「某《それがし》は無学な滝口でございますから、知っているのは街道と宿駅ぐらいのもので……大神宮のある渡会《わたらい》の方は、冬も霜雪が少なく暖かだと聞きますが」

なんて馬鹿な答えをするのだと宰相の君は思った。天気の話なら下女だって出来る。

その時であった。

「釣りする海人の浮子《うけ》なりや……」と、かすかな声が御簾の向こうから洩れた。

致光は思わず唾を呑んで宰相の君を見た。宰相の君は膝をずらせて御簾に近寄ると、何やら済子と言葉をかわした。

「あなたが歌ったのを聞いたことがあると斎宮さまがおっしゃっています。『伊勢の海に』という古今集の歌を……」

「はっ、郷里の歌ゆえ、それくらいは諳《そら》んじておりますが」

致光は額に汗を浮かべた。あの時の惟成の弁とのやりとりを聞かれていたのだ。

「心ひとつを定めかねつる……」

また御簾の向こうからつぶやくような済子の声が聞こえた。

「ははっ」

致光は地面に両手をついて頭をさげた。何か大切な秘密を打ち明けられたような、甘美な思いに包まれた。それにしても、艶めかしい吐息のように弱々しい声であった。ゆっくりと顎を上げた致光は、御簾に向かって物問いたげな目を投げた。すると、それを断ち切る如く、宰相の君が用意してあったものを両手で取り上げた。

「これは壺の礼ということではなく、其方《そこ》の公役に対する下賜《かし》と心得てお受けなさい。女房装束ですけれど」

身を乗り出して、宰相の君が致光の肩に被《かず》けたのは、州浜に松の地摺りのある絹の白裳《はくも》であった。

「もう、こういうものを腰に着けることもなくなるでしょうから」

宰相の君は苦笑して言った。

済子の方からは、御簾越しに、立ち上がった致光の浅黒い顔が見えた。濃い髭が午後の陽を受けて輝き、背はそれほど高くはないが、どこか恐いような薄青い目をしていた。

「何か御用があればいつでも」

致光は宰相の君とも御簾ともつかぬあたりに頭を下げ、後退《あとしざ》ってから、薄く香の漂う白裳を作法通り首に巻いた。女の匂いがした。斎宮のご使用になられたものかも知れぬと思うと何故か胸が騒いだ。

「たまたま伊勢の歌だから知っていたというに過ぎませんでしょう」

その夜、五色の糸で薬玉に草花を取り付けながら、宰相の君は鼻で笑った。

「あんな滝口でなく、もっと風流な若い殿上人でも訪ねてくれたら、少しは此処の暮らしにも気が紛れるのですが」

「この地で歌合せをなさった斎宮女御も、昨年お亡くなりになりました」

斎宮女御と呼ばれた徽子《きし》女王が、娘の斎宮規子とともに野々宮で歌合せを催したことは、今でも世の語り草だった。

「歌合せなど、とても……」

糸を結んでいた宰相の君が振り返ると、済子は、ジジッと音を立てる炎や燭台にまつわる羽虫を見つめながら、放心した顔で、膝に乗せた青磁の壺を撫でていた。

「残された規子さまも病に臥しておられると聞いております」

そう言いながら宰相の君も手を休め、燭台に目をやった。

「これが高麗《こうらい》で、白磁は宋からと言っていましたね。出自の異なるふたつの壺がなぜ一緒になったのかしら、きっと、何か謂《いわ》れがあるのでしょうね」

済子は膝に目を落とした。

「別に盗賊の贓品《ぞうひん》ではなさそうですが」

宰相の君は蓬や糸を片付けると、今度は軒に葺く菖蒲の葉を束ね始めた。

あの滝口の重い声を聞いたのはこれで二度目だった。父親王《みこ》や神祇官たちとは違って、武官らしく自信に満ちた喋り方をする。どこか田舎なまりの言葉も、済子の耳には、新鮮なものに感じられた。ただ、御簾越しに見た男の目が気になった。恐らく、敵と戦う日々を繰り返す男たちはみな、あのような恐い目になるのだろう。恐いと言うより、相手の思いを撥ね返す青く冷ややかな目である。その、粗暴な滝口から、このような美しい香壺《こうご》を贈られたことは彼女にとっても意外だった。

《心ひとつを定めかねつる》と自分が口にした時、「ははっ」と庭にひれ伏した男の声がまだ耳に残っている。その野太い声に、まるで魂を掴《つか》まれたかのように胸が騒いだのは何故だったのだろう。彼女には初めての経験だったが、同時に、厳めしい髭面《ひげづら》の滝口が熊の如く自分の足元に這いつくばる姿は、想像しただけで小気味よかった。

《あの男の顔を思いきり踏みつけてやったらどんな気持ちだろう》

そう思った途端、体の芯から熱い火が噴き上げてきて、切なく恥ずかしい思いに身をつつまれた。

「何を赤くなっていらっしゃるのです」

宰相の君が怪訝《けげん》な顔で言った。

八　闇

五月十八日、一代一度の大仁王会《だいにおうえ》が宮中を始め五畿七道の諸国で催された。激しい雨の中を致光《むねみつ》も種々の雑役に召し使われ、野々宮に戻ったのはまだ雨のやまない二十日の夕刻であった。すでに済子は斎事を終え、寝殿で女房の一人に琵琶を弾かせていた。

「滝口が御用と」

女嬬から告げられた宰相の君は、他の女房たちを局《つぼね》に退けてから、二枚だけ明け残した格子の御簾に几帳を寄せた。

「こんな雨ですから縁をお許しに……」

「そうしておやり」

致光は女嬬に言われて蓑《みの》を脱ぎ置くと、階《きざはし》から簀子《すのこ》に上がり格子の陰に平伏した。御簾の裾からは濃く甘い香りが漂ってくる。

「また伊勢から何か」

「いや、今宵は寮ではなく、前斎宮の三条第からの言伝《ことづて》を持ってまいりました」

「前斎宮の？……」

「はっ、内親王さまは五日前にお亡くなりなさいました。野々宮に戻る滝口だというので御邸《おやしき》に呼ばれ、内親王さまが生前に此方《こちら》にお届けする筈のものだったということで、これを預かってまいりました」

致光は御簾の下から、桐油紙《とうゆがみ》に包まれた蒔絵《まきえ》の小箱を差し入れた。

「規子《きし》さまがお亡くなりに？」

几帳の陰から思わず済子の声が洩れた。

「はっ、突然のことだそうで」

「つい先頃、母女御の周忌を終えられたばかりだというのに……」

宰相の君も袖を目に押しあてながら、小箱を済子の前に押し出した。箱からは幾重にも紙にくるまれた御守りが出てきた。首に懸ける金輪のついた厚手の守り袋で、旅の安全を祈って人神宮の大幣《おおぬさ》が入れてある。済子は添えられた文に目を通した。

「内親王御自身が群行の時に身につけておいでになったものだとか」

読みながら済子は思わず目頭を抑えた。自分は病の床に臥しているというのに、わざわざ済子の身を案じて贈ってくれたものだと知ると、しばらく肩をふるわせて嗚咽《おえつ》し、文《ふみ》に涙のしみをにじませた。

規子内親王は、済子の姉が疱瘡で伊勢に薨じた後任として斎宮に卜定された村上皇女であった。

「ずっと姉君の代わりだと思ってお慕い申してまいりましたのに……」

済子は文を宰相の君に渡した。内親王の母、徽子女王の歌が書き添えてあった。

《世に経《ふ》ればまたも越えけり鈴鹿山むかしの今になるにやあるらむ》

母女王はわずか十歳で群行したが、退下《たいげ》後に二十歳で村上天皇に請われて入内し、世に斎宮女御と呼ばれ、和歌と琴に堪能な才女であった。村上崩御後は里邸で規子と暮らしていたが、娘が卜定されると、前例を破って野々宮に押しかけ、娘とともにふたたび伊勢に下向して世間を驚かせた。《またも越えけり》はその時の歌である。

「内親王さまも、母君のあとを追って、今頃は、黄泉路《よみじ》の山を越えておられることでしょう」

宰相の君は文を済子に返すと、

「内親王さまの御形見として有難く頂きましたと、そう三条に伝えておくれ。いま御邸《おやしき》の別当あてに御礼状を書きますから」

格子の陰にいる致光に向かって言った。

「ははっ」

宰相の君から書状を受け取ると、使者の禄も受けぬまま、致光は、小降りの雨をついて再び京に戻っていった。


風音も絶えた嵯峨の雨の闇夜である。低く頭を下げ、わずかな道筋を頼りに、諾足《だくあし》で馬をやる致光の胸は、しかし、何故か昂《たかぶ》り、綾藺笠《あやいかさ》に隠れた両目は、炯々《けいけい》と、まるで敵に挑むかのような光りを帯びていた。彼は確《しか》と見たのである。御簾越しではあったが、瞬《またた》き揺れる燈火に照らされ、亡き内親王の文を読む斎宮の涙に濡れた頬を。几帳の白い生絹《すずし》の隙《ひま》に覗いたその白磁のように端正な横顔は、美しいというより、言葉には言い表すことの出来ぬ、ある種の神々しい気品に満ちていた。

「あれが斎宮のお顔なのだ」

致光は馬上で声に出した。言うと同時に、一度でいいから、あの細やかな手でも足でも、その清浄で無垢な御からだに触れてみたいという、憧憬とも欲望ともつかぬ衝動が、突然、理由《わけ》もなく胸に沸きおこり、彼は思わず馬上で身震いをした。それは激越な、ほとんど恋に似た感情であった。

ひっそりと雨音が周囲を包んでいた。済子は色あせた錦織りの守り袋を鼻にあて、わずかに残る香をかいだ。

「いつも母女王《みこ》の陰に隠れて、御自身はおとなしい御方だったようです」

「お幾つでいらっしゃったのですか」

「卜定された時が二十七と聞いていますから、もう四十近くでしょうね」

「よしましょう、齢《とし》の話は」

宰相の君は苦笑した。二十六歳になる彼女は、かつて受領の妻として播磨に下ったこともあったらしいが、縁が切れてから、章明《のりあきら》親王邸に宮仕えに出たのだった。

「それにしても、此処に来てもう半年を過ぎるというのに、まだどなたも訪ねてくださらないのですね」

「母のない不人気な斎宮だから」

済子は自嘲気味に言った。

父の老親王は弾正尹《だんじょういん》といっても名ばかりの閑職で、その娘に取り入ったところで何ら出世の糸口にもならない。世間から遠ざかり忘れられていく自分のような女の方が、いっそ野々宮には似合っているのかも知れない。そう思いながら立つと、済子は御簾のもとに寄って外を眺めた。

「姉君の野々宮はどのあたりだったのでしょう。どこも真っ暗……」

雨音は弱まっていたが、水嵩《みずかさ》を増した瀬音が普段より大きく高鳴っていた。そして、何気なく簀子に目を這わせた済子は、御簾から洩れた薄明りのなかに、何やら黒い染みのようなものがあるのに気づいた。それは、先ほどまでそこで膝を突いていた滝口が残した濡れ跡であった。

「お前の別れた男君というのは、どんなお方だったの」

「どんなと仰せられても……」

不意に言われて宰相の君は狼狽《ろうばい》した。

「もう文《ふみ》も交わしてないの？」

「交わしていたら別れてなんかおりませんよ。無教養な男で、当初はあれこれ親身になって世話してくれたのでうれしかったけれど、最初だけですよ。どんな男も最初は情が細やかで誠実に見えるものです」

「よいじゃありませんか」

「ただ好色なだけです。女は騙《だま》され易《やす》いですからね……姫さまも覚えておきなさいませ。たとえどんな高貴な宮様でも上達部《かんだちめ》でも、男はみな下心を持って女を見るものです」

「滝口も？」

「滝口？」

その時、宰相の君は済子の目の先にあるものに気がついた。それは、先ほどまでそこで平伏していた致光の、濡れた狩袴の黒い染み跡だった。宰相の君は思わず唾を呑んだ。その染み跡を凝視する済子の目つきが尋常ではなかったからである。

「滝口も男でございますゆえ」

宰相の君は上ずった声で答えた。

嵯峨野の深い闇の中で、とんでもないことが起ころうとしていた。京から戻った致光《むねみつ》は、その翌日から寝殿の宿直《とのい》を命じられた。

晴れた空に月はなく、しめやかな夜風がさわさわと木立を渡り、遠くでいつもの瀬音が響いていた。致光は箙《えびら》と弓を蔀格子《しとみごうし》に立てかけ、片膝を立てて目を閉じていた。

暫《しばら》くすると妻戸の開く音がして、宰相の君が酒と果物を持ってあらわれた。

「斎宮さまからです」

そう言って膝を突くと、盃に酒を満たして致光に手渡した。

「たんと召し上がれ」

珍しく笑った彼女は、折敷《おしき》を致光の前に押しやって立ち上がった。

「女房どの」

恐縮した致光は盃をあおると、押し殺した声を出した。

「この闇夜を裏返すことは出来ませぬが、姫様が御望みとあれば、たとえ蓬莱《ほうらい》の玉でも天竺の壺でも、致光が命に代えて手に入れてさしあげます。姫様に害をなす者があれば百人の敵の首だって刎《は》ねてみせますぞ。今後、致光が生きている限り、どこまでも御傍に仕えて御護りする覚悟だと、そう姫様にお伝えくださらい」

「御自分で、直接、そう申し上げればいいではありませぬか」

「はっ？」

「明日の夜、前と同じ御格子《みこうし》を開けて、斎宮さまが端《はし》にいらっしゃいます」

宰相の君は、意味ありげな目つきでそう言うと、再びゆっくりと裾を払って妻戸に姿を消した。

致光は「ははっ」と頭を下げたまま暫く動けなかった。咄嗟《とっさ》に頭に浮かんだのは、自分がつけ上がったため、何か御咎めを受けるのではないかということだった。だが、先ほどの宰相の君にそんな厳しさはみられなかった。明日、また斎宮の御声を聞くことが出来るかと思うと、甘美な喜びが湧き上がり、同時に、何か恐ろしい予感に包まれて、致光の盃を持つ手が震えた。

母屋に戻った宰相の君は、済子の前で事の成り行きを報告した。

「闇夜を裏返すことは出来ませぬが、姫様の望みは何でも叶えてさしあげますと、珍しく気の利《き》いたことを申しておりました」

　薄い夜着を肩に脇息にもたれた済子の顔は蒼く、思いつめた目を、高麗縁《こうらいべり》の畳に落としていた。宰相の君は上目づかいにじっとその様子を窺った。女房はいつでも、姫様に男を呼び入れる罪の担い手になるものだが、何といっても今の済子は潔斎中の斎宮で、しかも相手は滝口である。しかし、密やかな恋の手引きに、彼女はわれ知らず頬を上気させ、まるで我が事のように息をはずませていた。

「御傍に仕える召人《めしうど》だとお思いなされればよろしいのですよ」

　自分のしようとすることが、どれほどの国家的大罪にあたるか、宰相の君は殆ど自覚出来ないでいた。


　この前の晩のように、御簾の裾から濃い香の匂いが洩《も》れ漂い、致光は簀子に平伏しているだけで息苦しさを覚えた。彼の前には昨夜と同じく酒肴が用意されていた。

《かまうものか》

　彼は胆を据えると、手酌で盃を干した。

「斎宮さまに最近の禁裏《きんり》の様子を話してさしあげなさい」

　宰相の君に問われるまま、致光は、先頃行われた斎院の御禊や賀茂祭、済子の叔父にあたる盛明親王の御葬儀の様子などを御簾に向かって話した。やがて酒もなくなり、話柄《わへい》が尽きた時だった。

「群行では鈴鹿の山を越えますね」

突然、かすれた吐息のような済子の声が洩れて、致光は思わず身を固くした。

「山道は大変ですか」

「野洲川《やすがわ》が尽きるとすぐに鬱蒼《うつそう》とした木立が続きますが、峠を越えてから関に至るまで何もありません。鬼が出るという古堂《ふるどう》があるので、そこでひと晩、肝《きも》試しをしたことがありますが、狐一匹出ませんでしたな。まして斎宮の群行となれば、大抵の魔物は恐れて出てこないでしょう」

「あなたは鬼神が恐くないのですか？」

「『わが身からこそ神も畏《おそろ》し』という俚諺《りげん》がございます。誰だって、わが身を救ってほしいからこそ祈願もするし、供物も捧げるのでございます。どんな古堂《ふるどう》でも、もし、某《それがし》の望みを叶えてくださる神仏であったなら……」

致光は言いかけて黙った。

《わが身からこそ神も畏し》と済子は胸で繰り返した。

「もう御格子《みこうし》を……」

宰相の君がそう言って雑仕《ぞうし》を呼ぼうとした時である。

「致光」

これまでになく鋭く突き刺さるような声が響き、立ち上がった済子が几帳の陰から灯りの中に姿をあらわした。

「明日も来るのです」

そう致光に命ずると、彼女は敢然《かんぜん》と身をひるがえし、燈火の向こうに歩み去った。


その日、内裏では、武徳殿に主上が出御されて小五月の臨時節会が行われたが、夕刻から激しい雨になった。雨は夜になって勢いを増し、幾条もの雷光が轟音《ごうおん》とともに嵯峨野の闇を切り裂いた。

致光は蔀格子《しとみごうし》に背を押しつけていたが、それでも、吹き込む雨に狩袴の裾がすっかり濡れそぼってしまった。さすがに格子はすべて閉じられ、ときおり青白い雷光が彼の頬を照らす以外に篝火《かがりび》ひとつなかった。宮中の滝口たちが名対面《なだいめん》をする刻限になっても、致光はただひたすら野々宮で動物のように身を丸め、じっと耳を澄ませていた。

やがて、雨音に重なって、ゆっくりと妻戸を押し開く音がした。致光はすぐさま簀子に這いつくばった。吹きつける雨が髭先から滴《したた》り落ちるのもかまわず、額が板につくほどひれ伏していると、シュッシュッという重い衣擦《きぬず》れの音が近寄ってきた。そして、焚《た》きしめられた香のにおいに覆われたかと思うや、烏帽子ごと女の裳裾にすっぽり包み込まれていた。目の前には女のちいさな足があった。

「お舐《な》め」

裾に致光の頭を入れ、両手でしっかりと薄い小袿の前を掻き合わせたまま、目を閉じた済子は喘《あえ》ぐように言った。

「それ程わたしを尊《たつと》ぶなら、足を舐めてみよ。神女の足は、ねぶれば甘葛《あまずら》のように甘く、万《よろず》の病《やまい》を癒《いや》すというぞ」

紅《くれない》の裳裾をかき分けるようにして致光は白い足の甲に舌を這わせた。それから指を一本一本ねぶるように口に含んでは吸った。済子は「あ」と声をたてると、思わず膝を折って致光の頭に崩れ落ちた。致光はそのまま舌を脛からふくよかな股に這わせると、済子を押し倒すようにしながら、しとどに濡れた秘所に強く吸いついた。

済子には何が起きているのかわからなかった。ただ、舌の動きに合わせて、しびれるような快楽が渦となって体の奥からわき上がり、やがて熱いものが腰をつらぬいて、その体の芯に押し入ってきたのを、どこか遠い意識の底で感じ取っていた。

《滝口などと、まるで犬のように》

宰相の君は息を詰めて、雨の簀子を這いずりながら、舐めあい、絡《から》みあっては腰を震わせる、二匹の獣《けだもの》の黒い影を凝視していた。ところが、致光が濡れた狩袴を脱ぎ捨て、済子の尻を抱え上げて、立ったまま媾合《こうごう》を始めた瞬間、突如、激しく雷光が閃《ひらめ》いて、鮮明にその痴態が浮かび上がった。うち続く雷鳴とともにそれを見た彼女は思わず息を呑んだ。まるで死んだ兎を弄《もてあそ》ぶ狒々《ひひ》のように、激しく腰を斎宮に突きあて、揺すりながら、致光は恍惚とした笑みをうかべていたのである。

《これは一度だけでは済むまい》

それまで妻戸の陰で、鼻翼《びよく》を広げ、息を荒げていた宰相の君は、このとき、はじめて言い知れぬ不安に襲われた。

雨音と雷鳴だけがあたりを覆う嵯峨の闇の中で、ときに切なげに声を洩らしながら、二人の淫欲はいつ果てるともなかった。

九　法華八講

五月三十日、紫宸殿前で打毬《だきゅう》の競技が催された。馬上から杖で毬《まり》を操《あやつ》り門に打ち入れる競技で、右大臣兼家が毬出しをした。狛冠《はくかん》をつけた左右の近衛、兵衛の官人二十人が、この日は一番戦い、二番とも左が勝った。

主上は、毬を拾い損ねて落馬した者に大きな罵声を浴びせたり、陪膳の若い典侍《すけ》の手を撫でたり、終始上機嫌で、とても出家など胸に秘めているようには見えなかった。だが、故女御の周忌も近づいており、惟成《これしげ》は、とりあえず、出家に結びつくような仏典や人物を主上の身辺から注意深く遠ざけておくことにして、厳久阿闍梨《げんきゅうあじゃり》の参内《さんだい》も差し止めた。

「打毬の次は、月次祭《つきなみさい》の頃に近臣だけの内裏歌合せを催すつもりでおります。詩歌管弦に何か趣向を凝らせば、いつもの癖で夢中におなりになり、出家など、つまらぬ考えはすぐに忘れておしまいになりますよ」

惟成はそう義懐《よしちか》に言った。

雨は六月に入っても降り止まず、神祇官や陰陽寮に占わせると、辰巳《たつみ》と戌亥《いぬい》の方角にある大神の祟りだという。とりあえず北野天神や祇園社などに奉幣使を遣《つか》わしたが、野々宮までは思い寄らなかった。

どうにか雨の上がった六日、この春に受戒した円融法皇が、仁和寺で競馬や打毬を御覧になるというので諸卿が参列した。午前に競馬八番、午後に的射《まとい》と打毬二番が行われたが、そこで惟成は、たまたま、越後にいる筈の在国と顔を合せた。

「保胤さまが出家なされたそうだな」

在国は親しげに声をかけてきた。

「横川《よかわ》の首楞厳院《しゆりようごんいん》で新たな念仏三昧会《ざんまいえ》が始まるとかで」

「これで勧学会も終わるわけだ。揶揄《やゆ》ばかりして悪いことをしたかな」

在国は感慨深げに言うと、主殿の法皇の近くで、長押《なげし》に円座を敷いて見物している右大臣兼家を目で指した。

「東宮も七歳、やがてあの御方が、式太の次の摂政になる」

「そうでしょうな」

惟成は笑いもせずに答えた。在国が兼家の家司《けいし》であることは既に知っていた。

「堀河殿が亡くなられて十年近くも辛抱しておいでだ。御新政が一段落したら、そろそろ腰を上げてもいい頃だな」

在国は挑むように惟成を見ると、黙らせるように手を上げて、幄舎《あくしや》の陰に消えてしまった。

惟成は在国の言葉に危険な匂いを嗅ぎとったが、誰が何処でどう結びついているのか、さすがの彼にも読めなかった。ただ、母の影響で幼い頃から気嫌いしてきた兼家の存在が、急に巨《おお》きく膨《ふく》れあがってくる気がした。

「こんなものがあるのだ」

義懐は惟成に一枚の扇をさし出した。

広げてみると、《妻子珍宝及王位・臨命終時不随者《サイシチンポウキユウオウイ・リンミヨウシユウジフズイシヤ》》という大集経《だいじつきよう》の句が扇面《おうぎおもて》に書かれてあった。

「たとえ妻子珍宝、王位であろうとも、命《めい》臨終の時には随《したが》わず」

「これは……」

「主上が手にしておられた。この春、蔵人の道兼からもらったものだそうだ。朕も受戒したい、極楽浄土に往生したいとおっしゃるから、とんでもありませんと、その場で御預《あず》かり申し上げてきたのだ」

「厳久阿闍梨の説経を聞いておられることは存じておりましたが、阿闍梨はいま参内を禁じております」

「道兼が仏弟子になっている」

義懐は眉をしかめた。

惟成も主上の菩提心《ぼだいしん》の深さまでは思い至らなかった。写経や誦《ず》経に熱心になられたことは承知していたが、別に悪いことではないし、以前はむしろ鎮護《ちんご》国家のために奨励したこともあった。

ただ、仁和寺で在国に遭《あ》ってから、惟成は右大臣のことが妙に気になりだした。道兼の仏道修行も、どこかで父の兼家とつながっているのではあるまいか。

「一度、きちんと御諫《いさ》め申し上げなければいけませんな」

思い込むとせずにはいられない主上の御性分には、これまで嫌というほど振り回されてきた。だが、外戚の義懐と乳母子の自分で意を尽くして説得すれば、主上とて耳を傾けぬ筈はあるまい。そう思って、月次祭《つきなみさい》の夜、二人揃って主上に諫言《かんげん》することにした。

内裏歌合せが行われたのは、その月次祭《つきなみさい》の前日であった。この日は、神祇官が亀甲《きっこう》で今後半年間の天皇の体調を占う《御體御卜《ごたいのみうら》》の奏上があり、その後、義懐を始めとする近臣が清涼殿に集められた。天徳の内裏歌合せに倣《なら》って、四季の嘱目による二十番の歌を闘わせたのであるが、《霜》《雪》《水》と続き、その最後の御題が《死》であったことに気づき、同席の惟成は思わず義懐の顔色を窺った。

「主上のお望みだそうだ」

義懐が惟成に囁《ささや》いた。

誰がどんな歌を用意しているのかもわからぬまま、やがて最後の歌になった。

《命あらばァ逢う夜もあらん世の中をォなど死ぬばかりィ思う心ぞォ》

萬葉集を踏んだこの恋の歌が、朗々と講師《こうじ》によって読み上げられると、案の定、主上は声を押し殺し、袖で顔を覆ってしまった。忯子《しし》を思い出したのである。

「まずかったな」

惟成は舌打ちをし、御題を変えなかったことを後悔した。同時に、改めて、主上を説得する必要を痛感した。


翌夜、主上は露骨に嫌な顔をした。

「出家して弘徽殿の菩提を弔いたいというのがなぜいけない。まさか惟成からそのような言葉を聞くとは思わなかった。一品《いっぽん》内親王や保胤の出家の折には、その発心《ほっしん》を褒めておったではないか」

「陛下とは御身分が違います」

「法皇だって受戒された」

「法皇さまはもう《神今食《しんこんじき》》をなさらない御身分でございます。陛下がお仕え申さねばならないのは仏だけではございません」

月次祭の夜は、天皇が中院で天照大神と神饌をともにする《神今食》の神事がある。

「元日の四方拝《しほうはい》に始まる数々の御神事こそが陛下の御政務でございます」

「譲位したい」

「御即位なさったばかりではございませんか。御仏《みほとけ》の御心にもかないますまい」

義懐が強い口調でたしなめると、主上は目を閉じたまま何も言わなくなった。

「何とぞ御叡慮を……」

退出して殿上の間に戻った二人は顔を見合わせた。

「麿も出来る限り宿直《とのい》して目を光らせていよう。これはお前が預かっておけ」

義懐は持っていた扇を惟成に手渡すと、今夜の《神今食》に伺候する中納言顕光《あきみつ》卿のもとに挨拶に行った。

《妻子珍宝及王位・臨命終時不随者》

惟成は虚をつかれた思いで、暫く、開いた扇面《おうぎおもて》を見つめていた。あのように説得してみたものの、帝位を擲《なげう》ってまで仏に帰依《きえ》しようとする主上の信心の方が、自分の理屈などより遙かに尊いのではあるまいか。釈尊同様、万乗の身分を捨て去ることは、まさに経の教えにも叶っている。それを妨《さまた》げようとする自分など、さしずめ保胤なら仏敵と罵《ののし》るかも知れない。確かに、帝位なればこそ投げ出すことに価値があるのだ。

《だったら、何故お止めするのだ》
自分には主上の信仰に対峙《たいじ》出来るほどの信念がない。たとえ中弁ほどの身分でも、それを棄てるだけの覚悟もない。口で御新政などと唱えても、所詮、現世安穏《げんぜあんのん》に心を奪われた俗物貪吏《たんり》の妄想に過ぎぬではないか。惟成は苦い思いに苛《さいな》まれながら手の扇をたたんだ。

五日後の仗議《じょうぎ》で、急遽、諸社諸陵に臨時の奉幣使を遣わし、銭の流通を祈祷することが決められた。昨年九月から市場では銭貨が全く使用出来ず、そのため交易が滞《とどこお》って人民が嘆いているという事態が天聴に達したのである。陰陽師《おんみょうじ》からは、大臣公卿一堂に会して祈祷すべしという勘文《かんもん》が出された。

沽買法《こばいほう》が決議され、惟成が東西の市司に命じて物価統制をしてから、まだ二月《ふたつき》しか経っていない。しかし、銭価は下落する一方で、特に新貨は《鉛銭《なまりぜに》》と陰口をたたかれ、悪評が高かった。大路の官符掲示で《大根千本あっても銭に換えておけば腐る心配はない》とか《米を銭に換えた方が運びやすい》とか啓蒙に努めてみても、新旧貨に加えて安価な唐宋銭までも流入し、市場は混乱を極めていた。

「乾元大宝《けんげんたいほう》など、百文出して米一合も買えないというではないか」

「銭は食えぬからな」

「破銭する目的で旧貨が寺社に隠匿《いんとく》されておるそうだ」

「だが、摘発しても、国家安泰を祈願する銅燈籠《とうろう》鋳造のためだと言われれば処罰するわけにもいかぬ」

議論はいつも堂々巡りで、結局、銭の流通を祈願する以外に妙案はなかった。

右大臣兼家は、あまり仗議に関心の無い様子で瞑目していた。除目《じもく》や叙位に関係のない法令は惟成の弁に任せておけば良い。御新政などと称して却《かえ》って主上の名声が高まっても困るが、国家の安泰は図らねばなるまい。そう思いつつ、兼家は凝華舎に設けられた宿直所《とのいどころ》に戻った。

彼は道兼から、事態が急を告げているという報告をうけていた。中納言義懐が主上の出家を思い止《とど》まらせようと、惟成と二人で諫言を奏したという。厳久が参内を差し止められて以来、殊《こと》に義懐の目が厳しくなり、道兼ひとりでは手に余るというのだ。このところ惟成も主上の身近に伺候することが多く、道兼の接近を妨げていた。在国の計らいで、恬子《しし》の周忌を機に譲位・出家なさるよう、道兼を通じてこれまで何かと使嗾《しそう》してきたのだが、義懐の諫言を容れ、ひとたび主上が出家を翻意なされば、御性分としてもう二度と思い直すことはあるまい。

「時間はあまり残されてないぞ」

兼家は在国に向かって告げた。

「法華八講か……」

在国は顔を上げてつぶやいた。

右大将藤原済時《なりとき》が白河の自邸で、明後日から法華八講を催すことになっていた。飲み友達の道隆はもちろん、権中納言義懐も他の公卿とともに結縁のために招かれている筈であった。義懐が主上の身辺から遠ざかる絶好の機会だった。

「この十日ばかりが勝負ですな」

在国は強く唇を噛んだ。


十八日の早朝から、白河邸の前庭は、聴聞《ちようもん》に押しかけた女たちの牛車で身動きがとれないほどであった。義懐は寝殿の隅で懸盤《かけばん》を引き寄せ、水飯《すいはん》と塩瓜だけのせわしない食事を済ませた。《法華八講》は、八巻の経を朝夕一座ずつに分けて四日間で講ずる法会《ほうえ》であるが、彼は慌ただしく内裏から初日の朝座《あさざ》に駆けつけたのである。昨日は午後から中納言顕光《あきみつ》とともに仗座に着き、上げられた案件の議定を行っていたのだが、そこにとんでもない問題が持ち上がったのだ。

夕刻近くになって、弁官曹司にいた筈の惟成が、眉を寄せた難しい顔をして義懐のもとにやってきた。

「どうしたのだ」

「神祇官から妙な話を聞いたのです」

「中臣《なかとみ》が主上に耳でも齧《かじ》られたか」

「冗談事でありません。野々宮で斎宮が密通しているという、驚天動地《きょうてんどうち》の噂が広まっているのです」

「今業平《いまなりひら》の登場……」

「相手は滝口です」

聞いて義懐も眉をひそめた。

「平致光《たいらのむねみつ》という、伊勢の平五大夫致頼《むねより》の舎弟《しゃてい》にあたる男です」

「麿も明朝の御八講に行くので、今夜中に片付けねばならぬ用件が多くて手が離せない。真偽《しんぎ》のほどを確かめ、神祇官たちと処置を検討しておいてくれ。夕座には出ずに戻るから、その時に報告してくれればよい。まったく、信じられない話だ。滝口相手にだと？」

「世間も騒ぐでしょう」

「斎宮寮からは何と言ってくるかな。前代未聞のことだ。どう処分するかなど、誰にも見当がつくまい」

「面倒ばかり出来《しゅつたい》しますな」

惟成は苦笑した。

「ま、主上の出家騒ぎより、まだこうした色恋沙汰の方がましですがね」

そう言い捨て、惟成は再び太政官の曹司へ引き返していった。


八講の二日目、太政官庁では公卿不参のまま事態の収拾が諮《はか》られた。野々宮から情報は得ていたものの、とりあえず、神祇官に不祥を退《しりぞ》ける祭文《さいもん》を作らせ、七日以内に祈祷でことの実否を確かめるよう宣旨を下した。衛士《えじ》や女孀《にょじゅ》の口から洩れたのか、《宰相の君が手引きをした》とか、《斎宮の方から男を引き込んだ》とかの流言が、既に、かなりの真実味をもって内裏にも届いていた。

「解任せざるを得ませんな」

「姉君と同じく、疱瘡で死んだと思えばよろしい」

義懐は事も無げに言った。

「八講はあと二日ある。その間は殆どの公卿が結縁《けちえん》のために不参だろうから、朝議はその後になる。ただ、白河邸に道兼の姿を見ないことが気になる」

「そういえば内裏でも見かけませんでしたな。あれほど仏道に熱心な人物が御八講に出ない筈はないのですが……」

「とりあえず惟成は主上から目を離さないでくれ。こんな時に、斎宮の密通などにかまっておれるか」

この日は鹿田荘から官稲を強奪した藤原為長の召喚尋問があって、惟成も多忙を極めていたのだが、義懐はそう言い残すと、さっさと白河邸の夕座に出向いてしまった。

浅葱《あさぎ》色の帷子《かたびら》を着込んだ若い義懐の、その優美な直衣《のうし》姿は、連日、聴講に押しかけた女たちの目を奪っていた。彼は、既に微薫《びくん》を帯びている道隆や朝光と賑やかに女車の品定めをしながら、周到にあたりに目を配ってみたが、やはり道兼の姿はなかった。

そして、何事もないまま、二十一日の夕座をもって白河邸の法華八講は終了した。


その頃、道兼は、後涼殿《こうろうでん》の片隅に主上を連れ込み、斎宮密通を奇貨居《お》くべしと、必死に出家を勧めていた。

「突然の斎宮退下《たいげ》は、それこそ、これを契機に陛下の発心《ほっしん》を促《うなが》す天の御計らいでございましょう。考えてみれば、これまでにもさまざまな諭《さとし》がございました」

道兼は表情を強張《こわば》らせた。

「諭と申すか」

主上も興味を示した。

「はっ。うち続く霖雨が伊勢大神の祟りだと勘考されたのも今度の事件の諭《さとし》でございます。内裏で鴒《れい》が母屋に飛び込んだり、鷺が校書殿《きょうしょでん》に集まったり、変事が続きましたが、鳥は亡者の魂です。何《いず》れも女御の魂が陛下の救けを乞い、鳥に姿を変えてやっていらっしゃったのです」

「なるほど。だが、中納言や惟成の目は誤魔化せても、肝心の受戒僧はどうするのだ。まさか夜番の護持僧に頼むわけにもいかぬし、そう簡単には出来るまい」

「何、陛下の御覚悟ひとつでございますよ。僧は呼ばなくとも、こちらから出向けばいい話です。叡山にでも園城寺《おんじょうじ》にでも、道兼が何処までもお供します」

「本当を言うとな、金峯山《きんぷせん》で弥勒の下生《げしょう》に逢い、熊野を奥駈けて大峰《おおみね》修行がしたいのだ」

「たとえ天竺にだって、この道兼がついてまいりますぞ」

「うむ」

主上はあたかも物見遊山《ゆさん》にでも出かけるような嬉しそうな顔をした。

十　出奔《しゅっぽん》

寛和二年六月二十三日の深夜、事件は思いも寄らない形で起こった。義懐《よしちか》も惟成《これしげ》も、まさか主上が徒歩で禁裏を脱け出すとは考えてもみなかった。

近衛による丑《うし》二刻の巡回が遠ざかるのを待って、清涼殿の夜御殿《よるのおとど》に、いつか、忍びやかに五位蔵人道兼が入り込んでいた。彼は、音を立てぬように周囲に気を配りながら、用意した薄縹《うすはなだ》の直衣《のうし》に主上を着替えさせた。

「今夜を逃すと二度と機会はございませんぞ。この道兼が御案内仕《つかまつ》り、必ずや陛下の宿願を成就させ奉ります」

主上は指貫《さしぬき》に足を踏み入れながら、密かな脱出行に目を輝かせていた。

「うまくいくかな」

「元慶寺《がんけいじ》では、今頃、もう厳久阿闍梨《あじゃり》がお待ち申し上げております」

道兼はあわただしく指貫の股立《ももだ》ちをとりながら強く紐で結んだ。

「徒歩《かち》で北の陣まで参ります。今夜からもう修行だと心得てください。吉野でも熊野でも、道兼もお籠りして、ともに弘徽殿さまの菩提を弔う覚悟です」

夜御殿から藤壷の上御局《うえのみつぼね》を抜けて北廊に出ると、昇ったばかりの半月が意外に明るく二人の顔を照らした。

「あまりに顕証《けんそう》ではないか。こんなに明るくては誰かに見つかりそうだ。闇夜に日延べしたらどうか」

「もう二度と機会はないと申し上げたではございませんか。主上の御覚悟とはその程度のものだったのですか。道兼が命をかけてお仕え申しているのに」

必死の道兼は涙声になった。主上は仁寿殿《じじゆうでん》の庇《ひさし》を仰ぎながら、肝試しでも常に臆病だった道兼が哀れになった。その時、不意に群雲《むらくも》が月面にかかり、あたりが暗くなった。

「見よ！　朕の出家は成就するぞ」

欣然《きんぜん》、二人は足音を忍ばせて弘徽殿から常寧殿《じようねいでん》の西廂へと歩を進めた。すると、

「待て、女御の文《ふみ》を忘れてきた」

そう言って、不意に主上が戻ろうとしたので道兼はあわてた。主上は、写経に用いた忯子《しし》の消息文《しようそこぶみ》をいくつか手元に置いて、朝に夕に眺め暮らしていたのである。

「なりません。文どころか神璽《しんじ》も宝剣ももう夜御殿《よるのおとど》にはございませんぞ。みな凝華舎の東宮の御もとにお移しいたしました。主上はすでに譲位なされたのでございます」

道兼は厳しい顔で言った。

「剣璽《けんじ》が……」

夜御殿の枕もとに安置してある神器《じんき》は、二人が出たあとすぐに、兄の道綱の手によって既に運び出されていた。主上は退路を断たれた思いで、暫《しば》し呆然とした。

「妻子珍宝及王位、臨命終時不随者」

道兼は低い声で唱えた。

「さ、こんな所にいたらどんな邪魔が入るかわかりません。お覚悟を」

道兼の声はほとんど恫喝《どうかつ》の響きを帯びていた。

貞観殿《じょうがんでん》の北廂の中央に高妻戸《たかつまど》があり、開けると向かいにうっすらと玄輝門《げんきもん》が見えた。主上は道兼に続いて壇から飛び降り、玄輝門を抜けて北の陣がある朔平門《さくへいもん》に出た。普段は女官で賑わう縫殿寮《ぬいどのりょう》の前の路も、薄い月明かりを浴びて森閑《しんかん》としていた。門の脇には道兼の隋身が蹲《うずくま》って控えていた。よく見ると、築地《ついじ》の陰の深い闇に溶け込むように、一台の網代車《あじろぐるま》が置かれている。

「厳久阿闍梨が寄こしてくれたのです」

主上を牛車に乗せると、道兼は隋身から渡された馬にまたがった。門衛たちの目には深夜に退庁する公卿としか見えなかった。上東門を出ると、網代車は一直線に土御門《つちみかど》大路を東に向かった。

「百鬼夜行《ひやつきやぎよう》か……」

町尻《まちじり》に住む陰陽師安倍晴明は、大路に響く牛車の響きを聞いて、この時、何か不穏な事態が勃発したことを知った。

賀茂川堤に着いて、道を三条に向けて下ると、どこからともなく武装した者たちがあらわれて道兼の一行を取り囲んだ。驚いた道兼はすぐ網代車に馬を寄せながら、

「何者だ！」と声を荒げた。

「御安心を。大殿の御指図でこれまで途中の大路に潜みながら従ってまいった武者でございます。これよりは山科《やましな》の元慶寺《がんけいじ》まで護衛をつかまつる」

そう言うと、何人かの者が馬上で松明《たいまつ》かかげた。

「我らはみな、多田の源氏の郎等でございます。大殿は……」

言いながら男は道兼に馬を寄せると、急に声をひそめた。

「三郎さまが本気で出家なさるのではないかと、それが御心配で、我々を差し向けられたのでございます」

「ここまで来たら、せざるを得まい」

「なりませぬぞ。三郎さまは御主上《おかみ》の御命令で無理矢理連れ出されただけなのです。よろしいかな。明日からは大殿の世となるのに、その御子息をみすみす乞食僧などにするわけにはいきますまい。寺に着いて主上の得度《とくど》を見届けたら、すぐにお戻りください。あとは我らが何とか致します」

男はそれだけ言うと道兼から離れた。

元慶寺《がんけいじ》は三条粟田口《あわたぐち》から山科に抜ける途中の山裾に在り、花山《かざん》という土地の名をとって花山寺とも呼ばれていた。一行がそこにたどり着いたころには、短い夏の夜も明け、あたりに蝉の声がやかましかった。

「お待ち申し上げておりました」

すでに準備を整えていた厳久は、十人ほどの僧が居並ぶ本堂に案内すると、すぐにその場で主上の髪を剃り落とし、円頂となった主上に、「三宝に帰依したてまつる」と三帰の誓言《せいごん》を唱えさせて十戒を授けた。

「これで主上《おかみ》も沙弥《しゃみ》でございます」

厳久は道兼を振り返って言った。この間、道兼はどこか居心地の悪い顔で、壇上の本尊を見上げていたが、意を決したように主上の前に両手をついた。

「無事御宿願が成就され、大慶に存じ上げます。すぐ道兼もおともいたしますが、つきましては、今一度、まだ変わらぬ姿を父大臣《おとど》にお見せ申し上げてからにしたいと思うのですが、ぜひお許しを……」

主上の顔色がみるみる変わった。

「道兼、汝は……」

「すぐに戻ってまいります。何、馬を駆ければ昼までには、かならず」

開けたままの蔀格子《しとみごうし》の向こうでは、欄干の下で、刀に手をかけた武者たちが息を殺していた。その異様に緊迫した気配を察し、不意に主上の目に涙があふれた。

「朕をたばかったのか！」

突然の激しい主上の怒号に、居並ぶ僧たちの間に動揺が走った。

「かならず、かならず」

そう繰り返しながら後退《あとしざ》ると、そのまま道兼は本堂をあとにした。


夜御殿《よるのおとど》には剣璽《けんじ》が置かれているため、夜通し燈籠が灯されている。まだ暗い時刻に典侍《てんじ》が灯《ひ》の様子を見に入ると、主上の床がもぬけの殻になっている。それればかりか、二階厨子《ずし》の蘇芳色《すおういろ》の覆いが取り払われ、忽然として神器が姿を消していた。

典侍の連絡をうけ、驚いた宿直《とのい》の公卿や殿上人たちは手分けをして後宮の諸舎諸殿を尋ね歩き、松明《たいまつ》を手にした衛士、仕丁《しちよう》が簀子の下まで隈《くま》なく探しまわったが、何の手がかりも得られなかった。知らせを受けた左右大将を始め、次々と参議や主だった太政官たちが駆けつけてきた。不思議なことに、いつの間にか右大臣兼家が孫廂に立って、滝口や殿掃部《とのかにもり》に指示を出していた。

「いつもの悪ふざけで、植え込みから突然ぬっと顔を出されるかも知れぬ。篝火《かがり》を焚いて壺の前栽《せんざい》までよく探せ」

そして、青い顔で茫然と立ちすくんでいる義懐《よしちか》を見つけると、

「心配召さるな中納言殿、剣璽はすでに安全な場所にお移し申してある。それよりも主上の安否のほうが大事だ。神仏の御加護をお祈り申し上げるがよい」

笑いこそしないものの、悠然とした物言いであった。

「固関使《こげんし》を遣わして関を固めよ、今より禁裏の諸陣の出入りを差し止める」

そう言い残して、兼家は東宮の御在所である凝華舎に行ってしまった。関を固めるのは践祚《せんそ》の時の措置である。義懐はそれに気づかぬまま、急いで外記庁の守宮神《すくじん》や神鏡を祀る賢所《かしこどころ》に参拝して回った。早暁の内裏の空にはもう鳥たちの声が響いている。

「わが君は何処《いずこ》に御座《おま》しますや」

温明殿《うんめいでん》にある賢所《かしこどころ》の神前にぬかずいて泣き伏している義懐のもとに、息せき切らして惟成《これしげ》がやってきた。

「出家の恐れもありますから、とりあえず近隣の寺に使いを遣ったところです。神鏡は御無事のようですな。しかし、玉体が拉致され剣璽が奪われたとなると、これはただごとでは済みませんぞ。狭い御所のなか、必ずや何か手がかりがある筈です」

「剣璽は右大臣が別な場所に移したと言っている」

「右大臣が？」

「そういえば、関を固めさせていたな」

二人は顔を見合わせた。

「政変かも知れません。某《それがし》は神器を確認しに、これから右大臣のもとに参ってみますから、中納言さまは御所にお戻りを」

惟成は、漠然と、この騒ぎの背後に魔物のような兼家の影を感じた。


馬をとばした道兼が凝華舎に駆け込んできた時、兼家は朝餉《あさげ》の最中であった。その脇には、家司の在国が、蝉の鳴き出した太い梅の幹を見遣りながら座っていた。

「主上は元慶寺で落飾あそばしました」

道兼は真青な顔でハア〳〵息をしていたが、兼家は出家せずに戻った息子を見てホッとした様子だった。汗も拭わず立ったままの道兼から、それまでの一部始終を聞いた兼家は、曹司の奥に待機していた道長を呼んだ。

「これから関白殿の邸《やしき》に行き、大事が出来《しゅったい》いたしましたので、すぐに参内していただきたいと申し上げてまいれ」

末子《まつし》の右兵衛権佐道長は、父に一礼すると、急いで出ていった。

「何処か遺漏はあるまいな」

兼家は魚を頬張りながら在国に言った。

「道兼さまは暫く姿を見せぬ方がよろしいでしょう。聞かれたら、蔵人《くろうど》として主上《おかみ》の仰せに従っただけで、すべては主上の御計らいだとお答えください」

在国は念を押すように道兼に言った。東宮の傍では権大夫の道隆が剣璽を抱えて息を凝らしていた。凝華舎は、東宮の母女御詮子が、かつて御在所としていた梅壺で、兼家の子息たちにとってもなじみの場所であった。

「さぁて、いよいよ東宮の践祚じゃ。今日は一日忙しくなろう。お前たちもみんな腹ごしらえをしておけよ」

兼家が立ち上がった、ちょうどその時、女房が惟成の訪れを告げた。

「某《それがし》が応対いたしましょう」

在国は女房に付いて妻戸から廊に出た。惟成は睨《にら》むように在国を見た。

「こんな所に居て驚いたか。それよりも、いいか、よく聞くのだ、惟成。主上は既に厳久阿闍梨の手によって元慶寺で落飾あそばされた。つまり譲位なされたのだ。従って、今日のうちに東宮が践祚なさる」

「今日のうちに？」

惟成は乾いた声を出した。

「藤賢殿がお図《はか》りになったのか」

「御主上《おかみ》がそのように望まれたのだ」

「右大臣を摂政にせよと？」

惟成は皮肉を込めて言った。

「その摂政さまがだな」

在国は薄ら笑いを浮かべた。

「惟成をこのまま弁として使いたいとおっしゃっておいでだ」

だが、惟成はもう聞いてなかった。何か、とてつもなく大きなものが手から滑り落ちてしまったような、深い喪失感に襲われ、彼はその場に座り込んでしまった。

その日のうちに円融法皇第一皇子、懐仁《かねひと》親王が践祚した。道長の求めに応じて参内した太政大臣頼忠は関白を辞し、翌日、替わって兼家が摂政に就き、氏の長者となった。新しい時代が始まったのである。家司藤原在国は既に名ばかりとなっていた越後守を解かれ、新たに左少弁となった。

十一　比叡《ひえ》

朝から蒸暑かった。惟成《これしげ》は義懐《よしちか》の檳榔毛《びんろうげ》の車に同乗して山科《やましな》の花山《かざん》に向かった。車の中では二人とも瞑目したまま、ほとんど言葉をかわさなかった。一昨日の夜、主上は、この道を車に揺られながら、どんな御気持ちでおられたのだろうと、惟成は思った。何もかも投げ出して山野を遊行《ゆぎょう》する楽しみに、案外、胸をはずませていたかも知れない。

三条の粟田口から峠を越え、東海道と別れて山裾の小道を行くうち、やがて、深い樹木に埋もれた元慶寺《がんけいじ》の甍《いらか》が見えた。

「主上《おかみ》！」

義懐は大声で叫ぶと、そのまま本堂の床に膝をついた。だが、義懐とは反対に、惟成は主上の姿を見るや、思わず吹き出してしまった。青々と剃り上げられた坊主頭の主上は、いかにも青年らしい精悍《せいかん》な顔つきをしていたが、叱られた子供のように、大きく見張った目をぱちくり

させていたからである。その円《つぶ》らな目で惟成を睨みながら、

「何を笑うか惟成」と、主上は、照れたように言った。

「よくお似合いで」

「朕は宿願を遂《と》げたまでだ。法名は入覚《にゅうかく》とした。しばらくは横川《よかわ》で修行に専念するつもりでおるぞ」

「おともいたします。惟成もここですぐに髪をおろしましょう」

惟成はその場にすわると、隣に伏している義懐に目を遣った。

「おそらく中納言さまも御一緒に出家なさることでしょう」

「惟成、麿は……」

思ってもみない事の成り行きに、義懐はしばし言葉が出なかった。妻や子、友の顔が思い浮かんだが、何よりも自分の僧衣姿そのものに考えが及ばなかった。主上や惟成のように仏道に関心があるわけではなく、白河の御八講だって、ただのつきあいから顔を出しただけだった。

惟成にもそういう義懐の気持ちはわかっていた。けれども、自分と義懐が二人揃って主上のあとを追わなければ、御新政のけじめをつけることが出来ないと思った。

「外戚だとか乳母子だとかいっても、肝心の御主上《おかみ》がおられなければ、もう殿上に居場所はございますまい。この上、権門に諂《へつら》って台閣に列しても、なんの面目がございましょうか。この

二年ほど身に余る恩恵に浴し、惟成は好き勝手に施策をめぐらすことが出来ました。それは中納言さまにしても同じでございましょう。しかし、どんな栄華も、ひとつの御代《みよ》とともに終わるものでございます」

惟成は潔《いさぎよ》く言った。義懐は俯いたままだったが、色が白く変わるほど固く握りしめた指が、指貫《さしぬき》の上で小刻みに震えていた。

「よいぞ」

その時、不意に主上が言った。

「朕に殉じなくとも別にかまわぬぞ。出家など独りでも出来る。ただ、道兼のように朕を欺いたりせず、嫌なら嫌とこの場ではっきりそう申せばよい」

「道兼が？」

「ひと目父大臣《おとど》に会ってくると、ここから逃げ帰ったまま戻ってこぬ。だが、もうよいのだ。欺かれたのは朕が愚かだったからだ。しかし、だからといって、朕の発心《ほっしん》までが偽りであったわけではない」

義懐と惟成は顔を見合わせた。清涼殿から主上を連れ出したのはやはり蔵人の道兼だったのかと得心がいった。当然、彼の背後には父の兼家がいる。

「わかりました」

しばらくして義懐は言った。

「持経者だった兄の義孝が、茜色《あかねいろ》に染まった西の空に手を合わせていた姿を、今、思い出します。いつも法師になりたいと願っていた兄の、その思いの萬分の一でも遂げられるのなら、陛下を善知識と仰いで麿も俗世を捨てましょう。どうか義懐を弟子にさせてください。たとえ深い覚悟がなくとも、仏性《ぶつしょう》はあらゆる者に備わると聞きます。今後如何《いか》ようにも修行を積みますから、ぜひ、麿も御一緒に結縁《けちえん》させてください」

「弟子などいらぬ」

主上はつまらなそうに言った。

「朕はいつまでも叡山に住むつもりなど無い。狭い寺院で説法ばかり聴《き》いていては出家した甲斐がないではないか。王法も仏法も極める道は同じだ。朕は、大峰《おおみね》や那智に行って天狗相手の厳しい修行がしたいのだ」

主上の宿願とは何も恉子《しし》の菩提を弔うことだけではなかった。見た途端、思わず惟成が吹きだしたほどの晴れやかな顔は、玉座の桎梏《しっこく》から解き放たれた十九歳の青年の喜びの表情でもあった。主上が、いま新たなる元服を迎えたかのような気がして、惟成は何故かうれしかった。

彼は、天台座主尋禅のもとに随身を遣り、主上の入山の意向を伝えるとともに、自分たちの得《とく》度《ど》のため、しかるべき役僧を送ってほしいと依頼した。

昼過ぎになると、新帝の践祚で蔵人頭を解任された実資《さねすけ》が、摂政となった兼家の命をうけて元慶寺《がんけいじ》までやってきた。実資は、例によって惟成に冷ややかな一瞥《べつ》を投げると、恭《うやうや》しく主上の御前に両手をついた。

「上皇さまの後院《ごいん》や別当について、御尊意を伺うように言われて参りました」

「朕は上皇ではない、既に法皇である。法皇である以上、後院はもとより尊号も封戸《ふこ》も不要である。朕の出家は、ただ西方《せいほう》の念を遂げんがためであり、三衣《さんね》一鉢《いっぱつ》のほか民《たみ》の貢《みつ》ぎは一切受けぬ」

毅然《きぜん》とした言い様であった。かつて宇多院が、仏道に専念するため、尊号や封戸を拒否した例に倣《なら》ったのである。

「それではその旨《むね》、文書にしてお出しいただかねばなりません」

実資はそう奏上して後退《あとしざ》ると、義懐の方に向き直った。

「さきほどこの寺の者から中納言さまも出家なさるという話を聞きましたが、本当でございますか」

「麿ばかりではなく、この惟成の弁も、山からの戒師を待っているところだ」

「お止めしないで戻れば、麿が摂政さまから御叱りを受けましょう」

「止めても無駄だ。限りない朝恩を受けた身ゆえに、麿も御主上《おかみ》のお供をして世間から退《しりぞ》く覚悟を決めた。もう二度と御所や仗座に勤めるつもりはない」

実資は惟成にも同様に糺《ただ》した。この有能な中弁がいなくなれば、惜しむ声が朝堂に沸き起こると予想されたからである。

「中納言さまと同じでございます」

惟成は涼やかな顔で答えた。

夕刻になって、座主《ざす》の尋禅が直接元慶寺にやってきた。師輔《もろすけ》息の尋禅は義懐には叔父にあたる。二人はその場で落飾し、義懐は法名を悟眞《ごしん》、惟成は悟妙《ごみょう》とした。

翌二十五日の朝、網代車を連ねて、いまや花山法皇となった主上は叡山西麓《さいれい》の登攀口《とうはんぐち》に向かった。そこの別院に着くと、法皇は望んで藁履《わらぐつ》に履き替え、座主以下僧綱《そうごう》たち三十人ばかりを従えて、徒歩で雲母坂《きららざか》を登った。その姿を見て目を抑える者も多かったが、当の法皇は至って健脚で、小鳥のさえずる周囲の風景を愉しみながら、気持ち良さそうに額の汗を拭っていた。

主峰の大比叡を右手に仰ぎ、やがて、尾根向こうの東塔に着くと、法皇は、ひとまず良源大僧正によって再建された根本中堂にお入りになった。中央に安置された薬師如来像を拝し、境《けい》内《だい》の寝殿に身を落ち着けた法皇は終始上機嫌であった。

「山はよいものだな。朕はそのうち書写山の性空《しょうくう》に帰依《きえ》したい。先帝の召しにも応じなかったと聞くが、何、こちらから播磨に出向けば済む話だ」

義懐も惟成も黙って耳を傾けながら、長い間仕えてきた主上に、この時、ひそかに心の中で別れを告げていた。


義懐と惟成の二人は尋禅にともなわれ、東塔からさらに北方の横川《よかわ》に足を向けた。良源による堂舎の復興は多くの雑役僧や衆徒を生み出し、西塔《さいとう》あたりまでは彼らの宿舎が所狭しと立ち並んでいたが、やがて僧坊も影をひそめ、静謐《せいひつ》な尾根道を一刻ほど歩くと、首楞厳院《しゆりようごんいん》とも呼ばれる横川中堂に着いた。

堂の中からは、低いどよめきにも似た念仏の声が洩れてくる。この中に保胤の声も混じっているかも知れないと惟成は思った。少し離れた場所には、源信僧都が《往生要集》を著《あら》わした恵心院がある。惟成は冷泉小路の妻へ事後の言伝《ことづて》があって、そこにいる満仲の末子《ばっし》源賢に会うため、中堂の前で義懐と別れた。尋禅座主はそこからさらに東に細い行者道《ぎょうじゃみち》を下り、義懐を飯《い》室谷《むろたに》へ導いた。

「三年前に恵心院をお建てになったのは今度の摂政様だ。愚僧の兄にあたる方じゃが、愚僧が座主に選ばれたのも、そうした財施《ざいせ》供養する檀那《だんな》の家柄に生まれたからじゃよ。本来ならば、あの恵心院におられる僧都がなるべきなのじゃ」

飯室谷はあたり一面、深い藪に覆われていたが、その切り開かれた一角に、真新しい堂宇が薄墨色の甍《いらか》を輝かせていた。念仏道場として去年建てられた安楽律院《あんらくりついん》で、源信僧都を始めとする結社の僧たちが、ここで結縁の行法を行ったのである。

「中納言殿は僧悟眞《ごしん》として、今後、此処《ここ》に住まわれよ。飯室谷は源信僧都も隠棲されておられた格好の修行場じゃ。ちょっと足を延ばせば、すぐ目の下に琵琶湖を見晴かすことだって出来ますぞ。この院で僧としての第一歩を踏み出すとよろしい」

そう言って尋禅は院の門を敲《たた》いた。

院主《いんじゅ》に事情を話している尋禅座主の背後に立って、義懐は夏の終わりの蒼《あお》くどんよりした空を仰いでいた。白河の御八講で道隆たちと馬鹿騒ぎしていた時から、まだ七日と経っていないことが嘘のようだった。

十二　念仏聖《ねんぶつひじり》

ひと月後の七月二十二日、大極殿で新帝の即位式が行われていたが、その日、花山法皇は所念のとおり早々と播磨の書写山に行幸して、性空上人《しょうくうしょうにん》と対面していた。相変わらず、思うとすぐに行動に移さずにはいられない御性分であった。

八月八日、伊勢斎宮として、式部卿宮為平親王女の恭子女王が卜定された。三歳であった。「さすがに三歳では密通も出来まい」と世間の物笑いの種になったものの、翌永延元年九月、御禊《ごけい》を終えて野々宮に入った。

致光《むねみつ》は無論滝口を解任されたが、この頃は、兄の致頼《むねより》の口利きで、右兵衛尉として道隆の郎等《ろうどう》になっていた。だが、一方の済子《せいし》の所在は全くわからなかった。以前の中河邸にいる様子はなく、恐らく、父親王の別邸でひっそりと、少しは後悔もしながら、不如意《ふにょい》な生活を強いられていると推察された。

永延二年二月十九日、春の小野を散策して回った殿上人数人が、その帰途、北白河から賀茂川堤沿いに中河の親王邸の前に出た。誰も住んでいないのか、若草の中に網代垣《あじろがき》が押し倒されたまま放置されていた。

「例の斎宮がいた邸《やしき》ではないか」

「物語では、こんな壊れかけた寝殿に、落魄した美しい姫君がひっそりと暮らしていたりするのだが」

「案外まだ居《お》るかも知れぬぞ」

「かまわん。入ってみるさ」

男たちは騎馬のまま垣の残骸を踏み割って荒れた庭に入りこみ、「やはり、誰もいないではないか」と口々に大きな笑い声を上げながら、そのまま通り抜けていった。

「不敬である」

留守居の雑人《ぞうにん》から報告を受けた六十四歳の老親王は、顔を真っ赤にして怒り、朝廷《おおやけ》に訴えて出た。その結果、明法博士惟宗《これむね》の裁定で、狼藉をした五位の者は一等を減じ、笞《むち》四十、銅三斤《きん》の償いを命じられ、その他の者も位階に応じてそれぞれ処罰された。

済子の事件はその後も長く世間に語り継がれたが、その年の九月、新斎宮恭子は無事伊勢へと群行《ぐんこう》していった。

十月になって、円融太政法皇が突然叡山に登りたいと発心して行幸なされた。途中、摂政兼家の新造した二条京極邸に立ち寄られたが、この春、常寧殿《じょうねいでん》で盛大に六十の賀を祝われた兼家は、まさに我が世の春を謳歌《おうか》しており、太政法皇のためにわざわざ競馬を催して御覧に入れた。

太政法皇は、その夜は一乗寺でお泊りになり、翌日、かつて出奔した花山法皇がしたように、徒歩《かち》で雲母坂《きららざか》をお登りになった。そして、東塔の戒壇院で灌頂《かんじょう》受戒なさると、当初の目的通り、同じ東塔の奥の院におられた花山法皇をお訪ねになった。

性空上人《しょうくう》に会うため書写山に赴いたのを皮切りに、その後も各地を巡って修行に励み、あの、好色で偏執的であった天皇は、今ではすっかり日に焼けた二十一歳の精悍な修行僧の顔になっていた。

「熊野の峰は険阻《けんそ》で面白い。年が明けたらまた参るつもりでおります」

花山法皇は念珠をおし揉みながら、十歳年上の太政法皇を見下すかのように、白い歯をみせて笑った。

そこから一里余り離れた横川飯室谷《よかわいむろたに》では、受戒後に再度法名を寂眞と改めた義懐《よしちか》が、安楽律院で厳しい修行に明け暮れていた。彼の後を追って、息子たちも相次いで出家して比叡にいたし、その頃、近くに尋禅座主が庵をかまえて隠棲したこともあって、義懐は法名ほど寂しさを感じていなかった。

同様に、受戒後寂空と改めた惟成《これしげ》は、首楞厳院《しゆりようごんいん》に籍を置いた念仏聖となって、洛中を托鉢して歩いていた。彼は花山法皇の真似は勿論、保胤のように地方を行脚《あんぎや》して回ることもしなかった。いわば、都という濁った池の中でしか生きられぬ鯉のような人間であった。そのためか、不意に首楞厳院から早生角《わさづの》の聖《ひじり》に推挙されて、賀茂祭で一条大路を歩くことにもなったのである。

それは永延三年四月の中の酉、二十三日の賀茂祭の時であった。

当日は、例によって、朝早くから一条大路に物見車が詰めかけ、道端の築地《ついじ》の陰や桟敷《さじき》には身分の上下を問わず大勢の見物人が蝟集《いしゆう》していた。前駆の騎兵から、斎王の輿《こし》をはさんで飾り立てた車馬の行列が続き、肩を怒らせ得意げな従者たちに混じって、翳《えい》や笠執《と》りといった雑役や女孺《にようじゆ》たちも誇らしげに葵の葉を身につけて歩いていた。その列の中に、早生角《わさづの》の杖を手にした惟成がいたのである。

かつて空也上人が射殺された鹿を憐れんでその角を先端につけたといわれる早生角《わさづの》の杖は、念仏聖特有の持ち物となっていたが、惟成はそれを手に、口もとで微かに念仏を唱えながら、まるで自分が見物人であるかのような大きな目を瞠《みは》って、あたりを眺めながら歩いていた。群衆整理にあたる供僧《ぐそう》もいたので、ことさら僧形《そうぎよう》が目立つわけではなかったが、その痩せた念仏聖を惟成だと見分ける目の持ち主は意外と多かった。

「あれは惟成の弁ではないか」

「そうだ、五位摂政だ」

三年前までは殆どの官人に顔を晒《さら》していた惟成である。噂は引く波に乗ったように遠くまで運ばれ、二条京極の兼家邸にいた在国《ありくに》の耳に届いた。この時、在国は左中弁、つまり以前の惟成と同じ地位にいた。

「終わった人間を見物するほど麿は暇ではない」

在国はいつもの皮肉な笑いを頬にうかべて言った。彼が予言した通り、荘園整理令は地方豪族の反感を呼び、かつて惟成が期待をこめて見送った叔父の元命《もとなが》も、赴任先の尾張の郡司や百姓から申し文が太政官に出され、つい二十日ほど前の除目で国司を解任されたばかりであった。義懐と惟成による数々の御新政も、いつか、時代とともに、その色合いを薄れさせていた。

奉幣使《ほうへいし》と斎王の一行が下賀茂社に着く頃には、惟成の姿はもう列の中になかった。彼はひとり足早に雲母坂《きららざか》に向かったが、その背を追うように、思いつめた顔の女が、小袿《こうちぎ》を被《かず》いて小一乗寺まで小走りについてきた。女は、それに気づかぬまま遠く樹陰に消える惟成の姿を見届けると、頬を濡らしながらも何処か晴れやかな表情で、少し遅れて駆けつけてくる下女を待ち受けた。

「ひどく痩せたのね……」

夜毎《乞食になれ》と貴船に額《ぬか》ずいたのはもう何年も前のことだ。惟成への恨みや憤りは、まだ胸の奥で燠火《おき》のようにくすぶり続けていたが、こうして久々にその姿を目にしてみると、何故か、懐かしさが込み上げてきた。もともと貴船は復縁を祈願する神である。呪うと同時に自分にはまだ未練があったのではなかったか。

「でも今は念仏聖じゃ」

小萩はさみしそうにつぶやいた。


惟成は世間から《弁の入道》と呼ばれ、この春以来、洛東の山裾にある長楽寺の周辺を頭陀《ずだ》して歩いていた。

その日も、寺から鬱蒼とした夏木立の中を、蝉しぐれを聞きながら下って、祇園社の築垣《ついがき》のあたりに出た頃には、うっすらと額に汗を浮かべていた。防疫神の牛頭《ごず》天王を祀る祇園社では、二十年ほど前から夏に御霊会《ごりょうえ》が行われるようになり、庶民による芸の奉納などもあって年々賑わいを増してきたが、それにつれて門前に人家も増え、惟成がその日の糧《かて》を得るに足るほどの人々が暮らしていた。

この付近は空也上人の開いた六波羅密寺にも近く、空也堂と名づけられた四辻の小堂で念仏踊りも盛んに行われていた。しかし、惟成はそうした場所には近づかなかった。彼も念仏聖として鉦《かね》を打ち鳴らしてはいるものの、足を踏み鳴らし、大勢で念仏を唱えながら踊り狂う僧たちの仲間に入る気にはどうしてもなれなかった。

惟成は河原に出て草に腰をおろした。笠を脱ぐと、涼しい川風が頬に心地よかった。川筋はそのあたりから西寄りに少し向きを変えて六条の河原院に向かっている。

その時である。

「お待ちしておりました」

そう言いながら肩の枌《おうご》を下ろして、惟成の横に膝をついた男がいた。男は枌から小箱を外すと、中から曲物《まげもの》を取り出して惟成の前に置いた。折烏帽子に布衣《ほい》で、最初は行商の者かと思ったが、念仏聖に物を売りつける商人はいない。

「非時《ひじ》の御食事《おとき》ではございますが、お召し上がりいただきますよう」

中には椀に盛り上げた飯と、芋と豆の煮物などが入っている。惟成が怪訝な目を男に向けると、男はもう一方の枌《おうご》の先からずっしりとした編み袋をほどいた。

「これは布施米でございますので、お持ち帰りください。御不審にお思いでしょうが、昔、弁の入道にお世話頂いた御礼にと、主人から申しつけられたことでございます」

「御主人とは？」

「あちらに」

振り向いた男の目の先に、木陰に寄せた一台の女車と牛飼童《うしかいわらわ》の姿が見えた。

「いつもこの河原においでになると聞いたので、もう一刻ほど前から待っていらっしゃいます」

惟成は車に向かって手を合わせると、添えられた竹箸をとった。まだ昔の彼ことを憶えていて、よくこうして施しをしてくれる者がいた。飯は上質の白米で煮物もよく味が調《ととの》えられていてうまかった。だが、醤昆布《ひしおこんぶ》とともに小皿に乗せられた茗荷の梅酢漬けを口に運んだ瞬間、惟成は思わずはっとした。

「これは」

わずかに甘味の浸みた茗荷を噛みしめながら、彼は女車に目をやった。

「失礼だが、御主人は何という御方でございますか」

「布施をするのに名はいらぬ。聞かれても申すなと言われております」

目を閉じて茗荷を味わっていた惟成は、やがて箸を置くと、再び手を合わせ、遠くの車に向かって深く頭を垂れた。そして、曲物《まげもの》の中の非時食《ひじじき》をうまそうにきれいに平らげてから、また手を合わせた。

「やはり憶えていてくれた」

簾越しに見ていた小萩の目に不意に涙が溢れたが、強いてそれを拭うと、彼女は念仏聖のもとに車を寄せるよう牛飼童に命じた。


牛を外した車の簾越しに、小萩は五年ぶりに夫と目を合わせた。近くで見る惟成の頬は思った以上に黒く痩せ細っていた。だが、相変わらず大きく涼やかな目が、懐かしそうに小萩に笑いかけた。小萩は気持ちを整えると、そんな惟成を睨みつけた。

「あんなに何度も手を合わせて、御自分が見捨てた妻の施しを受けて恥ずかしくはないのですか」

惟成は怪訝な顔をした。

「妾《わたし》はあなたを辱《はずかし》めに来たのです」

小萩は冷たく言い放った。

「あなたが妾《わたし》にどのような仕打ちをなさったか、忘れたとは言わせませんよ。昔からあなたは、妾が親身になってすることに嫌な顔ばかりなさってきた。どうせ愚かな女と見下しておられたのでしょうが、尽くしても尽くしても非難され軽蔑され続けた女の悲しみなど、秀才様にはおわかりになりますまい。非難されるのは仕方がないけど、でも、軽蔑されるのは我慢出来なかった」

懐かしさに溢《あふ》れる思いとは逆に、彼女の口は辛辣《しんらつ》に惟成の不実を責め続けていた。

「その無知な女からの施しを、そうして恥ずかしげもなく、お食べになっている」

小萩は嘲笑した。惟成は瞑目し、黙って手を合わせた。

「おやめください。そんな殊勝なお顔をなさって。いいですか、たとえどんなに辛いことを言われても、夫に愛されていると思えば女は耐えられるのです。だから最初の頃は貧しくとも幸福でした。でも、あなたは、結局、その自分の貧しさを恥じていらっしゃったのよ。摂籙《せつろく》の家筋に憧れ、受領の持つ邸《やしき》や財産を妬《ねた》んでいらっしゃったのよ。離れてみて、そのことがよくわかりました。あなたがどんなに出世なさったと聞いても、きっと、今度は御自分が乳母子であることを恥じ、その卑屈さから逃れたくて、《五位の摂政》と呼ばれるような厳格な朝政《まつりごと》をなさっているに違いないと思っていました」

何年もの間、ずっと胸に押し込められていた思いを、いっぺんに吐き出すように、早口に小萩は喋り続けた。だが、そうした厳しい言葉を浴びせられても、惟成は目を閉じ、黙ってそれを受けとめていた。

「さぞかし、今も、心の底では妾《わたし》を嘲笑《わら》っていらっしゃるのでしょうね」

喋り疲れて小萩は力無く肩を落とした。

「お許しください」

惟成は目を開けた。

「あなたからは何を言われても仕方ありません。あの頃の自分は増上慢《ぞうじょうまん》に取りつかれていたのです。許されるとは思いませんが、しかし今は、ただ、こうして許しを乞う以外に、自分には術《すべ》がありません」

「お言葉だけに聞こえます」

「ごもっともです。ただ、愚僧はもうかつての惟成ではございません。河原の死人を供養し、病者があれば結縁《けちえん》して回る、寂空という名の乞食《こつじき》僧です。おっしゃる通り、恥知らずのこの身は、却《かえ》っていつも恥でいっぱいになっているのです。だからこそ、今は阿弥陀様におすがりするほかないのです」

詭弁ではないかと小萩は思った。

「抱けますか」

突然、小萩が挑むように言った。

「妾《わたし》の肉体《からだ》も施してさしあげます。この車の中で、妾を抱いてみなさい」

「それは出来ません」

「それでは妾が抱いてさしあげましょう。それも汚らわしいとおっしゃるの?」

小萩は偽悪《ぎあく》的に笑った。

「よろしい……」

意を決して立ち上がる惟成の膝がわずかに震えていた。ゆっくりと車の背後に回り、踏み板に足をかけると、あわてて牛飼童が轅《ながえ》を手で押さえた。惟成が目をつむって屋形に身を投げ入れた途端、彼のからだは、すっぽりと小萩の小袿《こうちぎ》に抱き取られていた。

香を含んだ甘い女の匂いが温かく惟成を包み、鼻に押しつけられた小萩の首筋はしっとりと汗ばんでいた。思わず《南無阿弥陀仏》と心に唱えた惟成の背を、小萩の両腕が強く抱き締めた。

「ごめんなさい」

薄く髪の伸びた惟成の頭に涙を落としながら、小萩は腕に力を込めた。

「こんなまねをして、地獄に堕ちるかも知れないわね。でもかまわない」

嗚咽《おえつ》する女の喉の震えを頬に感じているうちに、ゆっくりと、惟成は自分が何かから解放されていくような気がした。

「わかっていたのです……」

惟成は小萩の胸の中で言った。

「褒められれば犬のように尾を振って喜んだ自分、傷つけばそれを隠して、却《かえ》って傲慢に振舞ってきた自分のことを。……本当はいつも背伸びばかりして苦しかった。でも、その辛《つら》い気持ちを言葉に出すと、自分が駄目になってしまいそうで恐かったのです……」

惟成は懸命に指を震わせて合掌していたが、目に溜まる涙が幾筋も落ちて、小萩の打衣《うちぎぬ》の胸を濡らした。小萩でも阿弥陀様でもよい、彼は本当に誰かに許されたいと願った。そして、なぜか、小萩に抱かれている今なら、心を無にしてあの念仏踊りの輪の中にも飛び込んでいけそうな気がした。

小萩は初めて耳にする夫の弱音《よわね》に胸を打たれた。彼女は、惟成の合掌した手を自分の小さな手で包むと、憐れみを込めた目で相手を見つめた。涙に濡れた惟成の目は素直で穏やかであった。五年という時の隔てが消え去って、もしかしたらという淡い期待とともに、彼女は念仏聖を胸から解き放った。

惟成は小萩の小袿から抜け出し、袖を目にあてたまま車を降りた。

「あなたは何よりも、まず、自分で御自分を許さなければいけませんわ」

その言葉は強く、榻《しじ》を踏む惟成の耳に突き刺さった。

早生角《わさづの》の杖に編袋の米を括《くく》りつけ、笠を頭にした惟成に向かって、小萩は、昔と同じように、やさしく笑いかけた。

だが、翌日、同じように従者に杪《おうご》を担わせて、河原に牛車をとめた小萩の前に、惟成はもう姿をあらわさなかった。

十三　浄土

賑やかな祇園社の御霊会《ごりようえ》が終わった頃、粟田口《あわたぐち》を托鉢して歩いていた惟成《これしげ》は、逢坂《おうさか》に向かう旅人から、太政大臣頼忠が薨去したという話を聞いた。かつて清涼殿で惟成の露頭を叱責した頼忠も、今はすっかり摂政兼家の前に影をひそめ、六十六歳で世を閉じた。

八月になり、天変地異の災厄を払うために《永祚《えいそ》》と改元されたが、皮肉なことに、その五日後、未曽有《みぞう》の大暴風雨が畿内を襲い、家屋は勿論、祇園天神堂、賀茂社、石清水など多くの堂宇を転倒させ、洪水や高潮で数え切れぬほどの死者を出した。

嵐の当日、惟成は、西国巡礼から一条の後院に戻った花山法皇の消息を伝えに、横川《よかわ》の義懐《よしちか》こと寂眞の庵室を訪れていた。やがて、話しているうちに風雨が強まり、二人は、同じ飯室谷《いむろたに》に隠棲している尋禅座主《ざす》の身が心配で、笠を抑えながら草堂に赴いた。

「よく来てくれたの」

座主は西壁に据えた持仏に手を合わせていた。風が唸るたびに屋根がギシッギシッと音を立てる。惟成は弟子の僧とともに、大きく揺らぐ格子板の鉄鉤《かぎ》を手で押さえた。空が鳴り、木々があおられ、周囲は凄まじい風音に包まれていたが、存外、草堂は、却ってその樹木に守られているようであった。

「それほど惜しい命とも思わぬが、どうせ逝《い》くなら静かに往生したいものだ」

座主はなかば義懐に抱えられるようにしながら、白さを増した眉の下で目を細めた。まだ四十七であったが、一年前に体を壊してからは急に老けてしまった。

「早く座主を退《の》きたいのじゃが、東塔では愚僧の後任をめぐって侃々諤々《かんかんがくがく》、まるでこの嵐のようじゃ」

叡山にも俗世と同じ確執が渦巻いていることは、既に、義懐も惟成も知っていた。隔離された場所ゆえに、因循《いんじゅん》な角逐《かくちく》の念は却って俗世より深いかも知れなかった。

「どうした寂空、苦しいのか」

身をかがめ、柱に寄りかかって息をついている惟成を見て、心配した義懐が言った。

「しばらく食しておりませんので」

「ひどくやつれてしまったな」

「作り残した雑炊があったな。出してやりなされ」

座主は弟子の僧に言った。

「堂なぞ潰れてもかまわぬから、やすんでいなさい。この湿った生温《ぬる》い風は、体にも良くなかろう。額に汗をかいておる」

惟成は謝して横になった。

「もう嵐も峠も過ぎよう」

座主は手ずから雑炊に塩をふって惟成の前に置いた。惟成は起きて椀を押し戴くと、無理にそれを詰め込んだ。食していないというより、喉の腫《は》れで、この半月程、ものが食べられなくなっていたのである。


尋禅座主の辞意を受け、朝廷は園城寺派の大僧都餘慶《よけい》を次の天台座主に決め、その宣命《せんみよう》を一山の僧たちの前で読み上げるため、九月末日、少納言 源 能遠《みなもとのよしとお》を使者として叡山に赴かせた。

だが、能遠が雲母坂《きららざか》の急な山道を登ってくると、突然、林の中から数百人の山法師があらわれてまわりを取り囲んだ。

「畏《かしこ》くも宣命である。あやまちがあってはならぬぞ」

不穏な気配を察して能遠が怒鳴った。

しかし頭を包み、裳付衣《もつきころも》に括《くく》り袴の山法師たちは、無言で、じりっじりっと上から坂を詰めてくる。そして、先頭の数十人が、突如、わっと声を上げて能遠たちに襲いかかってきた。法師たちは三人の従者を杖で打擲《ちょうちゃく》して追い払うと、能遠を抑えつけ、胸に挿《さ》した宣命を奪い取ってしまった。

慈覚大師の流れを汲む山門派と、智証大師の門流である園城寺派との対立はこれまでに何度もあったが、朝廷の宣命を奪うなどという暴挙は前代未聞のことである。能遠は真青になって逃げ帰ってきた。

「いくら山門の者とは言え、捨ててはおけぬことである」

翌十月一日の仗座で、左大臣以下の公卿は厳しくその山法師たちを糾弾《きゅうだん》し、罪科を定めた。そして、重ねて、餘慶新座主任命の宣命使を派遣したが、さすがに今度は山門派の法師たちも妨害出来なかった。


内記入道保胤のもとに惟成が運び込まれたのは、既に初冬の、十月十八日のことであった。横川《よかわ》では、三日前、首楞厳院《しゅりょうごんいん》の常行堂に念仏結社の衆が集まって三昧行《ざんまいぎょう》を修したばかりだったが、保胤は隣接する草堂の奥に惟成を寝かせると、すぐに義懐を呼びにやった。惟成は保胤の顔を見て安心したのか、うれしそうな笑みを浮かべたまま眠りにおちた。

「大原の岩屋で倒れていたのを、来迎院《らいごういん》の修行僧が見つけ、何人かで肩を支えながら仰木《おおぎ》峠を越えてきたそうだ」

駆けつけた義懐に言うと、保胤は連れて来た僧たちを目で示した。

「どうしても首楞厳院まで連れていってほしいと、嗄《しわが》れた声でおっしゃるので」

修行僧はそう言うと、保胤に向かって手をあわせ、再び、すっかり紅葉に覆い尽くされた細い山道を戻っていった。

「大原にいたのですか」

義懐は驚いたように言った。大原は横川の別所で、来迎院にも天台の道場があった。

「もうほとんど声を出せぬようだ。喉が潰れるほど念仏を唱えたのだろう」

保胤は目頭《めがしら》を拭った。

歩行が辛《つら》くなった惟成は、長楽寺山のねぐらをひき払って、ひと月ほど前から大原の小さな岩屋に籠っていたが、自分でも死期の近いことを悟って、どうしても山で往生したいと願った。きれぎれに見る夢の中に、なぜか勧学会の頃の仲間があらわれ、彼らはみな、保胤の《往生伝》に書かれた聖人たちの姿になって極楽から惟成を招いていた。首楞厳院に行けばまた彼らと念仏が出来る。源信僧都や保胤に自分の往生を見届けてもらえる。惟成は、岩屋を覗いた来迎院の僧に向かって、譫言《うわごと》のように「首楞厳院に連れていってくれ」と掠れた声を絞《しぼ》ったのである。

右大弁藤原在国《ありくに》が使者として雲母坂《きららざか》を登ったのは十月二十九日であった。ひと月前に餘慶任命の宣命を奪い取った山門派の法師たちに対して、特に慈覚大師の門徒であることに敬意を表し、その罪を不問に付すという朝廷の沙汰を延暦寺側に伝えるためである。

落葉を踏みながら、幾条にも降り注ぐ陽光を浴びて、在国はうっすらと額に汗を浮かべていた。やがてあたりが開け、はるかに堂宇が見晴らせた。その堂宇で摂政兼家が七日の修法を行ったのは半年前の、まだ周囲が鬱蒼とした緑に覆われていた季節であった。今や摂政の股肱《ここう》の臣となった彼は、その時は横川まで足を延ばすわけにいかなかったが、今回は兼家から飯室《いむろ》の尋禅への消息を託されたこともあって、用事を済ませたら久々に保胤の顔を拝みに行くつもりだった。

青い空に落葉が舞っていた。在国は従者の先に立って急《せ》くように尾根道を歩いた。そのうち、蕭条《しょうじょう》とした木立の彼方から、首楞厳院《しゅりょうごんいん》の低い読経の声が響いてくる。

保胤は、当然、在国が惟成の臨終に駆けつけて来たとばかり思った。

「惟成が？」

聞いた在国は目をみはった。

「知らなかった。それで……」

「明日まで持つかどうか……大原から担ぎ込まれた時にはもう駄目かと思ったが、意識だけはしっかりしている。これも弥陀のお導きであろう。会ってやりなさい」

「麿を呼んだのか……式太」

さすがの在国も声を詰まらせた。


草堂の入り口に閼伽《あか》桶が置かれ、病人の汗を拭うために布が掛けられてあった。西側の壁に三尺ほどの阿弥陀仏が据えられ、前に香炉や花を入れた瓶《かめ》など三具足《さんぐそく》が並べてある。その奥に立てられた屏風の陰で、惟成は西を頭に寝かされていた。

「式太、わかるか藤賢だ」

在国が枕頭《ちんとう》で呼びかけたが、惟成は目を閉じたまま荒い息を吐き続けていた。胸の上で骨ばかりの手が合わされ、痩せた頬はくぼみ眼窩《がんか》が黒ずんでいた。

「藤賢殿か……」

しばらくして惟成が目を開けた。

「また名簿《みょうぶ》をお持ちになったのか」

掠れ声でそう言うと惟成はクックッと笑った。

「揶揄《やゆ》なさるな」

在国も苦笑しながら、以前と変わらぬ惟成の声を聞いてほっとした。

「昔の夢ばかり見て困ります。往生の妨げになるほど……」

惟成《これしげ》は疲れた声で言った。

「念仏聖の貴僧が極楽往生してくれなければ、凡俗の我が身が困る」

口元に顔を寄せた在国は、病人の手首に赤い紐が巻かれているのに気づいた。

「この何日か、結社の衆が来ては、『どんな夢を見た』『楽の音は聞いたか』と、まるで検非違使のように詰問《きつもん》するのですよ。仕方がないから、朦朧とした紫雲のようなものが見えたなどと、あたり障りのないことを答えているのですが、本当は紫雲どころか蓮の花びら一枚見てなんかおりません」

額に汗の玉を浮かべながら、惟成は、まるで最後の談話を愉しんでいるかのように、喘《あえ》ぎ喘ぎ語った。

「成仏など出来る筈がないのです。五悪の限りを尽くした満仲のような武人の方が、却って無垢な心をもって浄土に掬《すく》い取られるのかも知れませんね」

花山院の出奔《しゅつぽん》を多田源氏が援けたことで、満仲が婿の惟成を裏切ったように世間で言われたが、満仲は源賢の諫《いさ》めもあって、その翌年、郎等《ろうどう》十六人と共に出家して多田新発意《しんぼち》と呼ばれるようになっていた。

「自分は満仲に阿《おもね》り、婿になりたいがために『妻はいない』と嘘をつきました。こうして末期《まつご》の床に就いていると、そうした嘘のひとつひとつが、思い出すたび、まるで地獄の業火のように身を苛《さいな》むのです。他人《ひと》の讃辞《ほめことば》に耳を喜ばせたくて、つい、とるにたらぬ瑕瑾《かきん》を偽《いつわ》ってしまう。自分にこびりついているそうした見栄や体裁《ていさい》、嘘に嘘を重ねた恥辱と慙愧《ざんき》の念に今でも苦しめられるのです。満仲には犯した罪を購《あがな》うことが出来ても、自分の妄語は永劫《えいごう》に許されない気がします」

惟成は辛そうに笑った。

「見栄や体裁は誰にでもある。麿の毎日など嘘で固めたようなものだが、それを気にしていたら生きていけなくなる。式太は完璧を求めるあまり、自分で自分が許せないだけなのではないのか」

惟成は、以前、小萩からも同じことを言われたような気がした。

「藤賢殿の鷹揚《おうよう》な風格には昔から尊崇の念を抱いておりました。自分みたいにこせこせしてない」

「式太は大人物さ。重臣どもの頑陋《がんろう》な頭をこじ開けて新風を吹き込んだではないか。困難なことでも、何とか出来てしまうのが式太の才能だ。あのまま摂政様に仕えていたら今頃は道真公《みちざね》のようになっていたかも知れんな」

「まさか……」

「今度も頑張って往生するさ」

そして低い声で「弥陀の慈愛は、九万里の蒼天を覆う大鵬の翼より広し」と《荘子》を吟じた。

「修行を積んだ高僧ならばあのまま大原の岩屋で往生を遂げたでしょう。自分も死は恐れませぬが学への未練は残ります。どうしても、横川《よかわ》で最期を迎えたかった……」

「もう自分を咎《とが》めるな。病気の時でも健康な時でも一歩は常に前進だと思っている。式太の悪い癖だ」

「院は……」

話し疲れたのか、惟成は、やがて目を閉じてつぶやいた。

「院は今頃、何をしておいでか……」


在国が再び雲母坂《きららざか》を下り、北白河に出た頃には、あたりはすっかり暗くなっていた。借りた網代車に揺られながら、在国は惟成の死を思った。勧学会に加えてほしいと、大路で自分を待ち伏せていた時の、あの、若くて澄んだ眼差しが懐かしかった。

「文章博士にでもなっていればよかったのだ。なまじい乳母子となったばかりに……」

所を得た蛟龍《こうりよう》のように御新政に夢中になっていた頃の惟成、そして、さきほど草堂に寝かされていたその痩せ細った頬が、まるで生老病死の四相の如く脳裡に浮かび、そして消えた。

「最後まで生き急いで、結局、僧侶にも成りきれなかったのだろう」

在国の顔にいつもの皮肉な色が戻った。

「横川《よかわ》の念仏衆にしても、ああして惟成に御来迎の証《あか》しを求めること自体、浄土への確信がないからではないか。源信僧都や保胤入道のような御方にあっても、往生とはそれほど不確かなものなのか……」

惟成の手首に巻かれていた赤い紐の先には深い闇が広がっているような気がした。


その頃、横川では、上半身を扶け起こされた惟成を先頭に、狭い往生堂で、保胤も加わって念仏三昧が行われていた。ゆらぐ燈明の炎に阿弥陀坐像が鈍く染まり、一心に唱名《しょうみょう》念仏をする一同に寒さは感じなかった。

「月が……」

やがて、弱い息を継ぎながら、喘《あえ》ぐように惟成が言った。今夜は朔《さく》で、外に出ても月の見えるはずがなかったが、惟成はうつろな目を中空にさまよわせていた。

「月と、そのほかには何が見えなさる」

「音は聞こえませぬか」

「香りは……」

周囲の問いかけにもただ首を振るだけで、惟成は泣いているようだった。

未明に、数人の僧に扶けられて沐浴を済ませると、彼は、再び堂内で西向きに坐し、手首を縛った赤い紐をそのまま眼前の阿弥陀仏の手にからめて結び、脇息にもたれて、もはや声にならぬ念仏を唱えながら、三十七歳の生涯を終えた。

十四　大原

その年の暮れ、摂政兼家が太政大臣に任ぜられた。同じ頃、園城寺派の餘慶は三カ月足らずで座主を辞任し、叡山西塔の僧都陽生《ようしょう》が就くことで、さしもの大騒動も収束した。

翌永祚二年の正月、十一歳の主上が元服を迎え、内大臣道隆の娘定子が入内して女御となった。東宮は、頓死した兼家の娘、冷泉院女御超子の生んだ居貞《いやさだ》親王であるが、主上より四歳年上であって、既に寛和二年に元服を済ませていた。その時の添臥《そいぶし》となったのがやはり兼家の娘で、藤原国章《くにのり》女との間に儲けた麗景殿の尚侍《しょうじ》綏子《すいし》だった。

道隆が内大臣、道兼が大納言、道長も中納言と、順風満帆の兼家であったが、叡山飯室《いむろ》谷に隠棲する尋禅が示寂《じじゃく》した二月末頃から急に体調を崩し、夏になると、とうとう床に就いてしまった。

「この二条院に棲む物怪《もののけ》のせいだから、東三条の方に戻れとみなが申しておる」

夜着《よぎ》を肩に大きな脇息に凭《もた》れた兼家は、在国と平惟仲《これなか》を前に苦い顔で笑ってみせた。彼は日頃から、在国の左中弁、惟仲の右中弁に因《ちな》んで、二人を《左右の御眼《まなこ》》と称して重用していた。

「だが、吾殿《わとの》たちを呼びつけたのはそんなことではない。麿の後継について、少し相談したいことがあるのだ」

二人は顔を見合わせた。勧学会以来のつきあいであったが、ともに兼家に見込まれて家司になってからは、何となく、互いの心に競うところがあった。

「さすがに、もう、参内もおぼつかなくなったが……次は、やはり、内大臣かな」

摂政を譲るのは道隆で良いのかと質《ただ》したのである。

わざわざ家司に諮《はか》ることではなかった。既に娘を入内させた嫡男の内大臣に次ぐものといえば、権大納言になったばかりの道兼しかいない。誰が考えてもわかりきったことなのだが、それをことさら質すところに、二人は兼家の真意を読み取ろうとした。

「内大臣ではいけませぬか」

兼家の顔色を窺いながら惟仲が言った。

唇の端を曲げたまま兼家は、今度は促すように在国を見た。

「先頭に立って一門の道を拓《ひら》いたのは、何といっても、あの時の道兼さまの御功績でございます。これには誰も異論ありますまい。状況を見極め、実に何カ月にもわたり、我慢強く御主上を説得し続けた忍耐と才覚がお有りになる。簡単なようであって、誰にでも出来る事ではございませぬ」

「それで？」と兼家が言った。

「その功に報いるためにも、また、摂政たる器《うつわ》としても、この在国は道兼さまを推《お》したいと存じます」

兼家は面白そうに在国の顔を見つめていた。かつて、兄の兼通に関白職を奪われ、切歯扼腕《せっしやくわん》した時の自分が思い出された。まして、今度の場合は弟である。激昂する道隆が目に見えるようだ。しかし、それでもあの日、主上を裏切って花山寺から逃げ帰った道兼の、あの真蒼《まつさお》な顔は父の胸を打ったのである。ましてその後ろめたさは、恐らく自分にもわかってやることは出来まい。兼家は、道兼ひとりを悪者にして、華やかな日々を謳歌している道隆に摂政を譲ることに、なぜか、ためらいを覚えたのであった。

「しかし、それでは一門の前途に禍根《かこん》を残すことになりますぞ。わざわざ長幼の序を違《たが》え、兄弟に確執《かくしつ》の種を植えつける必要などないではありませんか」

「もうよい、わかった」

兼家は惟仲の憤懣を遮《さえぎ》った。在国が道兼を推《お》してくれたことで、却って気持ちの整理がついたのである。恐らく、兼家の一抹の迷いを感じとり、在国は敢《あえ》て惟仲とは反対の意見を述べたのだ。《左右の御まなこ》が同じ見方しか出来ないなら、何もふたつある必要はない。兼家は在国に感謝した。


五月八日、兼家が出家入道し、替わって内大臣道隆が関白となった。落飾した兼家は、それまで住んでいた二条京極邸を仏寺とし、法興寺と名づけて極楽往生を祈願した。さらに摂政を継いだ道隆は、勢《いきおい》に乗じて定子を皇后にする意向を表わしたが、父が病床に就いているのにそれどころではあるまいという風評が立って止むを得ず口を閉ざした。

兼家はそれから一カ月ほど、後世《ごせ》を祈りながら療養に励んだが、七月二日、遂に六十二歳でその生涯を終えた。九日に鳥部野《とりべの》北辺で盛大に葬儀が営まれ、七大寺を始め諸寺で念仏が唱えられた。

故実に従って、葬送に参列した官吏たちに酒肴が振舞われ、在国は夕闇に立ち昇る煙を眺めながら杯を含んだ。何年にもわたり庇護を受けてきた彼は当然の如く寂寞の感にとらわれていた。皮肉屋の彼の目から見ても、兼家は魅力ある人物だった。多くの子種に恵まれ、家族を慈しむ厳父であったと同時に、何といっても、摂家としての自負が強い巧妙な野心家であった。

「機を見るに敏な御方だった」

惟仲が語りかけた。

「豪放磊落《らいらく》と思わせながら、その実、人の弱さを見抜く術《すべ》に長《た》けていた」

在国もしみじみと述懐した。

「あの老獪《ろうかい》さは見習わなくてはいかんだろうな」

「在国の言う言葉か」

惟仲が笑った。


在国は左中将道頼が参議に転じたあとを襲って順当に蔵人頭になったが、さらに八月三十日、これまでの労を認められて従三位非参議に叙せられた。惟成のたどりつけなかった卿の身分になったのである。ところが、どこから洩れたものか、在国が道兼を摂政に推したことが関白道隆の耳に入り、右大弁ならびに蔵人頭を解かれてしまった。そしてこれ以後、在国は道隆に疎《うと》んじられ、冬の時代を迎えることになる。

九月二十二日、弾正尹章明親王《だんじょういんのりあきら》が六十九歳で薨じた。女王済子の所在は杳《よう》として知れぬままだが、密通相手の兵衛尉平致光は、この頃、関白道隆の二男でまだ十七歳の伊周《これちか》の郎等になっていた。兄致頼の甥にあたる有道維能《ありみちのこれよし》が伊周の家司をしていた関係からだが、彼は相変わらず致頼《むねより》の指示で伊勢の益田荘への往還を繰り返していた。

「成村が死んだよ」

ある日、鈴鹿峠の堂守女が、致光《むねみつ》に湯漬けを出しながら言った。

「常陸で殺されたんだとさ。息子の為村が話してくれた」

「喧嘩か……」

「そこまでは知らねえ」

伊勢と同じく、常陸でも平忠頼と繁盛の同族同士の争いが絶えず、恐らく行方《なめかた》の真髪《まがみ》一族もそれに巻きこまれたのだろう。

「相撲と喧嘩は違うと言っていたが、死ぬときは何処でも同じだな……」

致光は青空に浮かぶ熟《う》れた柿の実を見上げながらつぶやいた。


十一月に正暦《しょうりゃく》と改元された。あたかも人の死が時代の歯車を押すかのように、あの成村と常世の、今や語り草になった大勝負を機に譲位した円融法皇も、翌二年二月、三十三歳で崩御された。

花山院はというと、相変わらず熱心に西国を巡礼して修行に努めていたが、その頃は帰京していて、東山椿峰の西麓にある円城寺に身を落ち着けていた。そこで詠まれた桜花の御製《ぎょせい》が、たまたま東一条院にいた祖母恵子女王の耳に入り、女王は、ひと目孫の顔が見たいと言い出した。義懐《よしちか》をはじめ、孫たちまでみな次々と出家して山に入ってしまい、亡き兼家一門の栄華をよそに見て、彼女は淋しかったのである。

「こんな近くに居られるのだから、ひと目、祖母《ばば》の顔を見に来てもよろしかろうに」

「御修行中の身で、そう簡単に俗家にまかることは叶いますまい」

末娘の九の君が、そう母を諭《さと》した。九の君自身も深く法華経に帰依しており、花山院にとっては叔母だが、年齢はほとんど同じ姫であった。

賀茂祭も終わり、あたりの緑が一段と深さを増す季節、祖母女王《ばばみこ》からの度々の催促を受けた院は、円城寺から近衛大路に出て、しばらくぶりに東一条院を訪れた。御幸《ごこう》と呼ぶほどの従者も伴わず、例によって気ままに唐車《からぐるま》を召していらっしゃった。

「すっかり凛々《りり》しくおなりになって」

疱瘡で亡くした先後少将の面影と重なるのか、女王は思わず袖を目にあてた。

「山歩きにも飽きてきました。中納言入道はいまだに飯室《いむろ》に居《お》るそうですな」

「誰も彼も祖母《ばば》など見捨てて、今頃、お山でのんびり杜鵑《ほととぎす》でも聴いているのでしょう。九の君もお勤め熱心だから、いっそ亡き摂政さまに倣《なら》って、この御邸《おやしき》を仏寺にしてしまいたいくらいですよ。さすればいつでも法皇さまに御出でいただけますものね」

恵子女王はそう言って、西の対屋にある九の君の曹司に院を案内した。

「こちらでしばらくお休みくだされ。急なお越しでしたので、いま、急いで寝殿に御座所《おまし》をお設けいたしますから」

それほど女らしい調度もない曹司で、花山院は九の君に、諸国の寺社の有様や聖僧たちの逸話を語って聞かせた。九の君は目を輝かせ、観音信仰によって窮地を救われた女の話では涙ぐんで何度も首を頷かせた。

御膳《おもの》も九の君の曹司で召し上がった。

「何も出来ませんが」

「熊野の王子や仮屋の御食《みけ》にくらべ、さすがに都の御膳《おもの》は美味であるな」

その時、几帳《きちよう》の脇に控えている若い女房の姿が御目にとまった。

「誰だ、どこかで見知った顔だが」

「乳母子の中務《なかつかさ》でございます」

「あ、そうであったか」

中務は乳母と平祐之《すけゆき》の間の娘で、今は若狭守祐忠《すけただ》の妻になっていた。東宮だった花山院が邸を出た後も、そのまま残って恵子女王に仕えていたのである。

「知った者がよい、あとで寝殿に来て御足《みあし》をまいれ」

そう言いながら、院は、ふと、同じ乳母子だった惟成の顔を思い出した。

「往生してもう何年になるか……」

箸を持つ手をとめ、かつて幼少期を過ごしたこともある邸の庭を眺めながら、院は、あの大きな目が、どこかで、「なりませぬぞ」と自分を叱っている気がした。

「朕も少し疲れたのだ」

誰にともなく院はつぶやかれた。


花山院はその後もしばしば東一条邸にやってきては、九の君相手に時を過ごすことが多くなった。そして夜になって中務に御足を揉みさすらせているうち、やがて、相手が人妻であるにもかかわらず手をお出しになった。

「不思議なものだな。昔から見馴れていた乳母子なのに、暫《しばら》くぶりだと、何故こんなにも愛《いと》おしくなるのか……」

事態に気づいた九の君に向かって、院は臆面もなくそう弁解した。そして中務には新たな曹司をもたせ、院はそのまま東一条院に居続けるようになった。

祖母女王はともかく、信仰の厚い九の君はこれが世間に漏れることを恐れたが、院は、平然と別当を呼び寄せ、東一条院で政務までお執りになり始めたため、おのずと人々の知るところとなった。

「いずれそうなることとは思っておりましたが、まさか中務《なかつかさ》とはなあ」

困った九の君が飯室《いむろ》谷の兄に相談しても、義懐からはそんな返事しか来なかった。

しかし、出家の折に後院《ごいん》も封戸《ふこ》もいらぬと公言した手前、いざ里住みとなると何かと生活が不如意《ふにょい》にならざるを得なかった。それを聞いて気の毒に思った摂政道隆が、あらためて院に年爵《ねんしゃく》と若干の封戸《ふこ》を料として奉った。そうなると、すっかり楽な里暮らしを決め込んで、邸内の北に御座所を新築し、そこを自身の後院《ごいん》としてしまった。

例の性癖から御座所の造成にも異常な執着をみせ、車宿りの板敷の奥を高くして、妻戸を引き開けると車が自然にカラカラと走り降りるように設《しつら》えて得意になったりした。中務は夫祐忠《すけただ》との間に生まれた娘の平子《へいし》とともに新造された御座所に仕えたが、やがて母娘共に院の種を宿し、周囲から顰蹙《ひんしゅく》を買った。

「何のための御修行だったのか……」

それを聞いた九の君は、驚く以上に、自らの道心の浅さまでも思い知られて、落胆の色を隠せなかった。

さすがに院も九の君にだけは気が引けたものか、口封じのつもりで、異腹の弟で色好みの弾正宮為尊《ためたか》を語らい、彼女の婿として西の対に通うよう取り持ってやった。恵子女王は喜んだが、ただ九の君はそれほど結婚生活に期待を持たず、ひたすら《法華経》を読む日々を繰り返していた。

冬の大原は殊に寒気が厳しかった。惟成が籠っていた岩屋の入り口に白菊を手向け、小萩は母の尼御前と手を合わせた。山に登ることが許されない女の身なので、昨年も、この里坊《りぼう》で惟成の周年供養をしたのだった。

「岩屋もすっかり草に埋もれて……こうして忘れられていくのですね」

母尼は既に還暦を迎えていた。

「横川《よかわ》の勝地《しょうち》に卒塔婆《そとば》を立てて墓所としたそうですが、そこも今では朽ち果てていることでしょう」

同じく尼装束をした小萩は、手に持った石のようなものを狭い岩屋に投げ入れた。

「何です？」

「乾元大宝銭《けんげんたいほうせん》。もう顔も見たくなくなった頃、突然、一貫文届けて寄こして、これで美濃絹が何疋購《びきあがな》えるか知らせてほしいと頼んできたことがあるのです」

「あのような重いもの、母など使った試しもありませぬが……惟成は何故か熱心だったようですね」

「有能な左中弁さまの忘れ形見ですわ。供養にと思って」

小萩は苦笑して、もう一枚、その四角い穴あき銭を投げ込んだ。銭は薄暗い岩屋の奥に音もなく吸い込まれた。

「世の中のことはわかりませぬが、院が一条邸にお戻りになったとお聞きして、また昔が懐かしくなりました。祖母《ばば》の女王《みこ》さまにも一度御挨拶に伺わねばなりませんね」

「中務《なかつかさ》の御《ご》との悪い噂も聞きます」

「まだお若いし、何年も嶮《けわ》しい山寺ばかり巡《めぐ》り歩いていらっしゃったから」

乳母の身として、院に対しては我が子同様甘いのである。

横川の別所とは言っても、大原には、僧衣の洗濯をする女たちの宿坊もあったし、出家した夫のたまの訪れを待つ妻たちの草庵もあった。小萩は、自分も母尼と一緒にそうして惟成を待つ暮らしが出来たかも知れないと思うと、僅かな未練を覚えた。

「病を癒《いや》すため里に降りてくる僧ならたくさん居られるのにねえ、わざわざ山に……母にもその銭《ぜに》を一枚くれないかい」

「いつだって、自分に厳しいお方でいらっしゃったから」

小萩が銭を渡すと、母御前は力を込めて岩屋めがけて放った。今度は石にあたってコンと乾いた音を立てた。

惟成を横川まで運んでくれたという来迎院の僧たちに、昨年と同じく、供養の読経を依頼してあった。

「母が乳母になったのは、あの子にとって良かったことだったか……」

「少なくも妾《わたし》とは出会いましたわ」

近づいてくる僧たちの低い私語を耳にしながら、小萩は、まぶしげに目を細めて、叡山の上の澄んだ冬空と、高く低く舞う一羽の鳶《とび》を見上げた。

第三章　法《ほう》皇《おう》奉《ぶ》射《しや》

一　伊周《これちか》

摂政となった道隆も父に倣《なら》って息子の伊周《これちか》や隆家を強引に昇進させた。伊周は、正月に参議に任じられると九月には権中納言、翌正暦《しょうりゃく》三年八月には十九歳で権大納言となり、八歳年長の叔父道長と肩を並べた。それによって増長した伊周は生来の向こう意気の強さから、時に傍若無人な態度をとり、周囲の顰蹙《ひんしゅく》を買うことが多くなった。

正暦四年の正月、仁寿殿《じじゅうでん》で催された内宴で酔った伊周は、叔父の内大臣道兼の横に座って、声高《こわだか》に、先日の御前論議で自分が受禄の作法を間違えたことの弁明をしていた。簀子《すのこ》を通らず、しかも跪《ひざまず》かなかったと周囲から非難されたのである。道隆一門に面白からぬ思いを持つ道兼は、高慢で執拗《しつよう》な伊周の態度に鼻白んで横を向いてしまった。

「過ぎた非礼より、今の非礼だ」

見かねた道隆が伊周を咎めた。

「そこは大臣《おとど》の座である。権大納言は長押《なげし》より上には座さぬが故実だ。若さゆえの驕《おご》りでは済まされぬ。下がれ」

さすがに父摂政の言葉には逆らえず、伊周は憮然とした表情で座を立った。

「お許しくだされ、内大臣殿」

道隆は鷹揚《おうよう》に弟に詫びた。

左大臣源雅信が七十四歳、右大臣源重信は七十二歳、そのような場に二十歳の伊周の姿はいかにも不似合であった。だが、摂政の道隆とて、まだ、四十の算賀を祝われたばかりの若さである。三月末に、伊周や定子と同腹の妹原子《げんし》が十五歳で東宮居貞《いやさだ》親王に入内し、道隆は着々と父の轍《てつ》を踏んで、ついに四月二十二日をもって関白に任ぜられた。

五月になると左大臣雅信が病のため致仕《ちし》を願い出たが留められ、そのまま七月末に出家して薨御した。一年後、その後任として右大臣重信が左に昇格したが、その時の《大臣召し》で、新たに伊周が上位三人を超えて内大臣に任ぜられ、周囲を驚かせた。これには、道長は言うまでもなく、以前から道長贔屓《びいき》であった皇太后の東三条院、かつての女御詮子も不満を露わにした。

正暦五年は鎮西からもたらされた赤斑瘡《あかもがさ》と呼ばれる疫病が諸国で猖獗《しょうけつ》を極めた。最初は風邪のような熱や咳が出るが、やがて粟粒ほどの発疹が全身に広がり、荒々しい息のもと唇や指先を紫に変じて死んでいく。四月二十四日、看督長《かどのおさ》に命じ、洛中に筵《むしろ》や薦《こも》で仮屋を作って病人を置かせ、一杯になると、さらに荷車で三条京極の薬王寺まで運ばせたが、それでも死者は路頭に満ち、往来の者は鼻を覆って通り過ぎた。遺骸には烏《からす》や犬が群がり、その骨が路地を塞ぐほどであった。

このため、翌正暦六年二月には長徳と改元し、国ごとに六観音像と大般若心経を供養させたが、流行は却って熾烈《しれつ》となり、台閣の中枢に連なる公卿が相ついで病に薨ずる異常な事態となった。そして、さしもの道隆一門も例外ではなかった。

前年冬頃から、関白道隆の容態が思わしくなくなった。だが、その症状は赤斑瘡とは異なり、絶えざる喉の渇きと頻尿で、一斗の水を飲み一斗の小便をすると噂された。年が明け、長徳と改元した頃になると、肥っていた体も痩せ細り、立ち眩《くら》みがするといって参内もおぼつかなくなってしまった。そこで道隆は伊周に関白の職権である内覧を譲る意向を示し、渋る主上に門上げて奏聞した結果、関白が病気の間だけという条件で、内大臣伊周に内覧の宣旨《せんじ》が下された。

四月三日、ついに道隆は随身を返上して関白職を辞した。ただ伊周を後任の関白にしたいという奏聞については、天皇が断固お許しにならなかった。道隆一門に反感を抱く国母東三条院の意向が反映されたと同時に、主上御自身、あまりに性急な伊周の態度を快く思われなかったからである。

重篤に陥った道隆が出家した夕刻、中宮定子や東宮御息所原子が退下《たいげ》して駆けつけた。混濁する意識の晴れ間に、道隆は念仏を勧める導師の言葉を遮《さえぎ》り、

「極楽にも酒はあるかな。きっと朝光が待っているだろう。いずれ済時《なりとき》も来る」

数珠を握って楽しそうに呟いた。飲み仲間の朝光の訃報を聞き、済時もまた赤斑瘡に倒れたと知ったからである。

道隆は四十三歳で薨じた。世間では酒の乱れが原因だとして《男の上戸《じょうご》は一興ではあるが、過ぎれば身を滅ぼす》と批判した。


既に内覧の宣旨を得ているのだからこのまま関白になれる筈だと、伊周や母方の親族である高階《たかしな》家では僧侶や陰陽師に連日祈祷を行わせた。しかし、国母東三条院詮子が右大臣を推しているらしいとの噂があり、伊周が不安を覚えていると、やがて四月二十七日、関白の宣旨が、出雲守藤原相如《すけゆき》の家にいた右大臣道兼に下された。それを聞いた途端、伊周はまるで手に据えた鷹を逃がしたように落胆し、「なまじ内覧の宣旨を蒙ったばかりに世間の物笑いになった」と膝を抱えて嘆いた。

積年の念願叶って関白となった道兼だが、実は、この時、雅趣《がしゅ》に富んだ相如《すけゆき》邸で罹病の身を

養っていたのである。宣旨を受けた彼は、早速、五月二日に慶賀のために参内したのだが、既に病状は重く、前駆の者の肩にもたれながらやっと退出する有様だった。

自邸で祝いの準備に忙しかった家人は、苦しそうに帰ってきた道兼を見て驚いた。急いで床を用意し、祝いに駆けつけた朋友の小野宮実資《さねすけ》も、まるで見舞客のように枕元に座ることになった。道兼は起き臥しも辛そうであったが、次から次と祝い客が詰めかけ、従者たちまで酒宴にうち興じている最中に大きな呻《うめ》き声を上げるわけにもいかず、苦痛を堪《こら》えて強いて平静を装っていた。

道隆の後を追った済時《なりとき》の後任として左大将になった道長は、そんな兄を心配して毎日のようにやってきては面倒を看ていたが、やがて事態は誰の目にも隠せなくなった。諸寺に平癒の御誦経《みずきよう》を上げさせた甲斐もなく、道兼が薨じたのは奇《く》しくも左大臣重信と同じ五月八日の午後であった。

道隆の時には弔問にも行かなかった道長だが、仲の良かった兄道兼の死に対しては顔に袖を押しあてて号泣した。后がねの娘がいつ生まれてもいいようにと、粟田《あわた》山荘の障子に名所絵を画かせ、絵物語を揃え、教養ある女房も集めていた道兼が、やっと北の方が懐妊したといって喜んだ矢先のことであった。そのあっけない死に様に、世間からは《七日関白》と称された。

僅か二カ月足らずの間に、二人の関白を含めて左右の大臣までいなくなってしまったのである。後継の大納言である朝光も済時も今はおらず、残った者といえば伊周と道長ぐらいのものだった。

「早々に麿の世が転がり込んできた」

「御祈祷の甲斐がありましたな」

伊周も祖父高階成忠《なりただ》も、序列からして今度こそはと確信していた。

ところが、案に相違して、五月十一日、道兼の葬儀が行われたまさにその日、権大納言藤原道長に内覧の宣旨が下された。妹の中宮定子を介して内々の御意を得ていた伊周だったが、ここでも道長贔屓の東三条院が清涼殿の寝所まで押しかけ、「世のため良かれと思って申すことをお聞きになれないのですか」と、渋る主上を説得したのである。

さすがの伊周も度重なる屈辱にうちひしがれ、暫《しばら》くは言葉が出なかった。

「神仏に見放されたのだ。もう生きていても仕方あるまい」

「気丈に思《おぼ》しめせ。命あればまた良い機会が廻《めぐ》ってきます。疫病が跳梁跋扈《ちょうりょうばっこ》する世の中です。また十日関白ということにだってなりかねませんぞ」

祖父成忠の祈祷が、その日から道長への呪詛に変わった。だが、皮肉なことに、一カ月後、病魔に倒れたのは伊周の弟道頼で、道長は右大臣に昇格し氏の長者となった。

道長と伊周の間が険悪の度を増したのは七月二十四日の仗座《じょうざ》での出来事であった。発端は長者に引き継がれる渡領《とりょう》荘園の所領帳をめぐる悶着だったが、既にそれ以前から、両者は一触即発の関係にあった。

「粟田殿へお渡ししなかったのか」

「渡すも何も、七日関白ではその隙がなかったのだ」

「怠慢である」

「父関白も急死であったゆえ、諸事の確認に手間取るのは当然ではないか」

「ひと言詫びたらどうだ」

胆《きも》の太い道長と気性の荒い伊周だから互いに譲らず、やがて掴《つか》みかからんばかりの口論となり、道長の激しい罵声が陣の外にまで響き渡った。仗座にいた数人の公卿は恐れをなして姿を隠し、壁代《かべしろ》の背後には近衛の官人や従者たちが集まり、爪先立ちで聞き耳を立てていた。

「何事か……」

騒ぎを聞いて駆けつけた伊周の家司、菅原董宣《ただのぶ》が傍らの将監《しょうげん》に尋ねた。事情を知った董宣は憤慨して拳を握りしめた。

「氏の長者をいいことに内大臣さまを貶《おとし》めようとするものだ」

それでなくとも日頃から道長を快く思わない道隆一門だったが、その中で、伊周と同腹の弟でまだ十七歳の中納言隆家《たかいえ》は、乱暴者と異名をとるだけあって、兄よりよほど行動力があり胆が据わっていた。

「喚《わめ》いたり嘆いたりなんぞするより、やってしまった方が事は簡単だ」

仗座の口論から三日後、七条大路で道長の従者数名を待ち伏せ、命を受けた隆家の従者たちが喧嘩を仕掛けた。双方ともに衛府の官人を呼んで立ち会わせ、互いに弓を射て乱闘となり、あたかも合戦の様《さま》を呈した。結果、多数の怪我人が出たものの、私闘として朝廷からは特に問題視されなかった。

「やはり従者では駄目だ。もっと直接、右大臣に掣肘《せいちゅう》を加えねば」

数日後、隆家の意を受けた者たちが、今度は闇夜に紛れて道長の随身を襲い、そのうちの一人を殺害してしまった。警護のため右大臣には常時八人の近衛舎人が随身としてつけられているが、彼等は従者ではなく官人である。隆家側による先日の報復らしいと聞いた道長はさすがに激怒した。

「公人である随身の殺傷は、もはや私闘ではなく朝廷への反逆である。犯人をさし出すまで中納言の参内を停止する」

恐いもの知らずの若い隆家も、宣旨とあれば犯人と思しき従者をさし出し、暫くは行動を自粛せざるを得なかった。ただ、隆家にとっても祖父にあたる高階成忠はいよいよ道長に対する憎悪を深め、連日、僧や陰陽師に呪詛の祈祷を上げさせた。

「右府は連日、滞《とどこお》った除目《じもく》やら事案の処理に励んでいるそうだ。豪胆で知られた男だから、公卿たちも恐れをなして土御門邸にご機嫌伺いに出掛けるという。そのうちこちらは何も出来なくされてしまうぞ」

盃を手にした家司の董宣《ただのぶ》は、前に控えた五人の郎等に向かって苦々しげに言った。

「先日の小除目《こじもく》でも、酒乱で辞職した太宰大弐《だざいのだいに》佐理《すけたか》の後任に、これまで逼塞《ひっそく》していた在国《ありくに》を取り立て、勘解由《かげゆ》長官を惟仲《これなか》に兼ねさせたりしている。亡き兼家の大臣《おとど》が《左右の御眼《おんまなこ》》と呼んだ二人をそのまま自分が引き継ぐという意欲のあらわれだ」

「多田源氏の備前守頼光も右府の側近になったそうですな」

郎等たちは口々に道長の露骨な策謀を非難したが、どれを取っても伊周側が歓迎出来る話題では無かった。

その時である。

「殺《や》ってしまえばいい」

静かな、それでいて思わず周囲を黙らせる低い声が響いた。

「道長を殺すなどわけのないことだ。寺社詣での途中を襲えば、腕の立つ武者十人ほどで事は済む」

右兵衛尉平致光《たいらのむねみつ》が、頬に薄笑いを浮かべながら董宣《ただのぶ》を見つめていた。その青みがかった獣のような目に出会うと、董宣は、いつも、怖さと同時に薄気味の悪さを覚えた。

致光は、伊周の家司有道惟能《ありみちのこれよし》のもとに郎等として身を寄せていたのだが、惟能がこの春の除目で武蔵権介《ごんのすけ》に任ぜられて離京したため、同じ家司の菅原董宣の邸に宿所を変えていたのであった。彼がかつて野々宮で斎宮と密通した滝口だったことを憶えている者も殆どなく、今は、有名な平五大夫致頼《むねより》の弟であることで周囲からは一目置かれていた。

致頼《むねより》が経営する桑名郡益田荘に隣接して員弁《いなべ》郡があるが、いつかその南の三重郡や鈴鹿郡にまで維衡《これひら》が支配を広げ、致頼と勢を競うようになっていた。そのため、致光も以前のように簡単に鈴鹿峠を越えることが出来ず、しばしば維衡の郎等たちと小競り合いを繰り返すようになった。致光にとって、殺人や乱闘が日常となり、いわば、《殺し馴《な》れ》し始めていたのである。

「何なら己《おのれ》から兄の平五大夫に頼んでやってもいいぞ」

致光は薄笑いを浮かべたまま手元の盃に酒を満たした。

「冗談もそのくらいにしておけ。そんな話が外に洩れたらまたひと騒動だ」

董宣《ただのぶ》も笑いに紛らわせようとしたが、頬がひきつっていた。《何を仕出かすかわからぬ男だ》

彼は致光の野々宮事件を知っていた。

発端は恋のもつれであった。

かつて花山院が帝位を投げ出してまでその菩提を弔った女御忯子《しし》の父、太政大臣為光には、忯子のほかに異腹の三の君がいたが、彼女は父の死後、一条邸が姪の東三条院詮子に相続されたこともあって、七十を過ぎた左大臣雅信の室として鷹司《たかつかさ》小路の邸宅に居を移していた。世間からは《寝殿の上》と呼ばれ、美人の評判が高かったが、雅信も二年前に没し、今は妹たちと広い邸内にひっそりと暮らしていた。その《寝殿の上》のもとに、秋口から密かに伊周《これちか》が通い始めたのである。

ある師走の宵、例によって網代《あじろ》車を走らせて鷹司邸を訪れてみると、既に先客があるようで、中門廊に降り立った伊周の目に、車宿りに留められた蘇芳簾《すおうすだれ》の檳榔毛車《びんろうげのくるま》と、その周囲で警護にあたる人影が映った。

「誰だか聞いてまいれ」

従者のひとりがすぐ車副《くるまぞい》らしき男に近づき、花山法皇が邸の姫君のもとを訪れているという情報を持ってきた。

「法皇が?」

あの艶聞で名高い花山院が、《寝殿の上》の噂を耳にして手を出してきたのだと、伊周は思わず顔色を変えた。だが、相手は何といっても法皇である。伊周は口惜しい思いを押し殺して引き返した。

生前、為光は常に「女の容貌《みめ》は果報のもと」と言って、亡き忯子《しし》と、この《寝殿の上》の美しさを慈《いつく》しんでいた。だから伊周にしても簡単に諦めるわけにはいかなかった。嫉妬に眠れぬ夜を過ごす彼の耳に、やがて、法皇が鷹司邸の寝殿で賑やかに姫君をもてなしているという噂が伝わってきた。

「たとえ法皇といえども落飾すれば不犯《ふぼん》の身だ。それを何だ、破戒僧のごとく」

伊周は歯ぎしりして悔しがった。

しかし、実は、花山法皇が通っていたのは《寝殿の上》ではなく、妹の四の君儼子《たけこ》の曹司であった。姉に比べて容貌は劣るものの、異腹ながら面影が忯子に似ているという話を耳にした法皇が、執拗に消息を遣って、嫌がる儼子を無理やり自分の側室にしてしまったのである。会ってみると、確かに、どことなく寂しげに微笑む儼子の様子は、やつれた忯子の痩身を思い起こさせた。

だが、好色な法皇の相手なら、当然、美貌の《寝殿の上》以外にはないと思い込んだ伊周は、恋の恨みを抱いたまま年を越した。

長徳二年の年賀に訪れた弟の隆家に、伊周は事の次第を打ち明けた。

「何、簡単なことです。麿に任せてくだされ。頬の蚊ひとつ叩くことを知らず育った法皇だ。少し脅しつけてやれば恐がって二度と来なくなりますよ」

請け合ったものの、隆家の従者たちは既に道長の随身殺害の件で検非違使から目をつけられている。幾ら乱暴な隆家でもこれ以上の騒ぎを起こすことは憚《はばか》られた。

「もともと兄大臣《あにおとど》の問題だ。そちらから闘諍《とうじょう》に長《た》けた郎等を何人かお借りしたい」

「よかろう。董宣《ただのぶ》に言って明日にでも遣わしてやろう。ただ、何といっても相手は法皇だ。脅すにしても相応にやれ」

隆家はそれには答えず、にやりと意味ありげな笑いを浮かべただけだった。

翌日、家司董宣のもとから、源元正《みなもとのもとまさ》、菅原宗忠《むねただ》といった郎等たちとともに、平致光《むねみつ》も中納言隆家邸に遣わされてきた。それぞれ弓箭を帯びた精兵《せいびょう》を引き連れていたが、致光の私兵は見るからに勇猛であった。

「場合によっては従者のひとり二人殺してもかまわぬ。それくらいしないと驚かぬ御方だと聞いておるからな」

隆家は郎等たちを前に言った。

「女を訪れた帰りを狙う。人目を忍ぶ密幸だから供の数も少なかろうし、事後も他言《たごん》が憚られよう。常則《つねのり》」

隆家は頰髯《ほおひげ》の濃い男に目をやった。

「其の方が指図しろ。これから毎晩鷹司邸に見張りを置き、然るべき時が来たら、すぐ襲撃の場所に兵を潜ませるのだ。よいか、法皇とて手加減は無用だ。存分に恐がらせて、二度と女のもとを訪れぬようにしろ。それから右兵衛尉、其方《そこ》は搦《から》め手にまわれ」

隆家は致光に命じた。

「はっ」

致光は頭を下げ、漠然と済子を思い、花山院との奇《く》しき因縁のようなものを感じた。

二　致光《むねみつ》

出家して十年、花山院も既に二十九歳の男盛りを迎えていた。相変わらず好奇心が旺盛で、昨秋も、阿弥陀峰で六波羅密寺の僧覚信が焼身すると聞き、公卿たちと連れ立って結縁《けちえん》に赴いた。手を合わせたまま、院は、大きく目を見開き、絶叫する念仏と共に炎の中で身を震わせる僧の死にざまを、食い入るように見つめていた。

「あっけないものだな、ひとの命は」

熊野や西国の巡礼修行をそれほど苦にしなかった院にも、焼身は確かに苦行の最たるものだと思われたが、念仏だけで往生が出来るとはまだ信じられなかった。院にとって仏道とは、嶮しい山岳霊場の修行で身につく霊験であり法力であって、浄土への漠然とした期待や欣求《ごんぐ》などではなかった。

この頃になると、院は、風雅な後院《ごいん》暮らしにも物足らず、女漁《あさ》りの日々を繰り返すことにも飽きていた。今は、胸に鬱積する熱い狂疾を癒やしてくれたあの山や海、空吹く風や雲の風景が懐かしかった。そして、いつか自分も書写山の性空《しょうくう》上人のように、都を離れた霊場に籠って修行三昧の生活に明け暮れることを夢見ていた。

年が明け、五日の朝勤行幸《ちょうきんのぎょうこう》が済むと、院は早速鷹司《たかつかさ》邸の女のもとを訪れた。酉《とり》の下刻、性来の馬好きもあって普段は騎馬で十人ほどの供に囲まれるようにしてやってくる。

「本来ならば寝殿に御通し申し上げたいのですが、あちらの姉君のもとには内大臣様が通っておいでですので……」

法衣の胸で儼子《たけこ》が甘えるような声を出した。

「かまわぬ。内大臣などと顔を合せでもしたら、それこそ世間にどのような噂が流布するや知れぬからな」

院は抱いた肩を揉むようにしながら笑ったが、その寝殿の君のもとへ、最近になって伊周《これちか》の来訪が途絶えたことについては、儼子も知らなかった。

「世の非難を浴びていることは承知しておるが、朕はそなたの験者《げんじゃ》であるぞ。かつて弘徽殿の菩提を弔ったように、今はそなたの病《やまい》を療ずるために来ておる」

「恋という不治の病を……」

儼子は頬を染めた。

「こうして療ずるのじゃ」

院は女の袖をまくって手を取ると、その氷魚《ひお》のように白く細い指を吸った。

既に暁近く、十六夜の月が鷹司小路の築地《ついじ》の東面を薄く照らしていた。花山院はいつものように練堅織《ねりかたおり》の香袍裳《こうはくも》の襟で後頭部を覆い、自身で手綱をとって、ゆっくりと東洞院の自邸に向かった。先頭に小舎人童《こどねりわらわ》数人、馬添《うまぞい》二名、それに、許されて兵仗《ひょうじょう》を帯びた七人の従者が徒歩《かち》で後に続いた。

油小路から大路に出ようとした一行は、未明とはいえ、物詣《ものもうで》や朝帰りの人影もあって、邸の御門脇に何人かの男が群れていたのも別に怪しまなかった。だが、通り過ぎてすぐ、突然、前方の小路から十人ほどの賊が飛び出してきて、その場に身構えると、ヒュンヒュンと鋭い矢音を放った。途端に、先頭にいた小舎人童の何人かが大きな叫び声を上げ、顔や腹を押さえてその場にうずくまった。

従者たちが慌てて院の馬を囲み、背後を振り返ると、さきほど御門にたむろしていた男たちが、手に手に太刀をさげて退路を塞《ふさ》いでいた。

「何をするか！」

「過ちするな。法皇様であるぞ！」

腕に覚えのある従者たちだが、まさか院が襲われるとは思ってもみなかった。

「何が法皇様だ。出家した身で他人の妻を寝取るなど、下賤な破戒僧と同じような悪事を働くので、少し懲らしめてやるのよ」

薄縹《うすはなだ》の狩衣を着た頬髯《ほおひげ》の男が前に出てくると、嘲笑して言った。

「不敬である。ただでは済まぬぞ！」

突然、馬上で院が怒鳴った。

そのよく徹る鋭い声を耳にした賊は、一瞬たじろいだが、やがて、ワッと喊声《かんせい》を上げると、前方から一斉に従者に打ちかかってきた。従者たちは院の馬を背に、さすがに手練《しゅれん》の太刀さばきで、敵を切り返し打ち返し応戦しているうちに、賊方に何人かの負傷者を出した。暫くして頬髯の男が合図すると、賊たちは一斉に引き下がり、双方は三間《さんげん》ほど隔てて睨みあった。そのうち、

「やれ」

頬髯の指示を受けた男が、身悶えしている小舎人童に近づくと、いきなり、ドスッという音とともに首を切り落とした。頬髯の男は首の髪を掴《つか》んで高くかざし、院に見せるように突き出した。滴り落ちる血が狩衣《かりぎぬ》を朱《あけ》に染めるのが夜目《よめ》にもわかり、さすがの花山院も思わず息を呑んだ。

「よく見ろ！　これが淫蕩の購《あがな》いだ」

そう叫んで首を放り投げた頬髯は、身を引くと、今度は、傍らに倒れている別の小舎人童の頸めがけて太刀を振り下ろした。既に気を失っていた童の首が、音もなく、まるで箍《たが》を外されたように地を転がった。

「誰かこのふたつの首を持て」

頬髯がそう命じて馬上に目を遣ると、院は、しかし、この時、大きく目を見開き、蒼白な顔で男の背後の闇を凝視していた。

「致光《むねみつ》……」

院の視線を追った頬髯の口から、思わず低い声が洩れた。

十五間ほど離れた反対の築地の陰で、闇に溶けるような鈍色《にびいろ》の狩衣を着た男が、微動もせずにじっと弓を構えていた。その矢先はぴたりと院の眉間《みけん》をとらえて離さず、ギリギリと絞る弓《ゆ》立《だ》ちの音までが聞こえてくるようであった。頬髯が心の中で「いかんぞ……」と呻き、院が生唾を呑んだ瞬間だった。緊迫した小路にヒュッという弦《つる》音が響いた。その途端、目を閉じた院の厚い固織《かたおり》の袖が、風でも受けたように大きく舞い、気づいた時には既に射抜かれていた。

外れたのか、最初から袖を狙ったのかはわからないが、矢頃の距離から明らかに玉体に向けて矢が放たれたのだ。院は背筋が凍りつくと同時に、まるで胸を射抜かれたような息苦しさを覚えた。男は弓を横たえると、遠目にもわかる冷ややかな微笑を浮かべた。そして、ゆっくりと二の矢をつがえる男の姿を見て、院は思わずぞっとした。

「殺される」

突然、院は馬の腹を蹴ると、猛烈な勢いで背後の敵の中に飛び込んでいった。驚いて身をかわした賊たちの間をすり抜け、巧妙な手綱さばきで堀川小路に折れると、院は、泣き出さんばかりの必死な形相で、そのまま北に馬を走らせた。慌てた従者たちが後を追って駆け出すのを尻目に、小路に残された賊たちは、悠然と負傷者を肩に抱え、ふたつの首をさげて姿を消した。

院が逃げ込んだのは、かつてそこで忯子《しし》が短い命を終えた、故為光太政大臣の一条邸であった。今の所有者である東三条院詮子の別当として邸にいた藤原公行《きみゆき》は、驚いて、すぐに弓箭を帯びた武士たちを現場に急行させたが、途中で院を追ってきた従者と行き会ったものの、既に鷹司小路に賊はおらず、苦しげにうずくまった従者一人と、首のない小舎人童《こどねりわらわ》の死体が転がっていただけであった。

明るくなってから、院は厳重な護衛に囲まれて東洞院の御在所に戻り、宮中に花山法皇襲撃の報がもたらされた。右府道長は、ただちに一条邸や鷹司小路に検非違使を派遣すると同時に、法皇の御在所に使別当《しのべっとう》である権中納言実資《さねすけ》を遣って事情を聴取させた。

「人目を忍んだ密幸ゆえ、院は、朝廷沙汰にはしたくないとの仰せです」

戻った実資が報告した。

「ただ、従者によると、賊は『院が他人の妻に手を出した』と喚《わめ》いたそうです」

「鷹司邸の話では、院が通っておられた四の君に夫《つま》はいない筈だが」

「確か最近まで内大臣が寝殿の君に通っていたという噂は聞きますが」

二人は首をひねった。

だが程なく、逃げ去る賊の目撃情報や下人同士の四方山話《よもやまばなし》から、犯人が伊周《これちか》の郎等だという噂が広がり、そのうち、誤解に基づく襲撃だったという真相までが明らかにされた。伊周が日頃精兵《せいびょう》を養っていることを聞いていた道長は、密かに内偵を進め、伊周の家司である紀伊前司《きいのぜんじ》菅原董宣《ただのぶ》や中納言隆家がこの計画に加わっていたことを確かめた。

「墓穴を掘ったな」

どこか肩の荷を下ろしたような道長の口ぶりであった。

まさか法皇を射るとは思っても見なかった伊周と隆家は狼狽し、すぐにも検非違使が捕縛に来るかと恐れて、自邸に籠ったまま参内出来なかった。二十三日からは春の除目《じもく》が始まったが、内大臣伊周の円座《えんざ》が道長の命で撤去され、誰もそのことに異を唱える者は無かった。しかし、道長はことさら内大臣を誹謗することもなく、周囲が拍子抜けをするほど悠然と構えていた。

「法皇御自身が『事を荒立てるな、恥を後代に残したくない』と仰せだ」

道長は苦笑して言った。

二月になり、賊が口にした《致光《むねみつ》》なる者が、董宣の邸にいた伊周の郎等、右兵衛尉平致光であることが判明し、部下と共にまだ自宅に身を潜めているという情報もあって、実資は権佐《ごんのすけ》藤原孝道《たかみち》と検非違使たちを捜索に向かわせた。

「たとえ五位以上の邸宅であってもかまわぬ。徹底して捜索せよ」

道長の許可を受けた権佐孝道が董宣邸に赴いてみると、当の董宣は先月薨じた源清延《きよのぶ》の葬儀に出掛けて留守だったので、とりあえず、弓箭を帯びて邸内に潜んでいた源元正《もとまさ》以下八人の郎等たちを捕縛して戻ってきた。

「致光はどうした」

実資は孝道に質《ただ》した。

「ところが、奴《しゃつ》の自宅に行ってみると既にもぬけの殻で、隣家の爺《じい》の話では、我々が到着する前に七八人の兵と共に逃走したということでした。すぐに庁の者を手配して追跡にあたらせましたが……」

「うむ、麿からも洛中や周囲の山々を探索するよう言っておこう」

実資は道長に結果を報告し、事件を叡聞に達するよう願い出た。

二月十一日、仗座に揃った道長以下公卿たちのもとに、頭中将斉信《なりのぶ》から、「早急に伊周と隆家の罪科を定めよ」という天皇からの厳しい勅命が伝えられ、とりあえず量刑を明法博士に勘考させることになった。

ここでも道長は事を急がなかった。

「父関白の服喪の果てる四月までは、このまま謹慎させておいてやれ」

彼は余裕に満ちていた。むしろ量刑などの些事《さじ》で、伊周や、特に若い隆家との間に禍根を残したくなかった。待っていればそのうち間違いなく時代が転がり込んでくる。彼はそう信じていた。だが、その道長の自信を覆したのが中宮定子の懐妊だった。

三月四日、中宮は産のため伊周の籠る二条邸に退下《たいげ》した。道長の顔色を慮《おもんばか》り、遷御する輿《こし》に従ったのは中宮職《ちゅうぐうしき》に関わる何人かの公卿だけであった。しかし、主上にとっては初めての了である。新たに外戚となる伊周を見る目もこれまでとは変わるかも知れず、仮に皇子だったりしたら面倒なことになる。道長も、のんびり構えてはいられなくなった。

その頃、病に倒れた東三条院詮子が、急に重篤となり、彼女の臥した寝殿の床下から呪物の壺が掘り出された。伊周や高階の一族が道長贔屓の東三条院を呪詛したものだと見做《な》され、二十八日には女院平癒を願う大赦が行われた。翌日、今度は法琳寺《ほうりんじ》から、伊周が臣下には禁止されている大元師法《たいげんほう》を修したという訴えが出された。正月に宮中でのみ行われる密教の秘法で、法琳寺に安置された大元帥明王に、敵や悪霊を調伏し国家安泰を祈願する修法《ずほう》である。以前から祖父高階成忠とともに道長を呪詛してきた伊周にとって、今さら身に覚えがないとは言えなかった。

世間でも、賀茂祭りが終われば予定された伊周処分が断行されるだろうと噂された。二条邸では門を閉ざし、伊周の母貴子や中宮などが身を寄せ合い、誰もが涙ながらに数珠を手に神仏に縋《すが》っていた。

四月二十四日の早朝、招集を受けた公卿たちが参内してみると、既に、源頼光や平維叙《これのぶ》といった武者《つわもの》が陣に詰めていた。すぐに主上の御前で除目が行われ、道長によって、内大臣伊周を太宰権帥に、権中納言隆家を出雲守に左遷することが告げられた。

「罪状は、花山院を射奉ったこと、東三条院を呪詛し奉ったこと。大元帥法を行ったことである。大外記を召して配流の宣命を作らせるが、恒例で関を固める」

ただちに左衛門権佐惟宗允亮《これむねのただすけ》を宣命使とし、権佐《ごんのすけ》孝道が検非違使を引き連れて二条邸に向かった。邸の周りを検非違使が取り囲み、一行は詰所の無い東門から内に入ると、寝殿の北を回って伊周の居る西の対《たい》に出た。そこで允亮が宣命を読み上げた。

伊周、隆家だけでなく、叔父の高階信順《のぶのり》や道順《みちのり》もそれぞれ伊豆・淡路に配流と決まり、打ちひしがれた一同は寝殿でじっと息を殺していた。何度も出てくるように促されたが、遣るまいと貴子《きし》は伊周を掻き抱き、定子は兄の手を握って離そうとしなかった。召使いを通じて《病気で動けないので後日に》と申し出たが、允亮《ただすけ》にしても宣命使として簡単に引き下がるわけにはいかなかった。既に内大臣護送の噂を聞き伝えた民衆が大勢二条大路に詰めかけ、中には邸内にもぐり込む者までいた。

「もうよろしいでしょう。御出にならないと日が暮れてしまいますぞ」

允亮《ただすけ》も困惑したが、かといって検非違使を踏み込ませるわけにもいかない。

「中宮さまが居られまして」

事情を内裏に報告して判断を仰いでも、道長からはただ《早く捕えよ》と命じてくるだけである。民衆から中宮に同情する声も上がり、允亮は手をこまねいて伊周が出てくるのを待つほかなかった。

そうした膠着状態が四日間続いた。さすがの道長も《これ以上延ばすとどんな面倒な事態が起こるかわからぬ》と不安になり、一気に決着を図る強硬手段を命じた。

「他を置いて、ひとまず中宮だけを寝殿から連れ出してしまえ」

厳しい宣旨が下され、検非違使が寝殿の御座所に御簾を破って侵入し、拉致するように中宮を車に押し込めてしまった。そして翌日、あらためて邸内が隈なく探索され、打ち壊された塗籠《ぬりごめ》の中から薄鈍色の直衣《のうし》を着た隆家が連れ出された。だが、肝心の伊周の姿は見当たらなかった。

検非違使が踏み込む以前に、伊周《これちか》は密かに母貴子とともに邸を抜け出し、宇治木幡《こはた》にある父道隆の墓に詣でて、五月四日になって出家した姿で二条邸に戻ってきた。網代車には母貴子が尼になって同乗していたが、その場で伊周のみ別の車に移され、有無を言わさず大宰府に向けて護送されたのであった。

伊周は領送使《りようそうし》に率いられ、長岡で一泊して山崎に出たのだが、山城《やましろ》の関戸の院で、後を追ってきた貴子の顔を見るや、突然、「気分が悪い」と言い出して動かなくなってしまった。慌てて領送使の源為貞《ためさだ》が都に指示を仰ぐと、《母尼はすぐに帰京させ、権帥《ごんのそち》をすみやかに下せ》との宣旨が返ってきた。だが、この報を聞いた主上や東三条院から「もう少し罪科を軽くすることは出来ないか」と嘆願され、道長は、結局、丹波路でぐずぐずしている隆家を但馬《たじま》に、伊周は播磨にそれぞれ留め置くことを許可し、それを知って安心した貴子はやっと帰京した。

だが、邸に戻るなり、彼女は度重なる心労のため寝込んでしまった。かつて宮中で高内侍《こうのないし》と呼ばれ、関白道隆の妻として一族の繁栄を築いたのも束の間、父高階成忠《なりただ》は出家し、息子たちは失脚して離れ離れになってしまった。

「伊周、伊周……」

母の譫言《うわごと》を聞きながら、身重の中宮定子は、ただ唇を噛むよりほかなかった。

三　大宰府

寝殿から連れ出された中宮定子は、邸内にある二条宮に着くと、自ら髪を切り尼の姿になったが、翌六月にその御座所が全焼し、叔父高階明順《あきのぶ》邸に身を移していた。中宮に対する主上の御寵愛は深く、国母東三条院も、もし皇子が生まれたら東宮にしてもよいとさえ思っていた。

一方、七月の大臣宣命で、いよいよ道長が左大臣に任ぜられた。大納言顕光《あきみつ》が右大臣に、参議の実資《さねすけ》も中納言に昇進した。そして、閏七月を置いた八月三日には、道長の信を得ていた藤原在国《ありくに》が、太宰大弐《だいに》として鎮西に赴任していったのである。

秋が深まる頃、母貴子の病が重くなり、播磨からも但馬からも案ずる消息が絶えなかったが、「今一度、伊周の顔を見てから死にたい」という母の言葉を伝え聞いた伊周は、十月になって、いたたまれず播磨を抜け出してしまった。既に生み月に入っていた中宮はすぐ兄を御座所に匿《かくま》い、床に就いたまま車で運びこまれた母貴子と、伊周は無事親子の対面を果たした。

八日の夜、還俗《げんぞく》した伊周が再起を図って都に戻っているという平孝義《たかよし》の密告があり、実資は権佐孝道を中宮御所に遣って事の真否を確認させた。「そのような事実は無い」という返答だったが、実資は検非違使に御所を警護させたまま、左衛門尉季雅《すえまさ》に命じて播磨の配所に伊周の確認に行かせた。やがて不在が明らかになり、探索が強行されて御座所の中から伊周が連れ出された。

「都近くに居るからそんな気持ちになるのだ。また同じことが起ると困る」

十月十日、免除されていた叔父たちとともに改めて朝廷で左遷が決められ、伊周は領送使に伴われ、今度こそ本当に大宰府に追いやられてしまった。

母貴子はそれから十日ほど経って息を引き取った。悲嘆に暮れた中宮が脩子《しゅうし》内親王を出産したのはもう極月《ごくげつ》になってからで、世間からは《懐妊十二月《つき》》と同情をもって言われた。

太宰大弐藤原在国はこの春、《有国》と改名していた。道隆の冷遇に耐えてきた五十四歳の有国は、新たに道長に仕えることで心機一転を図ったのである。その彼のもとに権帥《ごんのそち》となった伊周《これちか》が送られてきたのは十二月八日で、早速、用意された在所の寝殿に案内し、厚くもてなすよう命じた。権帥とは言っても流人であるから政務は執らず、府内の最高実力者は大弐有国である。

「これまで前関白《さきのかんぱく》から無官にされたことを恨めしく思っておりましたが、今度の権帥殿《そち》の悲運に比べればまだ増しでございましたな。都での詳しい事情はわかりませんが、決められた待遇以上のお世話をするつもりですのでご安心を」

慇懃《いんぎん》な、嫌味を込めた挨拶文を有国の息子が持参した。

「ただ、毎日、西海道の煩瑣《はんさ》な処置に頭を痛めている身で、すぐには御挨拶に伺えないのを御許しください」

そう言って、飲食物や調度品を櫃《ひつ》に入れて届けさせたが、まだ腰が落ち着かないことを理由に、伊周は返礼の消息もせず、道長と気脈を通じる有国の言葉を無視した。

しかし、有国の多忙は決して誇張ではなかった。大宰府には朝堂院形式の諸庁が立ち並び、戸籍から諸税、来航した外国人やその警備など、多くの事務を取り扱わねばならなかった。庁舎の外部には条坊制の街区が広がり、土着する在庁官人の数も増えていた。

有国は、帝の乳母であった妻の徳子を引き連れ、酒乱の前任者佐理に替わって威風堂々と大宰府にやってきた。高麗《こうらい》や南蛮の情勢は絶えず解文《げぶみ》で中央に報告しなければならず、朝廷では、若狭に来航した宋商朱仁聡《しゅじんそう》と官人の間で起きた暴行事件や代金不払いに頭を痛めていたが、さしあたって那《な》ノ津の鴻臚館《こうろかん》では外憂の噂は聞かれなかった。

その宋商朱仁聡《しゅじんそう》の船を追って、横川《よかわ》から源信僧都が敦賀《つるが》まで駆けつけ、朱に例の《往生要集》を贈ったという噂を聞き、有国は、ふと、慶滋保胤《よししげのやすたね》を思い出した。

「確か僧都は以前、宋船を求めて那ノ津にも来たと保胤殿が言っていたな」

保胤もまだ横川にいる筈だった。政務に追われながら、恐らく菅公も聴いたであろう観音寺の梵鐘《ぼんしょう》を耳にすると、有国はいつも勧学会の頃を思い出した。その菅公の孫にあたる文時《ふみとき》から、彼も保胤と一緒に詩賦の教えを受けたのだった。

《東岸西岸の柳、遅速同じからず。南枝北枝の梅、開落すでに異なり》

保胤の詩句である。本当に、勧学会の同志たちのその後は千差万別だった。有国は真っ先に、目の大きな惟成《これしげ》の顔を思い出す。

「あの男が一番の秀才だったな。偶然、沼の表面に浮き上がった百年鯉のように、自分で自分の大きさに吃驚《びっくり》していた」

その惟成が生涯かけて忠誠を尽くした花山院も、今回の事件後は摂津の紫雲山《しうんざん》に隠棲して厳しい修業に明け暮れているという。

「誰だって恥まみれなのさ。ただあの御方《おかた》はそれを憤怒に変える術《すべ》を心得ておられる。まるで《山海経《せんがいきょう》》の刑天のようにな」

有国は胸の中で惟成に言った。

伊周の到着から十日ほど経って、突然、青みがかった目をした如何《いか》にも武人らしい男が有国を訪ねてきた。

「右兵衛尉平致光《むねみつ》と申して、権帥《そち》様の郎等《ろうどう》でございます」

「法皇を射奉った致光か」

事件の詳細は有国も熟知していた。

「あれは闘諍《とうじょう》の流れ矢で、意図したものではありませぬ。現に、捕えられた薫宣《ただのぶ》様の郎等はみな罪を免《まぬが》れております」

「まあよい。終わったことにせよ、中央に御伺いを立てねばならぬ。それで、その致光が今日は何の用で参ったのだ」

「出来ましたら、府の少監《しょうげん》にでもしていただけないかと存じまして」

「権帥《そち》殿の郎等であればそれくらいの願いは叶うであろうが、待っておれば恐らく権帥殿は一年も経たず都に戻されよう。それに、見た通り多忙極まりない府庁ゆえ、名目だけの少監を置く余裕などないのだ」

「名目でなく、実際に大弐様にお仕えしたいのです。伊勢の兄、致頼《むねより》の命で那ノ津にも何度か来て様子は承知しております」

「……平五大夫の弟ともあろう者が、なぜそんなに此処《ここ》にいたいのか」

そう問われて致光は黙った。彼自身その理由がよくわからなかった。

事件後、彼は鳴滝《なるたき》の山里に身を隠していたが、探索の手が緩むのを待って再び御室《おむろ》の山伝いに北野に出て、高陽川《こうやがわ》近くに住む女のもとに身を潜めた。親王家の別荘で、数人の雑色と下女だけの閑静な侘び住まいである。だが、そのうち伊周が播磨からひそかに都に戻っているという噂を耳にし、何とか中宮の御座所に侵入する機会を窺っていた。

「案外早く復官出来るかも知れぬ」

そう思ったのだが、予想に反して伊周は本当に大宰府送りになってしまった。仕方なしに、山陽道《かげとものみち》の駅舎をたどりつつ筑紫へと、致光は領送使の目に触れぬように伊周と行を共にしてきたのだった。

「権帥《そち》殿に迷惑がられたのではないのか」

有国は皮肉な笑みを浮かべた。伊周が自分を避けるようになったことは致光《むねみつ》も気づいていた。帰京の妨げになると思われたのだろうが、致光の方でも最早伊周を主人と仰ぐつもりはなかった。

「ま、実際に仕えるとなれば大歓迎だ。剛の者がいれば何かと心強い」

いざとなれば権少監《ごんのしょうげん》にでもして増員すればいいだけの話だった。

だが、致光は、有国に言われた言葉を考え続けていた。自分は何がしたくて此処まで伊周に付いてきたのだろう。たとえ府に任官出来たとしても自分は生涯筑紫で暮らすつもりはない。ただ、兄から離れることで、或いはこれまでとは違った生き方が出来るかも知れなかった。彼は高陽川《こうやがわ》の別荘で十年ぶりに聞いた済子の声を思い浮かべた。

章明《のりあきら》親王の没後、相続に絡《から》んで却って彼女の居場所が知れ、何年か前、致光はその古びた別荘を捜しあてた。ただ、さすがに表立った訪問など出来る筈もなく、北野からの帰途で川を渡る時など、小柴垣に囲われたその低い屋根を遠望するだけだった。

法皇を射た危険人物として検非違使が目を光らせている洛中に戻るため、致光が考えついた場所が、誰もがまさかと思う、その済子の別荘であった。鳴滝から身を窶《やつ》し、徒歩で高陽川《こうやがわ》までたどり着くと、夜を待って彼は別荘の門を叩いた。不審顔に出てきた従僕と思われる老爺《ろうや》に、《伊勢の海の》という例の歌を書いた文を取りつがせた。すると、すぐに表情を硬くした下女があらわれて致光を庭隅の雑舎に導いた。済子は何も言わず彼を匿《かくま》ってくれたのである。

翌日から、致光は、主人伊周のいる播磨まで行く手づるを求めて洛中を忍び歩いた。暗くなって雑舎に戻ると、狐が出ると噂される堤の方から微《かす》かな川音が響いてくる。

「こうして瀬音を聞いているだけで、心が安まるのです」

かつて野々宮で聞いた済子の言葉が想い出された。

彼女はよく神楽《かぐら》歌を歌った。
《伊勢志摩の海人《あま》の刀禰《とね》らが焼《た》く火《ほ》の気《け》……おけおけ》
遠くまで響く済子の声は、昔と同じくどこか悲しげだったが、もう庭前に「はっ」とひれ伏す致光の影も、それを見て笑う宰相の君の姿も、まして、あたりを覆う恋情の妖《あや》しい揺らめきも無かった。

「朱仁聰《しゅじんそう》の船が筑紫に来るかも知れぬ。とりあえず鴻臚館の警備に就いてもらいたいが、何かやりたいことでもあるのか」

有国が致光を見つめていた。

府内の宿舎で他の従者と無聊《ぶりょう》を託《かこ》っていると、いっそ伊周を殺害し、宋船で唐《から》に逃げてやろうかという思いが起こり、致光の心が逸《はや》ることがあった。彼の目を《狼の青目《まがみ》》と呼んだのは成村だった。「自分はいつも大きな敵を相手に闘ってきた気がする」と致光は思った。相手が巨大であればあるほど、命懸けで闘うことに痺れるような喜びを覚えた。相撲の最手《ほて》、真髪成村《まがみのなりむら》がそうだった。相手が斎宮でも法皇でも、たとえ神仏にどんな罰を下されようとも、躊躇することはなかった。主人伊周を殺すことなど赤子の手を捻じるようなものだ。しかし、

「もう疲れた……」

致光の口から溜息のような呟きが洩れた。なぜか済子の顔が浮かんだ。

「どうかしたか」

有国が怪訝《けげん》な顔をした。

「今朝から寒い寒いと思っていたら、何と雪が降ってきたぞ」

有国は空を見上げ、呆《あき》れたような声を上げた。

暫くして致光が答えた。

「壺を、それも美しい玻璃《はり》の壺を手に入れたいのでございます」

致光の目は、はるか彼方にある那ノ大津の青い海を映しているようであった。

完

編集部註／本文中に差別用語として使用を憚られる表現がありますが、時代を再現しようとする作品の意図を尊重し、文学性を損なわないようにとの配慮から、敢えてそのままの表現にしてあります。

【著者略歴】

星野　和敏（ほしの　かずとし）

1971年3月　北海道大学国語国文科卒業
2008年3月　埼玉県立高校教諭定年退職
現在　　　　公民館文学講座講師　など

王朝畸《おうちょうき》人伝《じんでん》

2015年7月21日　第1刷発行

著　者 ― 星野《ほしの》　和敏《かずとし》

発行者 ― 佐藤　聡

発行所 ― 株式会社 郁朋社《いくほうしや》

〒101-0061　東京都千代田区三崎町2-20-4
電　話　03（3234）8923（代表）
ＦＡＸ　03（3234）3948
振　替　00160-5-100328

印刷・製本 ― 壮光舎印刷株式会社

装　丁 ― 根本　比奈子

落丁、乱丁本はお取り替え致します。

郁朋社ホームページアドレス　http://www.ikuhousha.com
この本に関するご意見・ご感想をメールでお寄せいただく際は、
comment@ikuhousha.com　までお願い致します。

　ISBN978-4-87302-601-5 C0093